MAX BRONSKI

JAGUAR

THRILLER

Besuchen Sie uns im Internet:
www.droemer.de

Aus Verantwortung für die Umwelt hat sich die Verlagsgruppe Droemer
Knaur zu einer nachhaltigen Buchproduktion verpflichtet. Der bewusste
Umgang mit unseren Ressourcen, der Schutz unseres Klimas und der
Natur gehören zu unseren obersten Unternehmenszielen.
Gemeinsam mit unseren Partnern und Lieferanten setzen wir uns für
eine klimaneutrale Buchproduktion ein, die den Erwerb von Klimazer-
tifikaten zur Kompensation des CO_2-Ausstoßes einschließt.
Weitere Informationen finden Sie unter: www.klimaneutralerverlag.de

Originalausgabe September 2020
Droemer Taschenbuch
© 2020 Droemer Verlag
Ein Imprint der Verlagsgruppe
Droemer Knaur GmbH & Co. KG, München
Alle Rechte vorbehalten. Das Werk darf – auch teilweise – nur
mit Genehmigung des Verlags wiedergegeben werden.
Covergestaltung: Alexander Kopainski
Satz: Adobe InDesign im Verlag
Druck und Bindung: CPI books GmbH, Leck
ISBN 978-3-426-30612-3

2   4   5   3   1

INHALT

Er (scil. der Einzelne) wird in diesem wie auch in vielen anderen Fällen von einer unsichtbaren Hand geleitet, um einen Zweck zu fördern, der keineswegs in seiner Absicht lag. Es ist auch nicht immer das Schlechteste für die Gesellschaft, dass dieser nicht beabsichtigt gewesen ist. Indem er seine eigenen Interessen verfolgt, fördert er oft diejenigen der Gesellschaft auf wirksamere Weise, als wenn er tatsächlich beabsichtigt, sie zu fördern.

(Adam Smith)

Das unbekannte Etwas, das ich suchte, konnte nichts anderes als die *Bioelektrizität* sein. Das fiel mir eines Tages ein, als ich mir den Vorgang der sexuellen Reibung zwischen Glied und Scheidenschleimhaut im Geschlechtsakt physiologisch verständlich zu machen suchte.

(Wilhelm Reich)

Hey, die Schlitzaugen glauben nicht an Jesus, sondern an Shindurindubindu, fucking hell!

(Larry Hagman)

VERGIB MIR MEIN VERRÜCKTES LEBEN I

1.

Als die Colonia 22 de Abril in Sicht kam, erhob sich der Bewaffnete im hinteren Bereich des Busses, schob den breiten ledernen Waffengurt zurecht und bezog neben der Fahrertür Position. Das Fahrzeug wurde langsamer und fuhr an die rechte Seite des Bulevar del Ejercito Nacional heran. Der Wachmann beugte sich vor und sah zum Fenster hinaus, um die wartenden Fahrgäste an der Haltestelle zu taxieren. Seine verspiegelte Brille reflektierte das harte Licht des frühen Nachmittags. Dann erst gab er dem Fahrer ein Zeichen, die Tür zu öffnen. Zu seinem Erstaunen schickte sich ein mittelalter, hagerer Mann, den er als Fremden ausgemacht hatte, auszusteigen. Er wirkte äußerlich wie ein Salvadorianer, aber die Art und Weise, wie er seinen Blick über die vorbeiziehende Umgebung hatte schweifen lassen, verriet, dass er hier nicht heimisch war.

Der Wachmann fasste ihn am Oberarm. »Bleiben Sie! Die Gegend ist gefährlich, hier geht niemand ungeschoren spazieren.«

Der Fremde strich sein schlohweißes Haar nach hinten und

lächelte. Dann löste er sanft die Hand des Wachmanns von seinem Arm und hielt sie eine Weile lang umfasst.

»Danke. Ich komme zurecht.«

Auf dem Gehsteig drehte er sich nochmals um. »Wir sind alle in Gottes Hand!«

»Alle? Die Colonia zählt bestimmt nicht dazu.«

Der Fremde schüttelte den Kopf. »Gerade die Colonia ...«

Er stockte. Gedankenverloren sah er zu Boden. Der Wachmann wartete, bis der Fremde die Wendung fand, nach der er suchte.

»Gott packt den Menschen wie ein Pitbull. Wo er sich hineinverbissen hat, lässt er nicht mehr los.«

2.

Von der breiten ungeteerten Straße gingen Häuserzeilen mit kleinen, schachtelartigen, dicht aneinandergereihten Bauten ab. Die engen Gassen dazwischen trugen keine Namen, nur Nummern. Überall lag Müll, Hunde strichen herum und durchwühlten die Haufen. Alte Frauen, die auf den Stufen vor den Haustüren saßen, boten in Kartons Waren feil, Obst, Kekse und Fladenbrot. Die jungen Leute, Frauen wie Männer, die dem Fremden begegneten, wirkten mit ihren tätowierten Gesichtern wie Angehörige eines fremden Stamms. Niemand grüßte, kein Wort wurde gesprochen, aber alle blickten ihm nach und verfolgten aufmerksam seinen weiteren Weg.

Sein Gang auf dem unbekannten Terrain war tastend, der Blick jedoch unbefangen, er musterte das Viertel und seine Bewohner. Ihm war keine Furcht anzumerken. Eine der Gassen öffnete sich weiter hinten zu einem Platz, der durch Bäume beschattet wurde. Dort blieb er stehen. Er zog einen Zettel aus der Tasche, überprüfte die Angabe darauf und überquerte dann die Anlage, auf der eine Gruppe kleiner Jungen barfuß Fußball spielte. Auf einer Bank lag ein Mann in Bermudashorts und rauchte. Mit dem unbewegten Blick eines Reptils sah er zu, wie sich der Fremde näherte. Als er herangekommen war, sprang er auf, zog sein Messer und winkte ihn heran. Dann wies er auf die Brusttasche des anderen. Der Weißhaarige musterte den Angreifer. Auf dessen nackten Oberkörper war eine Madonna tätowiert, eine Schmerzensmutter mit blutendem Herzen. Der Strahlenkranz ihres Heiligenscheins fächerte sich über die gesamte Brust auf. Da sein Opfer keine Anstalten machte, eine Geldtasche auszuhändigen, machte der Tätowierte einen Ausfallschritt und streckte die Klinge in der Art eines Fechters nach vorne. Unversehens zuckte die Hand des Fremden hervor, er packte den Angreifer am Handgelenk, pflückte ihm mit der anderen Hand die Waffe aus den Fingern und warf sie in hohem Bogen ins Gebüsch. Er ließ ihn nicht los, fasste auch das andere Gelenk und zog den sich sträubenden Widersacher ganz nahe zu sich heran, bis sie sich Auge in Auge, Stirn an Stirn gegenüberstanden. Dann küsste er ihn zunächst auf die linke, dann auf die rechte Wange und gab ihn schließlich frei. Ohne sich noch einmal umzudrehen, ging er seines Wegs.

Endlich erreichte er eine Art Baracke aus Holz und Wellblech. Ein älterer Mann sägte an einem Brett, das er auf zwei Holzböcke gelegt hatte. Sein nackter Oberkörper war feucht von Schweiß, um die Stirn hatte er sich ein Tuch gewunden. Trotz seines Alters wirkte er muskulös wie einer, der es gewohnt war, körperliche Arbeit zu verrichten.

Der Fremde blieb stehen und beobachtete ihn. Schließlich

spürte der Arbeitende, dass ihm jemand zusah, er packte das Handtuch, das über einem der Böcke hing, und trocknete sich Gesicht und Oberkörper ab, erst dann wandte er sich dem Besucher zu. Auf der Brust des alten Mannes war ein Lilienkreuz zu sehen, das er sich in Höhe des Brustbeins hatte tätowieren lassen, darunter ein rundes, verschlungenes Symbol, die wie in Stein gehauene Maske des Sonnengottes Kinich Ahau.

Das Gesicht des Weißhaarigen zuckte, er hatte den anderen erkannt. Augen und Mund verengten sich zu Schlitzen, er war überwältigt, und es sah aus, als begänne er zu weinen. »Padre?«

Der Geistliche nickte und ließ das Handtuch sinken, auch er war sichtlich angerührt. »Bist du es wirklich oder träume ich?«

Der Fremde nickte, dann lagen sie sich in den Armen. Auf dem Gesicht des Besuchers, das von tiefen Längsfalten durchfurcht war, spiegelten sich Gleichmut und Friede.

3.

»Ich mache uns etwas zu essen.«

Der Geistliche buk Maisfladen mit Bohnenfüllung, sie setzten sich draußen an den Tisch und aßen. Der Gast wirkte gelöst. Sie sprachen über Musik. Auf vielfache Bitten hin holte der Pater nach dem Essen seine Gitarre. Etwas ungelenk spielte er die Spanische Romanze. Dem anderen liefen Tränen über die Wangen, und er bedeckte seine Augen.

»Geht es dir nicht gut?«

Er schüttelte den Kopf. »Ich bin krank.«

»Was fehlt dir?«

»Krank im Kopf.«

Der Pater wartete.

»Ich habe fast zwei Jahre gebraucht, um hierherzukommen. Nicht, weil ich es nicht gewollt hätte! Ich bin gespalten, ständig verliere ich mich an einen anderen in mir.«

Der Geistliche fasste nach den Händen seines Gasts.

»Ich tue, was ich nicht tun will, ich finde mich wieder, wo ich nicht sein will, und weiß zumeist noch nicht einmal, wer ich bin.«

»Wo kommst du her?«

Er zuckte die Achseln. »Womöglich aus Südafrika.«

»Womöglich?«

»Plötzlich wache ich auf. Ich kann dir ganz genau beschreiben, wie ich auf einem Parkplatz neben einer großen Autostraße im Pick-up sitze. Wie bin ich dahin gekommen?«

»Einbildung?«

»Es gibt diese Straße, es gibt diesen Parkplatz, wahrscheinlich auch den Pick-up. Und ich war noch nie zuvor in meinem Leben an diesem Ort. Diamond Hill Toll Plaza, N4, Parkplatz. Ganz präzise. Wie könnte das Einbildung sein?«

»Um das zu verstehen, musst du mir mehr von dir erzählen.«

»Nicht jetzt. Später.«

4.

Mit dem Abend kam die Unruhe zurück. Die Konturen zerflossen, alles löste sich auf, wurde grau, dann schwarz, wurde eins und machte ihn einsam. Sein Herz pochte hart, als könne es sich damit gegen die Angst zur Wehr setzen, die ihn umklammert hielt. Auf seiner Brust lastete ein Druck, der ihm das Atmen schwer machte. So wanderte er im Kreis umher. Sein Schritt war ausgreifend, durch die abendliche Wärme lag sein Hemd feucht am Oberkörper an. Er musste sich spüren, um sich nicht wieder zu verlieren.

Um ihn herum gedämpfte Lichttupfer, die durch die Bäume und das Buschwerk schienen, als habe man dort Lampions aufgehängt. Immer wieder suchte er die Nähe der Häuser, vereinzelt waren Bewohner herausgekommen, saßen auf Stühlen, die sie nach draußen gestellt hatten, oder auf den Stufen ihrer Häuser. Es roch nach Essen, nach Moder und Fäulnis, nach verbranntem Stoff, nach Abtritt, nach Auspuffgasen. Auch die Stimmen verwoben sich und mit ihnen die Schicksale der Menschen in der Colonia. Schwere Flüche eines Mannes, das Kichern eines Mädchens, das Keifen einer alten Frau, das Schreien eines Kleinkinds, das Tuscheln eines Liebespaars. Ein Feuerzeug flammte auf, ein junger Mann, auf dessen Stirn römische Ziffern tätowiert standen, entzündete einen Joint. Er steckte die Glutseite in den Mund und blies seinem Freund durch das andere Ende den Rauch in die Lungen.

Endlich schien sich der Fremde durch seinen beständigen Marsch um den Platz beruhigt zu haben. Er holte aus seinem Gepäck eine Bibel, entzündete am Tisch eine Petroleumlampe und las. Er rezitierte halblaut, sein Gebetsstrom wand sich wie ein Rosenkranz dahin.

5.

Drei Wochen lang blieb der Gast. Dann, eines Morgens, als der Geistliche Frühstück bereitet hatte und ihn zu Tisch holen wollte, sah er, dass die Kammer leer war. Alles war säuberlich aufgeräumt, in einem Kuvert auf dem Bett hatte er Geld zurückgelassen. Der Pater erschrak, als er die Scheine zählte.

ELEPHANT HUNT

1.

»Amerikaner?« Neugierig musterte der schwarze Officer sein Gegenüber. Dem Äußeren nach ein Bure wie aus dem Bilderbuch. Ein massiger Schädel wie der von Ohm Krüger, dazu das niederländisch gefärbte Englisch.

Von hinten ertönte ein Zischen. Ruckartig wandte der Officer den Kopf. Er erkannte Matt Limmerdal vom Servicepersonal der amerikanischen Botschaft. Wortlos klappte der Zollbeamte den Pass zu, reichte ihn zurück und winkte den Nächsten in der Schlange heran.

Der kräftige Mann passierte die Sperre.

»Willkommen, Mr. van Holst! Ich bin Matt Limmerdal von der Botschaft. Guten Flug gehabt?«

Van Holst nickte. Sie schüttelten sich die Hände.

»Kann sich jemand um mein Gepäck kümmern?«

Limmerdal winkte den breitschultrigen Schwarzen heran, der sich im Höflichkeitsabstand hinter ihm gehalten hatte. »Joey betreut Sie und bringt die Koffer zum Wagen.«

Das akkurat in die Hosen gesteckte weiße Polohemd und der breite Ledergürtel wirkten wie eine Uniform. Unter Joeys blauem Blouson durfte man eine Waffe vermuten.

»Welchen Wagen habe ich?«

Limmerdal reichte ihm eine Mappe mit den Papieren und den Autoschlüsseln. »Einen Landrover, wie Sie es wollten. Steht draußen in der Parkzone.«

Van Holst sah auf seine Uhr. »Nach Pretoria, wie lange dauert das?«

Limmerdal wiegte den Kopf. »Totius Street?«

Van Holst nickte.

»Bei der aktuellen Verkehrslage sollten Sie mit fünfundvierzig Minuten rechnen.«

»Vielen Dank für Ihre Bemühungen.«

Limmerdal wirkte irritiert. »Stopp! Unsere Sicherheitshinweise haben Sie doch erhalten?«

»Das wohl.«

»Dann wissen Sie, dass wir bei einer Mission wie der Ihren verpflichtet sind, Ihnen Begleitschutz zu stellen?«

Jovial tätschelte van Holst Limmerdals Oberarm. »Ich weiß Ihre Mühe zu schätzen. Aber ich arbeite grundsätzlich allein. Also packen Sie Ihren Joey wieder ein.«

2.

Die Fahrt auf den großzügig breiten Straßen verlief problemlos, und van Holst erreichte schon nach dreißig Minuten Pretoria. Die Niederlassung von USAID lag noch im Außenbezirk der Stadt. Van Holst reihte sich in die Warteschlange vor einer Ampelkreuzung ein und schaute auf das Display seines Navigationssystems. In einigen Minuten sollte er sein Ziel erreichen.

Er schloss die Augen, um sich für seinen Termin zu sammeln, fuhr dann aber erschrocken hoch, als er das splitternde Bersten einer Fensterscheibe hörte. In Rückspiegel sah er einen Schwarzen mit einem Hammer in der Hand, der auf dem Trittbrett eines Wagens stand. Jetzt beugte er sich ins Innere, wahrscheinlich hatte er Wertgegenstände entdeckt und wollte sie herausfischen. Der Motor heulte auf, der Fahrer beschleunigte so stark aus dem Stand, dass die Reifen zu quietschen und zu qualmen begannen. Er riss das Lenkrad herum und scherte mit seinem Fahrzeug aus der Schlange aus, nahm die Gegenfahrbahn, hielt in hohem Tempo auf die Ampel zu, die immer noch auf Rot stand, und überquerte in waghalsigen Ausweichmanövern die Kreuzung. Jenseits davon fuhr er krachend auf den begrünten Mittelstreifen der belebten Straße auf, trat ruckartig auf die Bremse, sodass es den Schwarzen, der sich die ganze Zeit über an der Wagentür festgeklammert hatte, vom Trittbrett auf den Rasen schleuderte.

Die Schlange setzte sich in Bewegung, hinter ihm wurde gehupt, und van Holst verstand, dass sich niemand veranlasst sah einzugreifen. Als er die Kontrahenten passierte, sah er noch, wie der Weiße seinen Gegner mit einem Schlag auf den Unterarm entwaffnete und sich auf ihn stürzte. Die Entschlossenheit, mit der sich der Autobesitzer zur Wehr setzte, erstaunte van Holst. Burenblut, dachte er noch, dann verlor er die beiden aus den Augen.

3.

Im Büro von USAID spürte van Holst, wie sehr ihm der Jetlag seines zwanzigstündigen Flugs in den Knochen saß. Hier war früher Nachmittag, in Boston ging es bereits auf den Abend zu. Er goss sich einen weiteren Kaffee ein. Dabei waren die Temperaturen im August sehr angenehm, während zu

Hause der Sommer auf dem Höhepunkt stand, war es hier frühlingshaft frisch, zwanzig Grad zeigte das Thermometer, und ein laues Lüftchen wehte durch das offene Fenster. Die Themen, die er mit Tom Hite, dem für Swasiland zuständigen Abteilungsleiter, durchging, waren nach gerade mal einer Stunde erschöpft. In der Tat war da nicht viel zu besprechen, Hite wusste nichts, was van Holst nicht zuvor schon hatte recherchieren können. Swasiland musste man eigentlich der Obhut der Salesianer überlassen, das Land war ein Armenhaus. Hite schob seine Unterlagen in die Mappe zurück.

»Rob, mich würde wirklich interessieren, auf welcher Grundlage ihr bei Sirius Consulting eure ökonometrischen Modelle aufstellt. Ich meine, wie rechnet man die Zukunftsaussichten eines Landes durch?«

Van Holst grinste breit, winkte Hite heran und beugte sich über den Tisch, als wolle er sein Geheimnis preisgeben, doch als er sprach, war der kumpelhafte Ton von zuvor verschwunden. »Vergiss es, Tom, diese Karten lege ich vor dir erst auf den Tisch, wenn du Präsident der Weltbank geworden bist.«

Hite spürte, wie Ärger in ihm aufstieg. Er verstand nun, warum dieser massige Kerl mit dem Schädel eines Keilers das *Kampfschwein* genannt wurde. Sein Ruf gründete sich auf die beeindruckend lange Liste von Projekten, die er abgewickelt hatte, aber mehr noch waren es die Geschichten, die sie umrankten. Van Holst verzehrte eine Schüssel Schafsaugen, trank literweise Wodka, verschaffte dem Neffen des Emirs eine üppige blonde Freundin, die nichts von einer Nutte an sich haben durfte, nächtigte im Regenwald in einem Zelt und besichtigte mit dem Motorschlitten die neuen Ölförderanlagen. Dass seine schwimmenden Kraftwerke wegen der Tierkadaver und des Mülls, die im Wasser trieben, nie funktionierten, Nomaden keine IT-Infrastruktur benötigten oder der Produktion von gentechnisch veränderten, ölfressenden Bakterien immer noch die Zulassung verweigert wurde, tat nichts zur Sache. Rob hatte diese Projekte verkauft, darum ging es. Der Plan war gut, nur die Ausführung mangelhaft.

Tom Hite erhob sich seufzend. »Dann sag mir wenigstens, warum du dich in dieser Sache persönlich engagierst? Ist da was drin?«

»Wenig«, sagte van Holst. »Ich hasse es nur, im Sessel zu sitzen und still zu halten. Außerdem bin ich gerne mal wieder in Südafrika, schließlich habe ich meine Kindheit hier verbracht. Meine Eltern sind damals von den Niederlanden nach Middelburg übergesiedelt. Und meine Schwester lebt immer noch dort.«

»Ich dachte, du seist Amerikaner.«

Van Holst grinste. »Bin ich inzwischen ja auch. Ich dachte, man sieht mir das an?«

4.

Zeitverschwendung, dachte van Holst, als er wieder unten im Wagen saß. Er tippte Middelburg als Reiseziel in das Navigationssystem und fuhr los. Das System lotste ihn bei Hatfield auf die N4.

Es war gut, wenn Leute wie Hite an seinen Methoden herumrätselten. Das machte die Modelle interessant. Dabei war das Elegante daran ihre bestechende Einfachheit. Man wählte als Bezugspunkt eine prosperierende Region, irgendein durch und durch sauberes Äldiswil, das in der Schweiz liegen mochte, auf jeden Fall eine betuchte Gegend mit kontinuierlichem Wachstum. Dann katalogisierte man, was dort alles an Hardware herumstand: Häuser, Stromleitungen, Straßen, Wasser und Abwasser, Bahnhof und Flughafen in der Nähe. Natürlich auch weiche Faktoren, wie Bildung, soziales und politisches System. Schließlich setzte man sich hin und kalkulierte, was ein solches Äldiswil summa summarum gekostet haben musste. Nun kam der entscheidende Transfer, denn man stand in der Pampa, der Wüste oder dem Urwald und hatte umzurechnen, wie viel Geld nötig war, um dieses Äldiswil hier vor Ort nachzubauen. Solche Modelle durften sich nicht mit dem Auspinseln von Menschenbildern verkünsteln, die Unterstellung war sehr einfach: Der betriebsame Schweizer war kein Nationalcharakter, sondern die Gussform eines universellen *Homo oeconomicus*, der auch in den entlegensten Winkeln der Erde werken und Erträge schaffen würde, wenn man ihm geeignete Voraussetzungen dafür bot. War das riskant? Vielleicht, aber wer sich das nicht vorstellen konnte oder wollte, für den gab es eine klare Ansage: Dann geht eben zurück auf eure Bäume!

Van Holst zog den Aschenbecher auf. Ein rotes Schild mit *No smoking please!* war eingeklebt. Er zündete sich dennoch eine Zigarette an und fuhr die Scheibe herunter.

Mit einem Gutachten von Sirius Consulting bot sich unterentwickelten Ländern die Chance, an Geld zu kommen. Das war die Mehrzahl, denn wer hatte schon einen gefüllten Topf wie die OPEC-Länder oder andere, die über nennenswerte Rohstoffe verfügten? Wenn sich van Holst auf den Weg machte, gab es zumindest die Unterstützung der US-Regierung, dann wurde ein Entwicklungsfonds von USAID oder sonst ein Budget angezapft, das ein Ministerium zur Verfügung stellte. Van Holst unterzog den Laden einer Bestandsaufnahme, versuchte, Chancen ausfindig zu machen, und rechnete mit seinem Äldiswil-Ansatz das notwendige Investitionsvolumen hoch. Damit wurde er dann beim Internationalen Währungsfonds, bei der Weltbank und anderen befreundeten Ländern vorstellig, deren Regierungen ein Interesse an der Region hatten. In aller Regel floss dann Geld.

Dem jeweiligen Land damit einfach die Taschen zu füllen, wäre natürlich Wahnsinn, keine der beteiligten Organisationen konnte es dulden, dass ihre Mittel verheizt wurden. Also verlangte man eine Garantie, dass das ganze Unterfangen greifbare Resultate erbringen würde. Das Land brauchte IT, Straßen oder Stromleitungen, hatte aber kein ausreichendes Know-how, um so etwas auf die Beine zu stellen. Daher schrieb man in den Vertrag, amerikanische Firmen oder die anderer beteiligter Nationen hätten ihre Expertise einzubringen und die Projekte zu realisieren.

Ein kühler Windstoß fuhr durch das Wagenfenster und zauste van Holsts Haare. Er fühlte sich gut. Bloße Verwaltungsarbeit im Bostoner Büro machte ihn träge, man müllte ihn mit sinnlosen Vorgängen zu. Draußen im Feld gewann er seine Agilität zurück. Er fuhr rechts ran und warf einen kurzen Blick auf die Karte. Mamelodi wäre nur ein kurzes Ausscheren nach Norden, ein Zacken nach oben. Er könnte ein Township kennenlernen, das als musterhaft gepriesen wurde.

Er nahm die erste Abfahrt und fuhr auf den Solomon Mahlangu Drive auf, über den er Mamelodi direkt erreichen würde. Wie sollte man sich einen musterhaften Slum vorstellen? Ein Plumpsklo stank immer wie ein Plumpsklo.

Tatsächlich sah er wenig später auf der rechten Seite Hütten aus Wellblech und zusammengestückelten Holzplatten. Hühnerställe mit Gärtchen. Die hübschen Ziegelbauten zur Linken interessierten ihn nicht, er nahm die Schotterstraße. Anstandslos steckte sein Wagen die tiefen Schlaglöcher weg. Wasser spritzte auf. Nachdem er sich einen Überblick verschafft hatte, hielt er an, um ein paar Fotos zu machen. Hier gab es wenig zu verbessern, da half nur ein Bulldozer, um anschließend solide Häuser hinzustellen.

Jemand klopfte an der Beifahrerseite an die Scheibe. Van Holst ließ sie herunter.

»Hi, ich bin Cindy.«

Ein vielleicht zwölfjähriges Mädchen hatte das Trittbrett erklommen und schaute ins Wageninnere. Sie trug bunte Klämmerchen im Haar. Ihre Wimpern waren getuscht, der Mund war geschminkt. Das verwaschene rosa T-Shirt war weit ausgeschnitten. Auf dem dürren Oberkörper zeichneten sich erste Brustknospen ab.

Van Holst wusste, dass es ein Fehler gewesen war, das Fenster zu öffnen. Er legte keine dürren Kinder flach, auch nicht solche, die lasziv zu gucken gelernt hatten.

»Nichts da«, sagte er. »Weg mit dir!«

Er fuhr die Scheibe wieder hoch. Cindy schrie und schlüpfte rasch aus der Fensteröffnung, um nicht eingeklemmt zu werden. Wütend patschte sie gegen das Glas. Was van Holst jedoch mehr beunruhigte, war, dass sie nicht aufhörte zu schreien. Die Nachbarn kamen aus ihren Hütten gelaufen. Hektisch versuchte er, den großen Wagen zu wenden. Ein erster Stein krachte auf das Blech. Um das Auto herum ballte sich eine Menge zusammen. Endlich hatte er den Landrover auf Kurs gebracht. Van Holst trat das Gaspedal durch. Die Menschen vor ihm sprangen beiseite, einer wurde von seinem Kotflügel erfasst und gegen den Zaun geworfen. Dann brauste er, eine Staubwolke hinter sich herziehend, die Straße hinunter.

Als er endlich wieder den Solomon Mahlangu Drive erreicht hatte, hielt er geradewegs auf die N4 zu.

5.

Van Holst atmete durch. Wer in einem unterentwickelten Land neue Strukturen einziehen wollte, durfte sich nicht von Gutmenschentum leiten lassen. Der karitative Ansatz war ein Todesurteil, niemand konnte dauerhaft mit Geschenken am Leben erhalten werden. Für beide Seiten der Theke hatten klare Regeln zu gelten. Der eine stand am Ausschank, der andere bezahlte. Das war das System. Nur wenn es funktionierte, hatte niemand ein Problem damit, hin und wieder einen Drink zu spendieren. Aber das musste die Ausnahme bleiben.

Van Holst zerrte an seinem Krawattenknoten und öffnete den obersten Kragenknopf. An der Diamond Hill Toll Plaza fuhr er den Parkplatz an. Es wurde Zeit, dass er sich von seiner engen Geschäftskutte befreite. Er holte aus seinem Koffer Kapuzenshirt und Sneakers und zog sich um. Ein schon etwas schäbiger grauer Toyota Pick-up war ihm gefolgt und parkte nun in einiger Entfernung. Misstrauisch beäugte van Holst den Wagen. Er bildete sich ein, ihn schon in Pretoria auf dem Parkplatz von USAID wahrgenommen zu haben. Für mögliche Gefahren hatte er eine Antenne. Die Türen waren geschlossen, niemand war zu sehen.

Van Holst zündete sich eine Zigarette an und behielt das Fahrzeug im Auge. Nach einer Weile entschied er sich doch, den Stier bei den Hörnern zu packen und den Pick-up in Augenschein zu nehmen. Es wäre nicht das erste Mal, dass man ihm hinterherspionierte.

Der Fahrer saß zurückgelehnt, den Hut ins Gesicht geschoben auf dem Rücksitz. Die Arme hielt er an seinen Leib gepresst, als plagten ihn Schmerzen. Van Holst klopfte an die Autotür. Der andere schob den Hut nach hinten und offenbarte van Holst einen verstörten Blick, schmerzvoll, aus einer anderen Welt kommend.

»Alles in Ordnung mit Ihnen?«

Van Holst spürte die Anstrengung, die es den Fremden kostete, Haltung zu zeigen. Er straffte sich, atmete tief durch. Seine Gesichtszüge glätteten sich.

»Geht schon wieder. Hatte einen Anfall. Malaria. Packt einen noch Jahre später am Arsch.«

Er öffnete die Wagentür und stieg aus. »Was gibt's?«

Er trug kakifarbene Kleidung, sein Gesicht war bleich, aber erkennbar sonnenverbrannt und ledrig. Offenbar verbrachte er viel Zeit in der freien Natur, möglicherweise war er ein Wildhüter.

»Wollte nur feststellen, ob wir uns kennen.«

»Warum nicht? Schon mal auf Safari gewesen?«

Van Holst schüttelte den Kopf. Jetzt bemerkte er, dass die rückwärtige Scheibe des Toyota eingeschlagen war. Deshalb war ihm der Wagen bekannt vorgekommen.

»Waren Sie das heute, den man im Wagen angegriffen hat?«

Der andere nickte. »Kommt hier vor.«

»Was machen Sie? Sind Sie Ranger?«

»So was Ähnliches.« Er hüstelte. »Zurzeit bin ich auf Elefantenjagd.«

»Ach was! Elefanten werden doch schon lange nicht mehr gejagt.«

»Hier gibt es definitiv zu viele. Der Bestand verdoppelt sich alle fünfzehn Jahre. Und kaum jemand macht sich einen Begriff davon, was schon ein einzelgängerischer Bulle für Schaden anrichtet. Man muss ihn aus dem Verkehr ziehen.«

Van Holst wurde hellhörig. Er war selbst passionierter Jäger, am liebsten in Texas, wo aus dem Helikopter gejagt werden durfte, um der Wildschweinplage Herr zu werden. Gerne hätte er ein Riesentier wie einen Elefanten vor die Flinte bekommen.

»Irgendeine Chance, dass man da als Privatmann …?«

Der Ranger schüttelte den Kopf. »Null! Vergessen Sie es! Ein Elefant muss fachmännisch zur Strecke gebracht werden. Und absolut kontrolliert. Man folgt ihm, bis man ihn ganz alleine vor sich hat. Allerdings hilft es manchmal, ihn zu ködern.«

Van Holst bemerkte nun die bauchige Tasche auf dem Rücksitz, die auf den ersten Blick wie eine groß geratene, aber edle Tennistasche wirkte.

»Ihr Gewehr? War es das, worauf der Dieb aus war?«

Der andere nickte.

»Darf ich es mal sehen?«

»Gern.« Er zog den Reißverschluss der Waffentasche auf. Ein schön gearbeiteter Gewehrschaft und ein Doppellauf mit großem Durchmesser wurden sichtbar.

»Donnerwetter!«

Der Ranger streichelte den Schaft. »Nussbaumholz.«

»Kaliber?«

»Wir arbeiten nur mit .577.«

»T-Rex! Mann, das Ding produziert ja einen Rückstoß wie eine Haubitze.«

»Sie scheinen ja Fachmann zu sein. Eine solche Flinte lässt man sich nicht einfach aus dem Wagen klauen.«

Van Holst zündete sich eine Zigarette an und sah den Ranger prüfend an. »Sieht wie eine Westley Richards aus. Wie kommen Sie an so ein Gerät? Kostet gut und gern dreißigtausend Dollar.«

Der Ranger zwinkerte. »Erbstück von Onkel James. War damals für einen Bruchteil des heutigen Preises zu haben.«

Er zog den Reißverschluss wieder zu. »Was dagegen, wenn ich jetzt mein Nickerchen halte?«

»Natürlich nicht. Tut mir leid, dass ich Sie gestört habe.«

»Kein Problem. Übrigens haben Sie vorne am Kotflügel einen Blutfleck. Würde ich an Ihrer Stelle wegmachen.«

»Danke.«

Sie schüttelten einander die Hand.

»Alles Gute für Sie. Wohin geht es?«

»Swasiland.«

Der Ranger tippte an die Krempe seines Huts.

»Waidmanns Heil!«

Van Holst ging zu seinem Wagen zurück. Tatsächlich war am Kotflügel ein angetrockneter roter Fleck. Sah aber eher harmlos aus. Er spuckte auf ein zusammengeknülltes Papiertaschentuch und wischte ihn ab. Dann schnippte er die Kippe weg, nahm zwei Koffeintabletten und setzte sich wieder ans Steuer.

Erst auf der Straße fiel ihm auf, dass er ohne Not sein Reiseziel verraten hatte.

6.

Hinter Donkerhoek verschwanden die Hügel, und die Landschaft breitete sich so flach gebügelt aus, als befände man sich in Nebraska oder sonst wo im Mittleren Westen.

Van Holst geriet erneut ins Grübeln.

Wie zum Teufel verkaufte man Investoren eine solche Klitsche wie Swasiland? Das kleine Land von der Größe New Jerseys war am Arsch. Die Kassen waren leer, niemand wollte ihm weiteren Kredit einräumen. Politisch allerdings war Swasiland loyal, es war Mitglied in allen wichtigen internationalen Organisationen, auch in der Welthandelsorganisation, denn ein Land, das keinen freien Marktzugang garantieren wollte, bekam keinen Cent.

Wer glaubte, von diesem Prinzip abrücken zu können, dem wurde der Kopf gewaschen. Vor einigen Wochen hatte er eine Videokonferenz mit Goodman Simelane abgehalten. Simelane war einer jener jungen Funktionäre, die das US-Förderprogramm durchlaufen hatten und so in den Genuss einer Ausbildung an einer amerikanischen Universität gekommen waren. Simelane brachte ins Gespräch, was er an China verstanden zu haben glaubte, nämlich ob es nicht sinnvoll sei, den heimischen Markt zunächst einmal abzuschotten, bis sich eine eigenständige Wirtschaftskraft im Land entwickelt habe. Van Holst wurde grob. Blödsinn, das Rad noch einmal erfinden zu wollen! Wozu sei es notwendig, eine eigene Zitrusbrause, einen Impala- oder Zebraburger zu entwickeln, wenn man Coca-Cola im Land sitzen habe und Beef Patties in jeder gewünschten Menge beziehen könne, und zwar zu Preisen, die nicht unterboten werden könnten, weil sie marktgestählt seien? Wenn Simelane Ansatzpunkte für geeignete Reformen suche, dann sei es sinnvoller, über das politische System nachzudenken. Man erwarte früher oder später robuste Schritte in Richtung Demokratie.

In Swasiland herrschte eine absolute Monarchie. Das war unschön, aber tolerabel. Der König gab viel Geld aus, zu viel, darüber hinaus war er harmlos. Van Holst hatte eine Einladung von ihm erhalten, sich den Reed Dance anzusehen, der einmal im Jahr im königlichen Kraal stattfand. Zehntausende von kinderlosen, unverheirateten jungen Frauen aus dem ganzen Land machten sich auf, um an dem achttägigen Fest teilzunehmen. Schilfbüschel tragend zogen sie zum Festplatz, wo gesungen und getanzt wurde. Traditionelle Folklore gab es viel in Afrika, aber diese hätte sich das Moulin Rouge nicht besser ausdenken können: Die jungen Frauen waren so gut wie nackt, und der Sinn des Fests war, dass sich der König eine aus den Reihen der jungfräulichen Töchter des Landes zur Frau erwählte.

Van Holst knurrte. Tatsache war, dass Spanner aus aller Welt das Land besuchten, um Ärsche und Titten zu begutachten und terabyteweise Fotos von jungen schwarzen Frauen zu produzieren, die sich gerne auch abseits des Fests für ein wenig Geld in gestellten Posen ablichten ließen. Um das zuzulassen und sogar noch zu fördern, brauchte man die kreuzbrave Mentalität eines Onkel Tom! Oder fände man es etwa im kulturellen Umkehrschluss in Ordnung, eine fotobewehrte Truppe Scheichs über die FKK-Strände der Nordseeinsel Ameland zu kutschieren?

Natürlich konnte das Land Tourismus gut gebrauchen, aber um den Reed Dance zu einem echten Wirtschaftsfaktor zu machen, hätte man die achttägige Veranstaltung zu einer ganzjährigen ausbauen müssen. Tatsache war zudem, dass das Fest nur ein drastischer Indikator dafür war, wie krank das Land darniederlag. Der verstorbene König hatte es auf gut siebzig Ehefrauen gebracht, und so ähnlich stellte sich der männliche Swasi seinen sexuellen Radius vor. Was Wunder, dass das Land die weltweit höchste Aidsrate aufwies. Die Festtage würden wesentlich dazu beitragen, die Ansteckungszahlen hoch zu halten.

Middelburg kam in Sicht, und van Holst fuhr von der N4 ab.

7.

Frauke van Holst hatte im Garten den Tisch gedeckt. Sie bewohnte das Elternhaus. Ihr Bruder spazierte auf dem Grundstück hin und her, betrachtete die Beete, begutachtete die weiß blühenden Kakteen, öffnete die Tür zum Schuppen und klopfte die Holzbalken der Laube ab. Er war lange nicht mehr hier gewesen, Heimweh hatte er nie verspürt, aber jetzt trieb ihn eine Unruhe, nachzusehen, was von früher übrig geblieben war. Sein Vater hatte in den Fünfzigerjahren ein gutes Auskommen als Stahlarbeiter gehabt und für sich und seine Familie ein schönes Anwesen gebaut, ein Ziegelhaus, so wie sie es von den Niederlanden her kannten.

Mit den Erinnerungen, die in Rob van Holst hochstiegen, machten sich ungute Gefühle breit, Beklemmung und Angst vor allem. Ein Gelände voller Fluchten, Verstecken und Höhlen. Manche Gerüche, wie den des modrigen Holzes und der früheren Kleiderkammer, erkannte er sofort wieder. Er spürte die derbe Hand seines Vaters. An irgendetwas war er immer schuld, es galt bloß herauszufinden, woran. Von einer glücklichen Kindheit konnte keine Rede sein. Vor allem seiner Schwester zuliebe war er zurückgekommen.

»Alles noch da?«

Er nickte.

»Setz dich!«

Frauke hatte Biltong zubereitet, gewürztes und getrocknetes Rindfleisch, das sie mit selbst gebackenem Brot und Salat servierte.

»Nur Kaltes! Ich wusste ja nicht, wann du kommen würdest.«

»Ist doch gut. Habe ich seit Jahrzehnten nicht mehr gehabt.«

Tess hatte sich ein hübsches Kleid angezogen und schaute erwartungsvoll auf den Onkel aus Amerika.

»Studierst du schon?«

Statt einer Antwort wandte Tess den Blick zur Seite, zu ihrer Mutter. Frauke lachte.

»Möchte sie. Allerdings in den USA. Wir dachten, du könntest ihr dabei ein wenig behilflich sein?«

Van Holst nickte. So war Familie – wenn es einer zu etwas gebracht hatte, wollten die anderen ein Stück davon abhaben.

Später saß er mit Frauke auf der Terrasse und blickte zu den abgeflachten Buckeln der Berge hinüber, die sich im Dunkeln abzeichneten.

»Kannst du dich nicht ein bisschen um Tess kümmern?«, fragte Frauke. »Sie hat das nie verwunden, dass ihr Vater einfach abgehauen ist. Sie bräuchte eine Chance, wie du, als du in Schottland studieren durftest.«

Van Holst schaute zum ersten Stock hinauf. In Tess' Zimmer brannte Licht. Wahrscheinlich hatten sie abgesprochen, dass Frauke ihren Bruder beknien würde. Die Widerworte lagen ihm auf der Zunge. Wäre er damals nicht abgehauen, hätte man ihn aus dem Elternhaus geworfen. Und das Stipendium für St Andrews war ihm nicht durch Protektion zugeschanzt worden, er hatte es durch Leistung erworben.

»Na gut, ich komme auf der Rückfahrt noch einmal vorbei, und wir sprechen alles durch.«

»Lieb von dir!« Frauke küsste ihn auf die Wange.

8.

Van Holst schlief sofort ein. Aber bereits nach einer Stunde wachte er wieder auf. In Boston wäre das ein Nickerchen am Nachmittag gewesen. Er richtete sich auf und machte das Licht an. In einem Bücherregal auf dem Speicher hatte er drei verschlissene Bände seiner früheren Lieblingslektüre gefunden: *Bomba – der Dschungelboy.* Gerührt betrachtete er die Bücher und las den Klappentext: *Auf seinen Streifzügen durch den geheimnisvollen Urwald bedrohen Bomba lauernde Leoparden und sprungbereite Jaguare, tückische Giftschlangen und riesige Anakondas, Alligatoren und Piranhas. Feindliche Eingeborene und grausame Kopfjäger, die auf menschliche Beute Jagd machen, sind hinter ihm her. Bomba behauptet sich durch die scharfe Wachsamkeit aller Sinne und durch blitzschnelles Handeln im entscheidenden Augenblick. Sein väterlicher Freund ist ein alter Naturforscher, der ihn als Findling im Dschungel aufgezogen hat. Aber in Bombas Herz ist frühzeitig eine Sehnsucht erwacht, die immer stärker in ihm wächst: Er will das Geheimnis seiner Herkunft ergründen, er will wissen, wer seine Eltern sind und ob sie noch leben.*

Das waren die echten Gefühle seiner Kindheit und Jugend! Er verbrachte den Rest der Nacht lesend und in Fantasien schwelgend.

Nach einem gemeinsamen Mittagessen am nächsten Tag fuhr van Holst weiter. Er erneuerte sein Versprechen, auf der Rückfahrt noch einmal zu kommen, aber Tess ließ ihn trotzdem nur mit großem Bedauern ziehen.

Gegen Abend langte er in Mbabane an, die Einreise verlief ohne Schwierigkeiten. Er spürte, dass er übermüdet war, der Nacken fühlte sich steif an, die Augen brannten, und die Zigaretten schmeckten wie angekokeltes Stroh. Nur noch wenige Kilometer mussten bewältigt werden, um seine Unterkunft, das Royal Sun Hotel, im Ezulwini Tal zu erreichen. Dort angelangt, übergab van Holst Wagenschlüssel und die Verantwortung für das Gepäck dem Portier und ließ sich sofort sein Zimmer zeigen. Man hatte ihm eines mit Balkon reserviert. Das Hotel lag an einen Berghang geschmiegt, von wo aus sich der Blick über das Tal zu der hoch aufragenden Bergkette der Mdzimba Mountains öffnete. Er zog die Vorhänge zu, für solche touristischen Besonderheiten war in den nächsten Tagen Zeit genug. Auf dem Tisch lag ein Kuvert mit einer Nachricht des Honourable Minister of Finance Maxwell Nkambule, der van Holst herzlich willkommen hieß. Van Holst faltete die Karte und steckte sie zurück in den Umschlag. Under Secretary Musa Makhubu würde ihn morgen Vormittag zum Reed Dance abholen. Der Höhepunkt der Feierlichkeiten stand an.

Van Holst besah sich im Spiegel. Seine Augen waren rot unterlaufen, seine Hand zitterte. Diese verfluchten Koffeintabletten! Er rekapitulierte, es mussten wohl acht Stück gewesen sein, die er eingeworfen hatte. Auf dem Tisch war eine Flasche Wasser bereitgestellt, van Holst setzte sie an und trank sie leer. Auspissen war immer noch das beste Mittel. Anschließend ging er unter die Dusche, ließ das Wasser auf seinen Rücken prasseln, so kalt, wie er es gerade noch aushalten konnte. Als er sich abfrottierte, war ihm wohler.

Er zog ein frisches Hemd an und ging nach unten. Rund um den Pool waren die Tische für das Abendessen aufgestellt worden. Dort bereiteten Köche ein Mongolian Barbecue vor. Van Holst nahm an der Bar einen Whiskey Soda, spürte, wie ihn der Alkohol langsam zur Landung ansetzen ließ, und legte noch ein weiteres Glas nach. Anschließend stellte er sich am Büfett einen Teller mit rohem Fleisch zusammen, das von den Köchen auf heißen Platten gebraten wurde. Was immer es sein mochte, Kudu, Zebra, Strauß oder Krokodil, es schmeckte ordentlich, dachte van Holst. Allerdings spürte er, wie die Hitze in seinen Körper zurückkehrte. Der Schweiß stand ihm auf der Stirn. Er schob den Teller von sich.

Den Tee, der nach dem Essen serviert wurde, wollte er nun auf keinen Fall zu sich nehmen. Er bestellte ein Bier und setzte sich auf einen der Liegestühle, die auf dem Rasen zwischen Bougainvilleas und Jakarandas bereitgestellt waren. Mit geschlossenen Augen ließ er das Bier in sich hineinrieseln. Seine körperliche Verfassung pendelte zwischen Extremen, einer Müdigkeit, die ihm fast die Füße wegzog, dazu aber einem Puls, der wie von einer Maschine angetrieben pumpte und pochte.

Als er die Augen wieder öffnete, flimmerte das Bild, das er vor sich hatte, wie ein altes Fernsehgerät. *Eine Menschengestalt glitt vorsichtig und geräuschlos auf dem schmalen Dschungelpfad dahin. Mit der Geschmeidigkeit einer Wildkatze nahm sie ihren Weg über Baumwurzeln und wucherndes Gestrüpp, bis ein schlammiges Sumpfloch ihren Schritt hemmte.* Durch den Nebel hindurch sah er eine schlaksige Gestalt zum Büfett schlendern. Sie sah aus wie der Ranger, der ihm heute begegnet war. Van Holst versuchte, den Kerl zu fixieren. Das war kein Ranger, der da drüben trug doch ein Dinnerjacket! Ein inneres Lachen überkam ihn, verdammt komische Vorstellung, ein Ranger im Dinnerjacket! Wie komme ich überhaupt auf den Ranger, fragte sich van Holst und gab sich gleich selbst die Antwort: Weil der eine doppelläufige Flinte in seinem Besitz hatte, mit der er jeden Elefanten den Schädel wegblasen konnte. Und weil er mit .577 Tyrannosaurus herumballern durfte, mit Patronen, so groß wie Affenpimmel!

Van Holst stemmte sich hoch und ging schwankend auf

sein Zimmer. Der Roomservice hatte bereits sein Bett aufgedeckt. Die Nachttischlampe brannte. Auf seinem Kissen lag ein Zettel.

Er hat Ihre Spur aufgenommen und ist hinter Ihnen her ...

Die Schrift war krakelig. Die einzelnen Buchstaben wirkten wie gemalt, von Kinderhand mit zu viel Druck auf dem Stift. Die wenigen Wörter mussten dem Schreiber große Mühe bereitet haben. Der aus einem Notizbuch gerissene Zettel hätte noch Platz geboten, vielleicht hatte der Unbekannte mehr schreiben wollen, musste aber abbrechen. Van Holst starrte den Zettel an und versuchte, seinem betrunkenen Kopf eine Einschätzung abzuringen.

»Drauf geschissen!«

Er knüllte den Zettel zusammen und warf die Papierkugel Richtung Abfallkorb, verfehlte ihn aber. Sie rollte unter den Vorhang. Grunzend ließ sich van Holst aufs Bett fallen.

9.

Am anderen Morgen kam der Roomservice zur vereinbarten Zeit und brachte das Frühstück. Der Kellner stellte das Tablett auf den Tisch, zog die Vorhänge beiseite und öffnete das Fenster, um frische Luft hereinzulassen.

»Ihr Frühstück, Sir!«

»Danke.«

Van Holst gab sich noch eine halbe Stunde, ehe er sich aus der Decke schälte. Sinnierend saß er am Bettrand. Dann fiel ihm der Zettel wieder ein. Der Papierkorb war leer. Er robbte auf dem Teppichboden umher, fand aber nichts. Schließlich gab er auf. War wohl ein Traum gewesen.

Gegen Mittag kam Musa Makhubu, der Staatssekretär, um van Holst abzuholen. Er trug die landesübliche Tracht, einen bunt gemusterten Lendenschurz, den er mit einem perlengeschmückten Gürtel am Leib hielt, dazu Halsketten aus Leder und Stoff und eine lange Perlenkette quer über den ganzen Oberkörper. Sein Englisch war ausgezeichnet. Er lotste van Holst zu dem draußen bereitstehenden Geländewagen. Nach einer kurzen Fahrt langten sie am Festplatz an. Mit Bulldozern war eine Fläche von der Größe einer Fußballarena planiert und anschließend mit Wasser besprengt worden. Am Parkplatz posierten die jungen Frauen in einem hinten offenen, perlenbestickten Lendenschurz für Touristen. Um den Hals trugen sie Ketten und bunt gewebte Bänder.

»Die Zeremonie ist uralt, ihr Sinn dennoch sehr zeitgemäß«, sagte Makhubu. »Wir möchten die jungen Frauen ermutigen, ihre Jungfräulichkeit für die Ehe zu bewahren.«

Van Holst nickte. Auf diese Idee musste man erst mal kommen, dachte er. Um ihre Jungfräulichkeit zu schützen, machten sich die Mädels nackig. Und auf dem Festplatz wollte man dann die Möpse hüpfen sehen.

»Die Schilfrohre, die sie herbeitragen, werden der Tradition nach dazu verwendet, die Schäden am Besitz der Königinmutter auszubessern. Die jungen Frauen zeigen ihre Bereitschaft, solche Arbeiten zu verrichten. Außerdem …«

Makhubu unterbrach sich, wandte sich um und ließ seinen Blick über die abgestellten Fahrzeuge schweifen.

»Der König wird erst später kommen. Aber natürlich ist ein wichtiger Bestandteil unseres Festes die königliche Brautschau. Er wird sich eine der Tänzerinnen zur Frau erwählen. Allerdings …«

Makhubu beugte sich zu van Holst herüber, um seinem Ohr nahe zu sein.

»… ist diese Entscheidung bereits gefallen.«

»Darf ich Sie etwas ganz anderes fragen?«

Makhubu legte seinen Arm um van Holst. Eine freundschaftliche Geste, die ihn ermuntern sollte, seine Bitte freimütig auszusprechen. »Aber gerne!«

»Werden in Swasiland Programme zur Reduzierung der Elefantenbestände durchgeführt?«

Der Staatssekretär wirkte irritiert. »Welche Programme meinen Sie? Bei uns hat es so etwas nie gegeben, Südafrika führt nach meinen Informationen auch keine solchen Aktionen mehr durch. Selbst wenn sie notwendig wären, sind sie heute der Weltöffentlichkeit nicht mehr vermittelbar.«

Er lächelte. »Bestimmt handelt es sich um ein Missverständnis!«

Sie waren an einer Tribüne angelangt, die für Ehrengäste reserviert war.

»Bitte sehr, nehmen Sie Platz!«

In den nächsten zwei Stunden passierte nichts, außer dass immer mehr Tänzerinnen und Zuschauer in den königlichen Kraal strömten. Auch Makhubu hatte sich längst anderen Aufgaben gewidmet als der, seinen amerikanischen Gast zu betreuen. Die Atmosphäre war ungezwungen, keiner blieb auf seinem Platz, und es gab ein ständiges Kommen und Gehen. Van Holst war froh darüber. In drei Tagen würde man sich ohnehin zu einer Besprechung treffen. Er hasste es, wenn versucht wurde, seine Ansichten schon vorher abzufragen.

Van Holst stand auf, mischte sich unter die Menge und kaufte sich bei einem der fliegenden Händler ein Sandwich und eine Flasche Bier. Er aß und lehnte danach gelangweilt an einem abgestellten Auto und rauchte. In einiger Entfernung sammelte sich neben einem Lieferwagen eine Gruppe von Touristen, dem Klang der Sprache nach zu urteilen Deutsche.

Einer hob einen Wimpel hoch, der an einem Stock befestigt war, um die Gruppe zu sammeln. Ein schlaksiger Mann in kurzen Hosen mit Panamahut trat hinzu. Wie gestern Abend im Hotel durchfuhr van Holst ein plötzliches Wiedererkennen. Das war doch dieser Ranger! Die Leute beiseiteschiebend, kämpfte sich van Holst zu der Gruppe durch. Diese Elefantengeschichte musste dringend aufgeklärt werden! Auch der Zettel von gestern Abend fiel ihm wieder ein. Er hatte ihn genau vor Augen, das konnte kein Traum gewesen sein. Als er den Lieferwagen erreicht hatte, war die Gruppe verschwunden.

Van Holst horchte in sich hinein. Was trieb ihn so um? Welches Bild verfolgte ihn da? *Er hat Ihre Spur aufgenommen und ist hinter Ihnen her …* Eine Ahnung überkam ihn, die aus lange zurückliegenden Zeiten stammte: Er kannte diesen Menschen. Und er hätte diese Elefantenjagd von Anfang an für abwegig halten müssen! *Bomba wird beauftragt, eine Herde von Elefanten zu töten, die ein Dorf niedergetrampelt haben. Er besteht das Abenteuer mit der katzenhaften Gewandtheit und der erstaunlichen Kraft seines Körpers, mit sicherem Instinkt und kühnem Wagemut, mit listenreichem Verstand und scharfsinniger Beobachtungsgabe – und mit dem rechtschaffenen Herzen eines Jungen, der auch dem Unbekannten, Geheimnisvollen kühn entgegentritt und in keiner Gefahr verzagt.*

Er hatte sich mit der windigen Geschichte abgefunden, um sich keine weiteren Gedanken über diesen Kerl machen zu müssen. Eine ungewohnte Verwirrung bemächtigte sich seiner.

Endlich bemerkte er, dass das Fest seinen Anfang genommen hatte. Etwa sechs- bis achtjährige Mädchen mit Rasseln an den Füßen betraten in größeren Gruppen rhythmisch stampfend den Platz. Nach und nach würden die Älteren folgen. Van Holst beeilte sich, zu seinem Tribünenplatz zurückzukehren.

10.

Verkatert stand van Holst am anderen Tag an der Rezeption. Er hatte sich am Abend zuvor ziemlich die Kante gegeben. Aber heute und morgen ging sein Zustand niemanden etwas an, diese beiden Tage waren, dienstlich gesehen, frei. Er hatte sein Zimmer vorübergehend geräumt und würde nach einem Kurztrip in das Mlilwane Wildlife Sanctuary wieder zurückkehren. Er hinterließ keinen Hinweis, wie man ihn erreichen konnte. Nur Frauke hatte er von diesem Plan erzählt. Ein wenig Entspannung würde ihm guttun. Um sich ein wenig aufzuhelfen, nahm er noch einen Kaffee mit Cognac an der Bar und stieg dann in seinen Wagen.

Das Naturschutzgebiet lag nur eine halbe Stunde Fahrt entfernt. Van Holst stellte den Landrover an dem von Bäumen gesäumten Parkplatz ab. Reiher stolzierten zwischen den Holzhütten umher, und Warzenschweine flüchteten quiekend, als er sich näherte.

Ian Burstyn, der weiße Manager der Anlage, empfing ihn und führte ihn über das Gelände. Van Holst nahm alles genau auf, was er sah. Die Bewirtschaftung des Gebiets ging auf eine private Initiative zurück, ein Farmer hatte in den Fünfzigerjahren begonnen, ein Reservat aufzubauen. Der Erfolg gab ihm recht. Statt einer öden und planen Fläche hatte man im Mlilwane Naturschutzgebiet eine abwechslungsreiche Flora und Fauna bewahrt, vielgestaltig und angenehm für das Auge, dazu eine dramatische Berglandschaft, beherrscht von dem schroff aufragenden Nyonyane. Um einen weiten Platz mit Tischen, Stühlen und Feuerstelle herum waren Holzhütten und Beehive Huts angeordnet, traditionelle, aus Stroh gefertigte Behausungen, die ihren Namen der Ähnlichkeit mit einem Bienenkorb verdankten. Van Holst hatte eine Beehive Hut gemietet. Auch Camping und Hütten für Selbstversorger wurden angeboten.

Im Inneren der Hütte roch es nach Stroh und Wachs. Die beiden Betten waren rustikal aus glatt gehobelten, armdicken Ästen gefertigt. Verschließbare Fenster gab es nicht. Van Holst war größeren Komfort gewöhnt, von Äldiswil aus betrachtet war das Ganze hier armselig, aber wer sich als Naturschutzgebiet vermarktete, durfte darauf setzen, dass genau das Fehlen von Annehmlichkeiten als das hervorstechende Merkmal akzeptiert wurde. In seinen Präsentationen nannte van Holst diese Strategie: *This bug is a feature!* Frech, aber nicht chancenlos. Luxusbedürfnisse ließen sich über die Moralschiene korrigieren. Ethischer Mehrwert war eine Ressource, von der es auf dieser Welt reichlich gab. Klug war, wer es schaffte, sie seinem Produkt anzufügen.

»Und?«, fragte Burstyn.

»Alles okay!«

»Sehen wir uns im Restaurant? Ich gebe einen Aperitif aus.«

Van Holst sah auf seine Uhr und nickte.

11.

Eine Stunde später saß van Holst auf der Terrasse des Hippo Haunt. Der kleine See davor, genannt Hippo Pool, beherbergte ein Dutzend Flusspferde, Krokodile und einige seltene Vogelarten.

»Sind diese Kolosse nicht gefährlich?«

Burstyn schüttelte den Kopf.

»Nur, wenn Sie sich zwischen ihnen und ihrer Wasserstelle aufpflanzen. Davon rate ich dringend ab! Falls Sie keines zu sehen kriegen, kommen Sie heute Nachmittag so gegen fünf Uhr noch mal an den Hippo Pool.«

Er erhob sich. »Übrigens habe ich noch eine Überraschung für Sie! Sehen Sie mal dorthin.«

Er wies auf einen der hinteren Tische, an dem eine junge Frau Platz genommen hatte. Van Holst erkannte seine Nichte Tess.

Burstyn grinste. »Ich habe ihr die Hütte neben Ihnen gegeben. Schönen Aufenthalt! Wir sehen uns!«

Der Manager verschwand, um sich seiner Arbeit zu widmen.

»Wie kommst du denn hierher?«, fragte van Holst.

»Mit Mamas Wagen. Ich dachte, es wäre eine gute Gelegenheit, ein wenig Zeit mit dir zu verbringen.«

»Du alleine! Das ist doch viel zu gefährlich!«

»Wem erzählst du das! Ich bin hier aufgewachsen und weiß, wie ich mich verhalten muss, Onkel Rob.«

»Na schön! Hast du schon gegessen?«

»Ja. Wenn es dir recht ist, packe ich erst einmal aus und komme später nach.«

Van Holst bestellte sich ein weiteres Bier und orderte eine Grillplatte mit Wildfleisch. Ein Krokodil glitt unten vorbei.

Das, was davon zu sehen war, ähnelte einem borkig-zerklüfteten Baumstamm.

Der Kellner servierte.

»Was ist denn das?«

»Gnuwurst, Sir.«

Er säbelte an den Fleisch- und Wurststücken herum. Keines der lokalen Produkte hatte eine wirkliche Chance. Noch ehe man Gnuwurst ausreichend auf dem Weltmarkt platzieren könnte, wäre diese Tierart ausgestorben.

Van Holst sinnierte und fuhr dann hoch. Seine Gedankenkette war gekappt. Er meinte, einen Schuss gehört zu haben. Schätzungsweise schweres Kaliber. Er lauschte. Das Ächzen der sich im Wind wiegenden Bäume, ein Knacken wie von brechendem Holz, schließlich ein Rauschen im Wasser, das von der Schwanzflosse eines großen Krokodils herrührte.

Er rief nach dem Kellner. »Was war das?«

Der Kellner knetete seine Hände. »Wir nennen ihn Uncle Sam. Das älteste und größte unserer Krokodile.«

»Ich meine den Schuss?«

Der Kellner legte die Hand an sein Ohr, zog die Schultern hoch, hob die Hände und verharrte in dieser Geste der Ratlosigkeit, bis van Holst ärgerlich abwinkte.

»Schon recht.«

Van Holst tupfte sich die Stirn ab. Vorsicht, er durfte die Kontrolle nicht verlieren! Er war nie ein Opfer von Verfolgungsfantasien geworden, sein Kopf blieb stets klar. Aber nun begann ihn die Angst zu umschließen, er las Zettel, die anschließend verschwanden, er begegnete seltsamen Rangern, er hörte Schüsse, die sonst niemand wahrzunehmen schien. Angst bewältigte man mit Vernunft, in seinem Innern aber korrespondierte etwas mit einer undeutlichen Bedrohung. Jemand rief, und es antwortete aus ihm.

War es vielleicht doch nur die ständige Erschöpfung, die ihm zu schaffen machte? Der Jetlag konnte einem das Hirn vernebeln. Vor Jahren hatte er im Hotel gesessen und seiner Sekretärin Bescheid geben wollen, dass er gut angekommen war und weiteres Informationsmaterial benötigte. Aber in seinem Kopf war die Nummer des eigenen Büros gelöscht gewesen. Hilflos hatte er vor sich hingestarrt und nicht mehr weitergewusst. Endlich war ihm eingefallen, dass er Visitenkarten bei sich trug.

Eine Nacht durchzuschlafen würde vielleicht alle Probleme lösen.

Tess setzte sich zu ihm an den Tisch. »Was machst du eigentlich genau?«

»Geld beschaffen.«

»Spenden?«

»Kredite! Da steht ein Mensch ohne Hilfsmittel auf einem Stück Land. Ich sorge dafür, dass er einen Spaten in die Hand bekommt …«

»… den er dem nächstbesten Interessenten verkauft?«

»Kann schon sein. Aber selbst wenn er eine faule Socke ist – wer uns anpumpt, will unser Freund sein. Das Gegenteil kostet uns noch mehr Geld.«

»Für meine Freundschaft würde ich mich auch gerne mal bezahlen lassen!«

Van Holst ließ sich einen Kaffee kommen, legte die Beine auf das Geländer und hätte am liebsten seiner Müdigkeit sofort nachgegeben. Aber erst noch den Kaffee, dann kurz aufs Ohr gelegt, und wenn man wieder aufwachte, hatte man den Kick. Koffein machte erst müde, dann munter.

»So sieht das auch der Herr Minister. Übermorgen treffe ich ihn.«

»Interessant! Habe ich dir schon gesagt, dass ich Politik studieren möchte?«

Van Holst winkte ab. »Solche Besprechungen sind langweilig. Immer dieselbe Leier. Sie versuchen, Sonderkonditionen für sich herauszuschinden. Weltmarkt ja, aber mit Behindertenausweis!«

»Aber der Markt ist nicht gerecht!«

Van Holst lachte. »Genau so wird der Minister argumentieren. Der böse Markt!«

»Und was wirst du ihm sagen?«

»Was ich immer in solchen Fällen sage: Dass auf dem Markt Bösewichter zu Engeln werden! Der Händler mag ein Hundsfott sein, aber er kann gar nicht anders, als durch seine Gier Bruttosozialprodukt und Gemeinwohl in einem Aufwasch zu vermehren. Alles andere spielt keine Rolle. Der Preis ist das einzige Banner der Gerechtigkeit und Wahrheit, das man getrost überall aufpflanzen kann. Ein einfaches Zahlenstatement, aber eines, das der Markt testet. Gutgläubigkeit oder Gier verschwinden, Geld fließt, Güter werden verteilt, Interessen ergänzen sich, und deshalb, Tess, zählt gut oder böse nur zu Hause, wenn sich der Herr Minister eine große Gnuwurst gekauft hat und sie alleine aufisst, ohne seinen Frauen und Kindern etwas davon abzugeben.«

Van Holst erhob sich ächzend und warf Trinkgeld auf den Tisch.

»Sei mir nicht böse, Tess, aber ich muss mich ein wenig aufs Ohr legen.«

Van Holst ließ sich in seiner Hütte auf das Bett fallen und schlief sofort ein. Als er wieder aufwachte, war es dunkel. Sein Herz pochte, er rang nach Luft. Er hatte schlecht geträumt. Cindy, die Kleine mit den Spängchen, war auf seinen Brustkorb gesprungen und würgte ihn. Er richtete sich auf und lauschte. Im Zwischenreich von Wachen und Schlafen durfte man nicht den Überblick verlieren. Zikaden, dazwischen das

Kreischen von Reihern. So weit, so gut. Aber er spürte ganz deutlich die Anwesenheit eines Übels. Etwas bedrohte ihn. Van Holst sprang aus dem Bett, schüttete Wasser in die Waschschüssel und benetzte sein Gesicht. Offene Fenster, eine schlecht schließende Tür – warum hatte er sich nur darauf eingelassen? Aber in solchen Situationen gab es nur eins: vorwärtsverteidigen, statt sich in die Hosen zu machen. Er klopfte sich eine Zigarette aus der Packung und ging nach draußen. Die Luft war frisch, die Zigarette schmeckte. Mutiger geworden, umkreiste er die Hütte in zunehmend größerem Radius. Lächerlich, hier war nichts, nur Natur mit allem, was dazugehörte! Auch bei Tess nebenan war alles in Ordnung, sie schlief.

Van Holst wagte sich zu den Bäumen vor und streckte die Hand aus, um sich abzustützen. Er erschrak. Er tastete etwas Ledrig-Feuchtes. Borstig, glitschig. Dann nahm er ein Schmatzen und röchelndes Schnauben wahr. Endlich verstand er, dass der Koloss, den er berührt hatte, ein Flusspferd war. Eine Art Notaggregat fuhr in ihm hoch. Regungslos stand das Tier im Dunkeln. Hippos konnten, das wusste van Holst, auf kurze Entfernung sehr schnell laufen, schneller als jeder flüchtende Mensch. Er spürte feuchte Tropfen auf der Haut. Gestank breitete sich aus, als begänne es, Jauche zu regnen. Endlich verstand er, dass es das Flusspferd war, das ihn mit der übel riechenden Masse bespritzte, mit purer Scheiße, die der Dickhäuter mit rotierendem Stummelschwanz in die Umgebung propellerte. Das Tier fühlte sich nur in seiner eigenen Aura wohl, und van Holst hatte eine Ausdünstung an sich, die es nicht mochte.

Langsam, mit Bedacht zog sich van Holst zurück, rückwärtsgehend zunächst, dann, als er einige Entfernung gewonnen hatte, drehte er sich um und ging raschen Schritts zu seiner Hütte. Durchatmen! Doch dann fuhr ihm ein heißer

Schmerz in die Fingerglieder der linken Hand. Seine Zigarette! Fluchend ließ er sie fallen und trat sie aus.

Er duschte und saß anschließend bis spät in die Nacht in seiner Hütte, um über seinen Unterlagen zu brüten. Die Gedanken zu ordnen machte ihn ruhig.

12.

»Knock, knock!«

Van Holst hob den Kopf. Zuerst sah er die Uhr, es war halb sechs in der Frühe, dann die junge Schwarze vom Servicepersonal.

»Your early morning tea, Sir!«

Sie stellte das Tablett auf dem Tisch ab und verschwand wieder. Wahnsinn! Grunzend warf sich van Holst in das Kissen zurück.

Zwei Stunden später holte er Tess aus ihrer Hütte, und sie gingen zum Frühstück ins Restaurant. Das Büfett präsentierte sich englisch: Tee, Kaffee, Zerealien, Eier, Speck und Würste.

Sie setzten sich mit ihrem Tablett nach draußen und betrachteten den Hippo Pool.

»Gut geschlafen, alles in Ordnung?« Burstyn war hinzugetreten. »Wir machen einen gemeinsamen Ausritt ins Gelände. In einer halben Stunde. Sind Sie dabei?«

»Ausritt?«

»Natürlich haben wir hier Geländefahrzeuge, sogar Mountainbikes, aber der Vorteil von Pferden ist, dass andere Tiere vor ihnen nicht flüchten. Wir mischen uns unter Antilopen, Gnus, Impalas und Zebras. Ein Erlebnis, glauben Sie mir!«

Van Holst sah zu Tess hinüber. Sie nickte begeistert.

»Okay, wir sind dabei.«

Wenig später brach eine Gruppe von sieben Personen in das Reservat auf. Van Holst war ein passabler Reiter, auch wenn er seine Fähigkeiten hier nicht zeigen musste, denn sein Gaul trottete lammfromm durch das halbhohe Gras hinter den anderen her. Burstyn hatte nicht zu viel versprochen, alle Tiere, denen sie begegneten, blieben ohne Scheu.

Nach etwa drei Stunden hob Burstyn die Hand. Sie stiegen ab.

»Was halten Sie von einem kleinen Mittagsimbiss?«

Van Holst sah sich um. »Wo ist Tess?«

»Ist mir vorhin schon aufgefallen: Die junge Dame hat ihren eigenen Kopf und hat sich von der Gruppe ein wenig abgesetzt. Ich nehme an, sie wird gleich wieder zu uns stoßen.«

»Aber das ist doch gefährlich!«

»Gar nicht! Von den Big Five der gefährlichen Raubtiere haben wir hier nur Elefanten. Es würde mich wundern, wenn sich einer hierherverirrt hätte.«

»Ich sehe trotzdem nach.«

»Essen in zwanzig Minuten, okay?«

Van Holst legte zwei Finger an seine Hutkrempe und drehte sich um. Er hatte einen ausgezeichneten Orientierungssinn, zur Sicherheit fragte er dennoch die GPS-Daten des Lagerplatzes mit seinem Smartphone ab. Schnell hatte er sich von den anderen entfernt. Endlich fand er Spuren im Gras.

»Tess! Bist du hier?«

Er sah sich um. Vor ihm wölbte sich der Nyonyane mit seinem Granitbuckel auf, gedrungen wie ein vorwärtsstürmender, riesiger Büffel.

»Wussten Sie, dass man den Gipfel auch den Rock of Execution nennt?«

Van Holst fuhr herum. Er erkannte den grauen Pick-up sofort wieder. Oben auf der Ladefläche saß der Ranger in seiner kakifarbenen Kleidung.

»Wer der Hexerei verdächtig war, musste von dort hinunterspringen. *Witchcraft* – ist doch ein ziemlich guter Ausdruck für das, was Sie beruflich machen? Was meinen Sie, van Holst?«

»Wo ist Tess?«

»Das Zicklein ist angeleint und hat als Köder gut funktioniert. Sie haben ja zu uns gefunden.«

Tess saß mit verbundenen Augen an den Toyota gelehnt. Ihre Hände waren gefesselt. Ihr Kopf zuckte, sie schluchzte. Van Holst überschlug seine Möglichkeiten. *Unterwegs gerät er in die Hände der barbarischen und grausamen Kopfjäger, deren Häuptling Nascanora seit jeher sein persönlicher Feind und Widersacher ist.* Das Gelände war eben, Hilferufe sinnlos, dazu hatte der Ranger einen Wagen und vor allem ein doppelläufiges Gewehr von beträchtlicher Reichweite, mit dem man Großwild zur Strecke brachte.

»Keine Chance, van Holst!«

Seine Stimme klang nun gefährlich, die schwere Flinte ruhte auf seinem Schoß. Van Holst wusste um die Entschlossenheit, mit der der Ranger gegen seinen Kontrahenten vorgegangen war. Jetzt hockte er auf einer Kiste und wies auf sein Instrument. »Das ist sie nun in voller Pracht, meine Westley Richards!«

Er entriegelte das Gewehr, klappte es auf und schob zwei große Patronen ein.

Van Holst spürte sein Herz flattern. »Was wollen Sie von uns? Ich kenne Sie doch gar nicht!«

»Puerto Rico! Ist aber eine Weile her. Meine Lage war so verzweifelt und aussichtslos wie nun die Ihre. Dies ist der Tag der Rache, an dem sich erfüllt, was Sie an Furcht im Herzen getragen haben. Möchten Sie noch ein Gebet sprechen?«

Düster und unergründlich schimmerte das faulige, schwarze Wasser. Die Gestalt beugte sich vor und sah für einen Augenblick ihr eigenes Gesicht auf dem dunklen Wasserspiegel. Das war es! Alles stand ihm wieder vor Augen, und er wusste, dass es für ihn keine Gnade geben würde.

»Lassen Sie das Mädchen gehen. Sie ist unschuldig und hat nichts mit der Sache zu tun.«

»Unschuldig! Wie das klingt. Ein Wort für das Poesiealbum: unschuldig! Haben Sie sich je eine Vorstellung davon gemacht, wie unschuldig ich damals gewesen bin? Aber ich kann Sie beruhigen, dem Mädchen passiert nichts.«

Ruhig erhob sich der Ranger. Die Ladefläche seines Pickups war eine hervorragende Plattform, von der aus er jedes Ziel im weiteren Umkreis anvisieren konnte. Van Holst rannte los und schlug Haken. Das eine war so sinnlos wie das andere, vom Jägerstand des Rangers aus gesehen.

Er legte an und schoss. Der heftige Rückstoß ließ ihn nach hinten taumeln. Van Holsts Schädel zerstob in Fetzen, die auseinanderspritzten, als habe man eine Handvoll tropfnasser Lehmerde gegen eine Mauer geworfen. Der kopflose Körper fiel so jäh zu Boden wie eine Elektropuppe, der man den Stecker gezogen hatte.

Tess schrie auf.

Der Ranger holte aus dem Führerhaus einen Benzinkocher, pumpte, um Druck aufzubauen, und zündete den feinen Strahl an. Auf die Topfhalterung legte er etwas, das wie ein viereckiger Eisenstempel aussah. Als die Unterseite rot glühte, wickelte er ein Tuch um seine Hand und fasste den Stempel am Griff. Er ging zu van Holsts Leiche, die bäuchlings am Boden lag, riss ihm die Hosen herunter und brannte ihm mit dem glühenden Eisen ein Zeichen auf die Arschbacke.

50

IM GARTEN
DER GÖTTER I

Charlie frottierte sich und schlüpfte in den Bademantel. Er schob den Vorhang beiseite und schaute nach unten. Von seinem Zimmer aus hatte man einen guten Blick auf den Garten der Götter, die im römischen Stil gehaltene Poolanlage. In der Mitte war der große Temple Pool mit einem Monopteros, den ein Sternenkranz auf dem Mosaikboden des Beckens umgab. Er holte sich ein Bier aus der Minibar und legte sich auf das Bett. Abhängen, ausschlafen, Drinks, gutes Essen – das war genau das Leben, das er sich nach der Ochserei der letzten Wochen gewünscht hatte. Im Schlepptau dieses Kameltreibers, den sie ihm aufs Auge gedrückt hatten, war er in ganz Kalifornien umhermäandert, bis er ihn endlich bei den Mesquite Sand Dunes hatte erledigen können. Er mochte Las Vegas, man war einer von vielen und konnte gut entspannen. Den Spielern unten im Casino allerdings sah er lieber zu, sein Geld ließ sich hier vergnüglicher auf den Kopf hauen, verlieren konnten getrost die anderen.

In seinem Unterbauch spürte er ein wohliges Kribbeln, die Masseuse, die er bestellt hatte, musste in ein paar Minuten auf sein Zimmer kommen. Egal, was für Bedürfnisse man hatte, der Service in diesem Tophotel war in jeder Hinsicht umfassend. So war im Bad ein weißer Plastikbeutel deponiert, mit zwei Kondomen, Gleitmittel, zwei Handtüchern und einem Beutelchen mit Pfefferminzpastillen. Der Inhalt würde, sofern etwas fehlte, anderntags anstandslos wieder aufgefüllt.

Im Kleiderschrank klingelte sein Smartphone.

»Scheiße«, fluchte er.

Schon der Klingelton ließ seinen Adrenalinspiegel ansteigen. Dieses Ding war ein Dienstgerät zum Empfangen und Führen verschlüsselter Gespräche, private Anrufe waren ausgeschlossen. Er durfte es nie ausschalten.

»Charlie?«

Alles sträubte sich in ihm. Mehr als ein Knurren war ihm nicht zu entlocken.

»Bist du alleine?«

»Geht dich einen feuchten Kehricht an.«

Sein Gesprächspartner wurde scharf. »Hey, reiß dich am Riemen, sonst gibt es Ärger.«

»Ich habe endlich Urlaub, ist dir das klar?«

»Gehabt! Wir brauchen dich.«

Charlie setzte sich auf das Bett. In seinem Kopf wurden Kulissen hin und her geschoben, dann hatte er sich so weit adaptiert, dass er geistig am Schreibtisch saß und die Dienstmütze trug.

»Okay, worum geht es?«

»So gefällst du mir schon besser! Van Holst ist abgeschossen worden.«

»Rob?«

»Genau. Der Mörder hat einem Ranger Pick-up und Flinte geklaut. Kaliber .577. Von Robs Schädel ist nichts mehr übrig. Man musste ihn kopflos begraben.«

»Übel! Und was steckt dahinter?«

»Weißt du wahrscheinlich besser als wir. Hat etwas mit Puerto Rico zu tun.«

»Sagt wer?«

»Seine Nichte. Sie ist verschont worden und hat den Brocken aufgeschnappt. Das ist der einzige Hinweis, den wir haben.«

»Puerto Rico? Etwa die Operation Bravo?«

Es klopfte an der Zimmertür.

»Moment mal, ich glaube, das ist der Zimmerservice. Bin gleich wieder da.«

Charlie vergrub das Smartphone unter dem Kopfkissen, holte einen Schein aus seiner Brieftasche und öffnete die Tür. Suzy war eine Schwarze, das allerdings hatte man ihm nicht gesagt. Nicht sein Typ, umso besser! Er steckte ihr den Schein zu und schickte sie weg.

»Okay, da bin ich wieder. Aber wie soll das zugehen? Wie kann ein Toter zum Mörder werden?«

»Die Aktenlage ist unklar. Damals auf der USS Dragonfly wurden zwei Tote verzeichnet, und wir gehen davon aus, dass es sich bei dem Mörder um einen der beiden handelt.«

»Konnte man das nicht nachprüfen?«

»Wie denn? Einer starb durch Krankheit und wurde im Meer versenkt, der andere ist seit diesem Zeitpunkt vermisst. Auf hoher See! Er wurde daher für tot erklärt.«

»Also blieb zumindest ein Rest Unsicherheit.«

»Genau. Und wenn er tatsächlich davongekommen sein sollte, bist du der Einzige von uns, der ihn lebend gesehen hat.«

»Klingt trotzdem ziemlich wacklig!«

»Schon. Aber sieh es andersherum: Es gibt für den Mord an Rob keine andere Erklärung, die Sinn ergibt.«

»Ich wüsste einige Leute zu nennen, die ihn liebend gern um die Ecke gebracht hätten.«

»Aber keinen, den man mit Puerto Rico in Verbindung

bringen könnte. Da hat der vermeintlich Tote zweifellos das stärkste Motiv.«

Charlie öffnete mit den Zehenspitzen die Minibar. »Okay. Aber warum habt ihr den Kerl damals so lange festgehalten, statt ihn gleich zu beseitigen?«

»Klar, wäre besser gewesen, wenn wir ihn bei der Festnahme als ungesetzlichen Kombattanten aus der Welt geschafft hätten. Aber man dachte, dass er über nützliche Informationen verfügt.«

»Und?«

»Null. Wenn er als Insasse auf der Dragonfly in den Listen auftaucht, kommen wir aus der Nummer nicht mehr heraus. Dann wird es förmlich. Was willst du tun? Ihn vor ein ordentliches Gericht stellen mit dem Risiko, dass er sein Wissen über uns auspackt? Und liquidieren kommt nicht mehr infrage, auch wir werden kontrolliert, und mit dem Senatsausschuss gibt es schon genug Ärger. Was also?«

Der Verschluss des Fläschchens, den Charlie mit einer Hand aufdrehte, knackte.

»Sag mal: Hast du das auch gerade gehört? Haben wir da noch jemanden in der Leitung?«

»Unsinn. Southern Comfort.« Gluckernd goss er den Inhalt des Fläschchens in das Glas.

»Würdest du ihn noch wiedererkennen?«

»Hm. Nach zwanzig Jahren? Vielleicht.«

»Und was ist mit seinen Freunden, die damals dabei waren? Das wäre doch ein Ansatzpunkt.«

»Schon. Wenn ich mich an die Namen erinnern könnte! Einer hieß, glaube ich, Ernie oder Ernest. Oder Earl? Und seine Freundin war auch dabei. Hat hinterher noch viel Staub aufgewirbelt.« Charlie nahm einen Schluck. »Die ganze Geschichte ist bei mir so gut wie gelöscht, ist zu lange her. Muss erst mal sehen, wie ich mich wieder auf den neuesten Stand bringe. Sind wir die Einzigen, die in dem Fall ermitteln?«

»Natürlich nicht. Logischerweise hat das FBI die Sache übernommen.«

»Wissen sie von den Hintergründen?«

»Nichts!«

»Was wirst du ihnen sagen?«

»Freiwillig gar nichts! Das machen wir besser unter uns ab.«

DER SARG
DES PHARAOS

1.

Ein scharfer, durchdringender Pfiff ertönte. Aus der Krone der Eiche, die dicke gewundene Äste in alle Richtungen ausstreckte, antwortete ein Krächzen. Ein Rabe flog auf und setzte sich auf Earl Fremantles ausgestreckten Arm.

»Es geht los, Toby. Wir haben einen Auftrag.«

Toby trippelte auf seinem Arm hin und her. Earl brachte ihn zu seinem Wohnmobil. Im Innern hatte er eine Voliere einbauen lassen, in der Toby untergebracht werden konnte, wenn sie auf Reisen gingen.

Vermutlich wäre es von Big Sur kommend der schnellere Weg gewesen, sich bei Salinas weiter nördlich zu halten, hinüber zur Interstate 5 zu queren und bequem nach Coalinga hinunterzufahren. Aber Earl wollte es nicht bequem, das war nicht der Job. Wie ein Patient musste die Landschaft zunächst einmal einer gründlichen Untersuchung unterzogen werden, bevor eine Diagnose gestellt werden konnte. Und dafür war der schnellste Weg nicht geeignet.

»Alles klar da hinten?«

Toby ließ ein rollendes Keckern hören, das von einem Schnalzen abgeschlossen wurde.

»Scheiß Autofahrt, aber es geht nichts anders – da hast du recht!«

Das San Joaquin Valley war krank, da gab es keinen Zweifel. Dabei war das Valley ursprünglich ein gesegneter Landstrich gewesen, doch die Farmer hatten die Gras-, Wald- und Feuchtgebiete in landwirtschaftlich nutzbare Flächen verwandelt. Die natürlichen Voraussetzungen dafür waren ideal, die Sommer im Valley waren lang und trocken und brachten Feldfrüchte jeglicher Art zur Reife. Ein Gewächshausklima. Allerdings funktionierte das nur, wenn genügend Wasser zur Verfügung stand. Und genau hier war der Haken: Um das ausgedehnte Farmland zu bewirtschaften, presste man der Gegend jeden verfügbaren Tropfen Wasser ab. Wenn am Wochenende die Kinder in der Badewanne gewaschen waren, brachte man das Wasser anschließend im Garten aus. Die Stadtverwaltungen propagierten dafür spezielle Filteranlagen und erließen Notfallpläne, um den Wasserverbrauch zu drosseln.

Zu den ohnehin großen Problemen kam noch, dass seit einigen Jahren die gewohnten Regenfälle ausblieben. Die Niederschlagsmenge sank auf einen historischen Tiefstand. Durch die Trockenheit begannen die oberen Bodenschichten zu erodieren, das Ökosystem des Sacramento-San-Joaquin-Deltas stand vor dem Kollaps. Dabei brachte das Valley ein Viertel der gesamten amerikanischen landwirtschaftlichen Produktion hervor und nannte sich stolz die *Salad Bowl* der Nation. Earl war jedoch davon überzeugt, dass aus dieser Salad Bowl in absehbarer Zeit eine Dust Bowl werden würde, so wie damals in den Dreißigerjahren, als Oklahoma von einer lang anhaltenden Dürre heimgesucht wurde. Die einsetzenden Stürme fegten den gerodeten, losen Boden weg und wurden zu Sandstürmen, die alles unter sich begruben. Es waren die Großväter der heutigen Farmer im San Joaquin Valley gewesen, die Okies, die westwärts gezogen waren, um sich unter besseren Bedingungen erneut niederzulassen oder, genauer gesagt, um andernorts denselben Fehler ein zweites Mal zu machen.

Earl schob sich eine Trockenfrucht aus dem Leinensäckchen in den Mund, das er griffbereit neben sich liegen hatte.

Es dauerte gerade mal zwei Generationen, bis die Enkel merkten, dass sich die Geschichte zu wiederholen begann. Das Land war aufgearbeitet und ausgelaugt. Earl nannte sie die *Cokies*, die sich auf ihrem unaufhaltsamen Weg westwärts nur noch wie Lemminge in den Pazifik stürzen konnten.

Bei Salinas orientierte sich Earl südlich, um auf dem Highway 198 die Berge der Diablo Range zu überqueren. Im Priest Valley Inn machte Earl Station. Bevor er hineinging, öffnete er die Voliere und ließ den Vogel frei.

»Schau dich um, Toby.«

Der Rabe flog die nächststehende Fichte an, als wolle er sich zuerst einmal orientieren. Dann breitete er erneut die Schwingen aus und verschwand im Wald.

Earl war der einzige Gast, und das Menüangebot fiel dementsprechend schmal aus. Auf der Tafel standen Fries und Burger mit Zwiebeln und Speck. Aus den Salatblättern, Tomatenscheiben und Zwiebeln, mit denen die Burger garniert wurden, ließ er sich einen Salat bereiten.

Die Toilette befand sich außerhalb des Lokals. Auf dem Fensterbrett stand eine große Spraydose mit Insektizid, die dem Aufkleber des Wirts zufolge als *scorpion killer* eingesetzt werden sollte. Earl studierte die aufgedruckten Inhaltsstoffe samt Warnhinweisen und packte das Spray kurzerhand ein, um es bei nächster Gelegenheit zu entsorgen.

Nachdem er sich ausgeruht hatte, pfiff Earl nach seinem

Raben. Rasch erreichten sie Parkfield Junction, und bald danach breitete sich der San-Joaquin-Talbruch vor ihnen aus. Topfeben lag er da, eingefasst von Gebirgszügen. Ein Kessel, über dem ein Dunstdeckel lag, zunächst rau und reizlos wie eine Wüste, erst später dann, wo man Wasser ausbrachte, landwirtschaftlich begrünt. Ein harter Gegensatz, wenn man aus der abwechslungsreichen Berglandschaft mit Bäumen, Büschen und Bächen kam.

»Mann, Toby, sieht das hier scheiße aus!«

Toby klopfte mit seinem Schnabel auf die hölzerne Stange, auf der er saß.

Die typische *Dead Orgone*-Atmosphäre, dachte Earl, das Fehlen jeglicher Leben spendender Energie. Ein trüber und stumpfer Grauschleier hüllte das Land ein. Kein Regen, kein Wind, daher Smog. Rostige Ölpumpen säumten die Straße. Dazwischen weideten Rinder. Was da noch am Boden stand, war kein Gras mehr, sondern bestenfalls Heu. Wenn das Gemüse hier überhaupt hochkam, war es durch die Luftverschmutzung mit Giften gebeizt. DOR, wohin man sah, DOR, das den Menschen lähmte und niedergeschlagen machte. Zumindest den bioenergetisch fühlenden Menschen, wahrscheinlich hatten die Farmer hier einen so ausgeprägten Charakter- und Körperpanzer wie Schildkröten. Da prallte das meiste ab.

Earl schwante, dass ihm große Aufgaben bevorstanden.

2.

Joe Welch von der Double X Farm schob den Vorhang beiseite. Eine Art Truck näherte sich auf der staubigen Zufahrtsstraße seinem Haus und parkte neben seinem Traktor.

»Mann, was für ein Geschoss! Komm mal her, das ist ein Fall für dich!«

Rajib Singh, einer der Saisonarbeiter, trat neben ihn und sah hinaus. »Ich glaube es nicht!«

»Warrior of Light«, las Joe Welch die flammend rote Aufschrift auf dem Wagen. »Haben wir eine Metal-Band mit Stalinorgel bestellt, oder was? Was ist denn da bei uns gelandet, erklär mir das, Rajib!«

»Wenn ich mich nicht irre …« Er stockte.

»Sag schon!«

Rajib schob seine Finger unter den Turban und kratzte sich am Schädel.

»Schlag mich tot, aber für mich ist das der neueste Dunkel Luxury. Habe ich drüben bei der letzten Big-Boys-Toys-Show ausgestellt gesehen. Das Ding ist der absolute Hammer!«

»Und was habe ich mir darunter vorzustellen?«

»Genau das Zehnmeter-Wohnmobil, das du vor dir siehst. Auf dem Dach ist Platz für zwei Quads, auf der Ladefläche kannst du dein Ausgehauto parken. Der Motor ist ein echtes Kraftwerk: Du hast nämlich eine waschechte Caterpillar-Maschine unterm Arsch. Außerdem haben sie den Allradantrieb der Army eingebaut, mit dem du praktisch jedes Flussbett durchquerst.«

»Meine Fresse! Und wozu die Stalinorgel auf der Ladefläche?«

»Keine Ahnung. Ist nicht serienmäßig. Aber frag ihn, der Typ steht ja schon fast vor der Haustür.«

Draußen klopfte es.

3.

»Joe Welch?«

»Bin ich!«

»Tag, ich bin Earl Fremantle.«

»Der Regenmacher.«

»Sagen wir lieber: der Himmels-Therapeut.«

»Und wer ist das da?«

Der Rabe saß auf Earls Schulter.

»Toby, mein Assistent.« Earl kraulte sein Gefieder.

»Arbeitet ihr mit Stalinorgeln?«

Earl lächelte. »Das ist ein Cloudbuster.«

»Hey, Mann, du sollst mir die Wolken nicht kaputt schießen. Wie kämen wir sonst an Regen?«

»Könnte dir egal sein, schlimmer, als es ist, kann es nicht werden. Lass mich nur machen. Aber bevor ich die Ärmel hochkremple: Wie lautet unser Deal?«

»Deal? Ich dachte, das ist ein Experiment und du nimmst nichts dafür?«

»Korrekt. Trotzdem haben wir eine klare Vereinbarung!«

»Du sorgst für Regen oder versuchst es wenigstens.«

»Wenn es nicht klappt, hältst du die Schnauze?«

Joe Welch zuckte die Achseln.

»Sagtest du gerade etwas, oder höre ich schlecht, Joe?«

»Okay, wenn es nicht hinhaut, halte ich die Schnauze.«

»Und wenn der Regen kommt?«

»Erzähle ich allen, dass du es warst.«

»Genau, du wirst in jedes Mikrofon, das sie dir hinhalten, sagen, dass Earl Fremantle mit seinem Cloudbuster Regen machen kann.«

»Übrigens bekommst du ein Zimmer bei mir, solange du für mich arbeitest.«

»Nett von dir, Joe, aber wie du siehst, habe ich mein Haus mitgebracht. Ich glaube kaum, dass dein Zimmer mit dieser Ausstattung konkurrieren kann. Küche, Dusche, Toilette. Zwei Schlafzimmer. Und innen alles garantiert clean und strahlungsfrei. Stromanschluss wäre gut, wenn du mir ein Kabel hinüberlegen lassen könntest?«

Earl musterte Joe mit zusammengekniffenen Augen.

»Ist was?«

»Du hast das depressive Gesicht eines Melancholikers, Joe.«

»Unsinn, mir geht es gut. Wir führen hier ein rechtschaffenes Leben, tagsüber arbeite ich hart und nachts schlafe ich prima.«

»Mit einer ordentlichen Portion Whiskey im Leib schläft jeder Dickhäuter prima.«

Joe schaute zu Boden.

»Du durftest als Kind nicht weinen?«

»Was soll's! Wir Welchs sind ein harter Schlag, bei uns heißt es: Zähne zusammenbeißen.«

»So habe ich mir das vorgestellt. Darf ich mal?«

Earl fasste Joe am Unterkiefer und schob ihn hin und her, als gelte es, ein festsitzendes Teil zu lockern und wieder beweglich zu machen.

»Steife, hängende Wangen. Von den Tränen schwer, die du nicht geweint hast.«

Joe befreite sich ruckartig und schlug Earls Hände weg. Der wich tänzelnd zurück. Toby flog auf und krächzte.

»Na los, komm schon. Jetzt würdest du mir am liebsten ein paar Ohrfeigen geben, nicht wahr, Joe?«

»Die bekommt jeder Mann verabreicht, der mir im Gesicht herumfummelt. Und zwar nicht zu knapp, Freund.«

»Mann oder Frau, was spielt das schon für eine Rolle, Joe? Deine Muskulatur ist steif und verkrampft. Wenn ich das löse, kommt erst mal Wut zum Vorschein. Das ist eben so bei Leuten, die zeitlebens ihr Gesicht in Ordnung halten mussten.«

Joe stand unschlüssig da, die Fäuste erhoben. Das Standbild eines Boxers. Einen Mann mit Raben auf der Schulter umhauen? Earl hüpfte von einem Bein auf das andere. Locker und beweglich. Joe ließ die Fäuste sinken.

»Wir sehen uns morgen«, sagte Earl und wandte sich seinem Wohnmobil zu.

4.

Muriel buk Pancakes, als Joe die Küche betrat.

»Alles in Ordnung?«, fragte sie.

»Mit diesem Clown da draußen haben wir einen großen Fehler gemacht, fürchte ich.«

»Mach dir mal keine Sorgen. Drüben in Huron haben sie einen Trupp Indianer angekarrt, die ein großes Pow-Wow mit Regentanz veranstaltet haben. In Fresno haben sie Silberjodid in die Wolken geschossen. Ich glaube kaum, dass man sich noch mit irgendeiner Maßnahme lächerlich machen kann. Was ist das Problem mit ihm?«

»Er hat an meinen Backen herumgezerrt, um meine Gesichtsmuskulatur zu lockern.«

»Er hat was …?«

Muriel drehte sich um, wischte sich die Hände an der Schürze ab und sah ihrem Mann ins Gesicht, um festzustellen, ob er einen Scherz gemacht hatte. Dann bog sie den Oberkörper nach hinten und lachte lauthals los. Schließlich wischte sie mit dem Ärmel über ihre Augen und trat an Joe heran. Zärtlich kniff sie ihn in die rechte Wange.

»Mein armer Knuddelbär!«

Wütend drückte Joe ihren Arm weg und verließ die Küche.

Inzwischen war es dunkel geworden. Joe Welch goss sich noch ein Glas nach und schaute vorsichtig nach draußen. Die Umrisse des großen schwarzen Fahrzeugs verschwammen in der Dunkelheit. Aus einem Fenster drang Licht, dessen seltsam bläulicher Schimmer in die Nacht zu sickern schien.

5.

Als Joe frühmorgens aus der Tür trat, hatte Earl bereits die Arbeit aufgenommen. Er stand auf der Ladefläche seines Wohnmobils und befestigte Schläuche an dem, was Joe immer noch für Geschützrohre hielt: zwei Reihen mit je fünf Kupferrohren, die parallel übereinandermontiert schräg nach oben ragten. Toby hatte auf dem Führerhaus Platz genommen. Als sich Joe näherte, flog er auf. Bald hörte man nur noch seine sich entfernenden Rufe. Von weit her kam Antwort. Wenn der mir nur nicht das ganze Viehzeug anlockt, dachte Joe.

»Hi, Joe!«

Earl kletterte von der Ladefläche. Er trug ein weißes, besticktes Hemd und weiße, weite Hosen. Sein graues Haar war hinten zu einem Schopf zusammengebunden. Als er vor ihm stand, roch Joe ein frisches, bitterwürziges Aroma von Rosmarinöl. Unwillkürlich blickte Joe auf seine schwieligen Hände hinunter und fuhr sich durch das Haar. Er war wie jeden Morgen direkt aus dem Bett in die Hosen gestiegen und hatte sich einen Kaffee gekocht.

»Übertreib es nicht mit dem Whiskey, Joe!«

Joe atmete tief durch und dachte an Muriel.

»Geht es jetzt los? Brauchst du noch irgendetwas?«

»Wasser! Wo ist deine Wasserstelle, eine Zisterne am besten oder ein großes Fass.«

»Die Zisterne ist gleich da drüben.«

Joe wies auf eine bunkerartige Aufwölbung. »Aber dir ist klar, dass sie so gut wie leer ist?«

Earl lächelte. »Keine Angst, ich entnehme keinen Tropfen. Ich brauche das Wasser nur zum Ableiten.«

Joe hätte gerne nachgefragt, aber er spürte, dass das sinnlos war. Der Kerl war aus einer anderen Welt, die er sowieso nie verstehen würde.

»Wie lange wird es dauern?«

»Nach vierundzwanzig Stunden sollten sich die ersten Wirkungen einstellen. Aber man weiß nie genau, wie lange es dauert, um durchzudringen. Schau mal …«

Earl wies in den Himmel.

»… graue, schmutzige Schlieren. Wir nennen das DOR und meinen damit, dass die Atmosphäre kaputt, tot ist. Da schwingt nichts mehr. Das sind keine Wolken, aus denen Regen kommen könnte. Bauchig und weiß müssen sie sein, locker wie Federbetten, damit lässt sich arbeiten. Wo sind deine Felder?«

»Hinter dem Haus geht es los, die ganze Fläche bis zur Old Coalinga Road.«

»Was baut ihr an?«

»Knoblauch, Brokkoli und Tomaten vor allem.«

Earl legte die Hand an die Stirn und nahm das Gelände in Augenschein.

»Okay, sag mir einfach, was ansteht und was wir machen sollen.«

»Als Erstes holen wir den Cloudbuster von der Ladefläche und montieren die Räder. Dafür brauche ich zwei Leute. Wir schaffen das Ding dann rüber zur Zisterne. Die Gummischläuche werden ins Wasser gehängt. So, und jetzt Achtung: Wenn wir alles so weit vorbereitet haben, ist zwanzig Meter um den Buster herum Sperrzone, ist das klar?«

Joe nickte und wandte sich zum Haus. »Rajib, komm mal raus, wir brauchen dich!«

6.

Der Cloudbuster stand nun an dem von Earl ausgesuchten Platz. Die Rohre waren auf eine bewegliche Lafette montiert, mit der sie sich auf ein Ziel hin ausrichten ließen. Earl visierte den schlierigen Himmel über den ausgedehnten Feldern der Double-X-Farm an. Dann zog er eine Holzbox heraus, die wie eine Schublade unter dem Buster angebracht war.

»So, Mann, jetzt wird es kritisch. Ab jetzt darf hier nur noch mit den dicken Gummihandschuhen gearbeitet werden. Nimm dir welche!«

»Was ist das Problem?«, fragte Joe.

»Konzentrierte Energie. Wenn wir die Schlauchenden ins Wasser gelegt haben, ist dieselbe Vorsicht geboten, als würden wir an einem Röntgengerät hantieren. Keine Berührung der Metallteile mehr!«

Joe zuckte skeptisch die Achseln.

»Okay, lass es mich mal für Dummies sagen: Energetische Übererregung in einem Organismus führt zu Krebs. Alles klar?«

Ein roter Dodge Ram älterer Bauart fuhr auf die Farm zu und parkte vor dem Haus. Ein Mann stieg aus und ging zum Eingang. Joe richtete sich auf, steckte zwei Finger in den Mund und pfiff.

»Hier ist der Farmer!«

Der Ankömmling trug ein ausgeblichenes T-Shirt und Army Shorts, dazu Stiefel, wie sie Feldarbeiter benutzen.

»Hi, ich bin Herman. Bist du der Boss?«

Joe nickte.

»Bräuchte einen Job. Bin gelernter Gärtner. Hast du was?«

»Sorry! Aber du siehst ja, was hier los ist. Ein Teil der Ernte ist bereits vertrocknet, um den Rest kämpfen wir.«

»Und das hier?« Herman zeigte auf den Cloudbuster.

Joe verwies ihn durch eine Kopfbewegung an Earl. »Ist ein Cloudbuster!«

»Orgontherapie oder so?«

Earls Interesse an Herman war erwacht. Er musterte ihn. »Du kennst dich damit aus?«

»Ein bisschen. Habe mal was gelesen, wüsste aber gerne mehr darüber. Kann ich hier mit anpacken? Kostet euch keinen Cent, nur ein paar detailliertere Infos für mich?«

»Nicht meine Entscheidung«, sagte Joe.

Earl nickte und reichte Herman die Hand. »Abgemacht! Wir brauchen Leute, die das weitertragen!«

Er wandte sich an Joe. »Alles klar, Joe. Ich habe ja nun einen Helfer.«

Joe reichte Herman die Gummihandschuhe und ging zum Haus zurück.

»Was steht an?«, fragte Herman.

»Die Schlauchenden müssen ins Wasser. Damit ziehen wir das DOR aus der Atmosphäre ab und leiten es dort ein. Wir werfen einen Himmels-Staubsauger für schädliche Longitudinalwellen an!«

Gemeinsam rollten sie den Schlauch ab und ließen ihn in die Zisterne hinunter. Anschließend wurde der Bereich um den Cloudbuster herum gesichert. Dazu schlugen sie Pflöcke in den Boden und spannten ein Signalband.

»Gut so. Jetzt heißt es: Abwarten! Schau mal, Herman. In einer DOR-Situation zeigt uns der diesige Schleier Hochdruck an. Bei Tiefdruck würden wir klar abgegrenzte, braune Wolken sehen. So jedenfalls geht da oben gar nichts, der Himmel braucht einen Reset, und dafür sorgen wir!«

Earl streifte die Handschuhe ab.

»Hier ist alles so weit getan. Wir kümmern uns jetzt um die Grundsanierung des Geländes hier. In meinem Wagen steht eine Kiste mit Dirty Harries, die vergraben wir rund um die Felder im Boden.«

Sie luden die Kiste in Hermans Dodge Ram und fuhren die Los Gatos Creek Road hinunter.

»Was ist denn ein Dirty Harry?«

»Einfach das Basismodell einer Holy Hand Grenade, okay?«

»Wenn du mir was beibringen willst, musst du schon ein bisschen mehr erklären. Ich habe keine Ahnung, wovon du redest.«

Earl griff in die Kiste und holte einen handflächengroßen, grünen Kegelstumpf heraus.

»Hier, das ist er!«

»Sieht aus wie ein dickes Plätzchen.«

»Orgonit in Form gegossen. Ästhetik zählt nicht, wir arbeiten damit ausschließlich draußen im Freien. Stopp mal hier!«

Sie stiegen aus. Earl holte den Spaten und hob eine Erdscholle aus. In das Loch legte er den Dirty Harry und klappte die gestochene Scholle wieder zu.

»Vergraben wäre nicht notwendig. Aber wenn wir es nicht tun, klauben die Farmer die Dinger wieder ein und werfen sie weg. Ab jetzt wird es ein bisschen kleinteilig. Der Dirty Harry hat eine geschätzte Reichweite von zweihundert Metern. Also fahren wir stückweise weiter und versenken den nächsten.«

Earl legte den Spaten auf die Ladefläche zurück.

»Wenn du es ganz genau haben willst: Der Dirty Harry filtert schädliche Strahlung weg und sammelt wie ein Akku die Lebensenergie.«

»Und der Unterschied zur Holy Hand Grenade?«

»Bloß ästhetisch! Die Holy Hand Grenade kannst du im Wohnzimmer aufstellen, ist ein Schmuckstück und macht wirklich etwas her. Pyramidenform – sieht ziemlich gut aus. Ich versenke gern Rosenquarz und Goldspäne darin. Wenn du nah an die Spitze rangehst und tief inhalierst, ist das im gute Sinne so, als würdest du eine Linie Koks hochziehen. Das ist kick-ass, Herman!«

7.

Earl spannte über die Ladefläche seines Dunkel Luxury eine Markise und baute darunter ein Tischchen und zwei Korbstühle auf.

»Setz dich, Herman, das ist bis auf Weiteres unser Feldherrnhügel, von dem aus wir zusehen, ob die eingeleiteten Maßnahmen greifen.«

Er bereitete Tee und brachte die Kanne und eine Schüssel

voll Quinoakeksen nach draußen. Als er ein Flügelschlagen hörte, wandte sich Herman um. Toby hatte sich auf dem Dach der Veranda niedergelassen. Earl schnalzte mit der Zunge, und der Rabe antwortete mit einem scharfen Klicklaut.

»Kennt ihr euch?«

»Das ist Toby. Ich habe ihn als Jungtier großgezogen. Seither weicht er mir nicht mehr von der Seite.«

Er goss Tee ein.

»Habe ich das recht verstanden«, fragte Herman, »dass du dich für deinen Job nicht mal bezahlen lässt?«

Earl fuhr mit der Hand über die Oberlippe, als gelte es, dort einen Bart zurechtzustreichen.

»Genau. Ich brauche kein Geld, ich habe mehr als genug!«

Er beobachtete Herman, um zu sehen, ob diese Feststellung in seinem Gesicht etwas bewirkte. Aber Herman blieb ungerührt.

»Wie kommt's? Geerbt?«

Earl wedelte mit den Händen in der Luft.

»Da schätzt du mich falsch ein! Hatte immer schon ein Händchen für Geld und in jungen Jahren eine lukrative Beteiligung, die ich gut versilbert habe. Aber okay, ich gebe zu, der Großteil kam von meinem Vater. Ihn zu vervielfachen, habe ich selbst hingekriegt. Interessiert dich das überhaupt?«

»Klar. Da kann man doch nur lernen, vielleicht ist ja ein guter Tipp dabei?«

»Leider nicht, Herman. Absolut nicht! Mein Vater war Chuck Fremantle …«

»Der Verleger?«

»Genau. Er hat mir eine super Ausbildung verpasst, feines College in Schottland, habe dort Business studiert und sollte dann in seinen Laden einsteigen. Hatte aber null Interesse.

Meine Vorstellung vom Leben war eine andere. Also habe ich mich von ihm auszahlen lassen.«

Earl beugte sich vor.

»Der alte Chuck saß auf einem Riesensack Geld, aber für diese Abmachung habe ich auf eine Menge verzichten müssen, glaub mir!«

»Und was war dein Plan?«

»Leben! Ich wollte es ordentlich krachen lassen.« Earl grinste. »Habe mir in Big Sur eine alte Farm gekauft mit viel Grund dabei. Dort ging die Post ab, das kannst du mir glauben. Die Feste waren legendär. Wir haben es echt toll getrieben, aber ...«

Er hob den Zeigefinger.

»... tief in mir drinnen war ein großer Kummer: Ich habe gelebt wie eine Made, habe nichts auf die Beine gestellt. Das hat mich gepeinigt. Im Grunde genommen wollte ich das Geld meines Vaters möglichst rasch durchbringen, es rauswerfen, weil ich eigentlich einen richtigen Ekel davor – besser gesagt: einen Ekel vor mir selbst – hatte. Und dann kam ein Fingerzeig der Vorsehung, Gott sprach zu mir. Klingt irre, aber so war es.«

Earl goss Tee nach.

»Ich hatte ein Fest veranstaltet, ein eher kleines, paar Frauen, paar Freunde. Eine hat eine ganze Kollektion Acid mitgebracht, wir haben geschluckt wie die Weltmeister. Zwei Tage lang lagen wir neben-, auf- und untereinander, dann war der ganze Spuk vorbei. Alle waren abgehauen, ich saß alleine auf den abgenagten Resten dieser Fete. In einem Müllhaufen.«

Er schob sich ein Keks in den Mund und kaute versonnen.

»Big Sur kriegt ja immer mal einen Erdstoß ab, jedenfalls hatte die Hauswand zum Meer hin ein paar ziemlich heftige Risse. Ich sitze also davor, meditiere vor mich hin, gucke mal aufs Meer hinaus, mal auf die Mauer. Die Risse musst du dir vorstellen wie Spinnweben. Ein Durcheinander, ein Geflecht. Eigentlich eher wie die Linien auf einer Handfläche, denke ich. Ich versuche also, bestimmte Verläufe einzeln zu verfolgen, in der Hoffnung, sie zu deuten.«

Herman betrachtete die Innenseite seiner Hand.

»Wie alt bist du?«

»Zweiundfünfzig.«

»Dann ist es die rechte Handfläche, Herman. Die linke reicht nur bis zum dreißigsten Lebensjahr!«

»Du hast versucht, die Linien zu verstehen?«

»Genau. Kaum zu knacken. Du hast zwar Zeichen vor dir, du weißt aber nicht, was damit bezeichnet ist.«

»Eine geheime Inschrift Gottes?«

»Donnerwetter, Herman, du hast ja wirklich etwas auf dem Kasten!«

»Nicht so weit her damit! Aber ich habe mal eine Abenteuergeschichte gelesen. Darin geht es um einen Magier, der in einem dunklen Kerker festgehalten wird. Er ist davon überzeugt, dass Gott bei der Erschaffung der Welt eine Inschrift hinterlassen hat, die dem, der sie entziffern kann, alle Macht gibt.«

»Interessantes Problem! Alles wird und vergeht, eine solche Inschrift würde die Jahrtausende nie überleben.«

»Das ist es! Die Inschrift zeugt sich fort, sie erneuert sich ständig. Der Magier begreift, dass sie in das Fell des Jaguars eingeschrieben ist.«

»Tolle Lösung! Hast du schon versucht, sie zu lesen?«

Herman schüttelte den Kopf.

»Ist doch nur eine Abenteuergeschichte! Aber deine hat wirklich stattgefunden, erzähl weiter!«

»Wie gesagt, mir kam in den Sinn, dass alles auf dieser Mauer niedergeschrieben sein könnte. Vergangenheit, Gegen-

wart und Zukunft unserer Welt. Nützt zwar nichts, wenn wir
es nicht deuten können. Aber eine kleine Linie in diesem Ge-
wimmel habe ich dann doch erkannt. Dazu musst du wissen,
dass ich mich während des Studiums mit einer Menge ökono-
metrischer Charts beschäftigt habe: Produktivität pro Kopf,
Bruttosozialprodukt pro Kontinent, Steuerlast – mit diesem
ganzen Kram. Bei dieser einen Linie habe ich sofort verstanden, dass sie den Verlauf des Dow Jones darstellt. Du konntest die gezackte Linie zeitlich rückverfolgen, und daher lag
die Übereinstimmung völlig klar zutage. So, und jetzt
kommt's: Die Kurve führte weiter in die Zukunft, ich wusste
also, wie sich die allgemeine Lage an der Börse entwickeln
würde.«

»Ist ein Scherz, oder?«

Earl hob resigniert die Hände und ließ sie auf die Oberschenkel fallen.

»Ich, Earl Fremantle, war fest davon überzeugt, dass es der
Börsenchart ist, okay? Und ich habe es bewiesen! Alle Analysten gingen neunzehnhundertneunundneunzig davon aus,
dass wir einen stabilen Boom haben. Das Ding würde durch
die Decke rauschen und abheben. Mein Chart sagte mir jedoch, dass es gewaltig abwärtsgehen würde, und genau darauf
habe ich mein ganzes verbliebenes Vermögen gesetzt.«

»Und?«

Earl lehnte sich bequem zurück.

»Natürlich hatte ich recht! Und wie! Die Dotcom-Blase ist
mit großem Knall zerplatzt. Und, Herman, ich weiß, wie man
spekuliert, habe ich schließlich gelernt. Ich habe meinen Ein-
satz über Leerverkäufe und Optionen gehebelt. Aus ein paar
Millionen sind ein paar Hundert geworden.«

»Du bist ein Spieler?«

Earl zuckte die Achseln. »Mag sein. Aber ich wollte dieses

Scheißgeld sowieso nicht mehr. Und so ist es im Leben: Wenn du dich gelöst hast, bist du frei. Und wenn du frei bist, machst du instinktiv alles richtig.«

»Hat sich dein Problem nicht verhundertfacht?«

»Erst mal: Dieses Geld habe ich mir verdient, okay? Weil ich cool und clever reagiert habe. Und dann war ich von Anfang an fest entschlossen, es der Allgemeinheit zukommen zu lassen. Deswegen sitzen wir hier, Herman, und schauen in den Himmel.«

»Regen machen, okay. Ist da sonst noch etwas?«

»Das Esalen Institute in Big Sur ist dir ein Begriff?«

»Keine Ahnung, was das ist!«

»Eine Denkfabrik, Herman. Erkunden esoterische Wissenschaften und veranstalten Workshops und Seminare. Tolles Projekt!«

»Und da willst du mit einsteigen?«

»Genau. Meine Ranch ist fast nebenan. Ich stelle mir vor, dass meine Fremantle Stiftung und das Esalen zusammenwachsen. Die Welt muss nicht nur erforscht, sondern auch geheilt werden.«

8.

Bereits in der Morgendämmerung des nächsten Tags stand Earl auf der Ladefläche des Dunkel Luxury und suchte mit einem Fernglas den Himmel ab. Die vom Duschen feuchten Haare trug er offen. Das frische Hemd mit kurzem Stehkragen war blütenweiß. Dann nahm er im Lotussitz auf einem Teppich Platz, den er sich unter der Markise bereitgelegt hatte.

Herman kam aus der Scheune, wo er sein Nachtlager aufgeschlagen hatte, und näherte sich vorsichtig.

»Guten Morgen, Herman!«

Krächzend schwang sich Toby auf und flog davon. Earl sah ihm hinterher.

»Seltsam. Ist wohl ein wenig eifersüchtig. Oder hast du was gegen Raben? Schlechte Schwingungen spürt er sofort.«

»Habe noch nie mit einem zu tun gehabt. Aber wir werden uns schon noch anfreunden.«

»Schon gefrühstückt?«

»Joe hat mich eingeladen, aber Eier und Speck oder Schokoflocken sind nicht so mein Ding. Ich fahr mal kurz nach Coalinga rein.«

»Herman, du gefällst mir immer besser. Komm rauf, ich bereite uns was Leckeres zu.«

Wenig später saßen sie am Tisch.

Earl betrachtete sein Gegenüber. »Siehst blass aus!«

»Habe schlecht geschlafen.«

»Kraftnahrung! Greif zu!«

»Ist das Birchermüsli?«

»Ich habe mir eine Getreidemühle mit Steinmahlwerk einbauen lassen. Woher kennst du das echte Müsli?«

»War mal eine Zeit lang in der Schweiz.«

»Schau an! Wie kam das?«

»Wollte mich in der Welt umtun.«

»Weißt du, Herman, manchmal habe ich das Gefühl, wir kennen uns. Du erinnerst mich an einen Freund, den ich verloren habe.«

»Unsere Bekanntschaft muss wohl aus einem früheren Leben stammen.«

»Da magst du recht haben. Was mich beschäftigt: Könnte es sein, dass du einen tiefen Schmerz in dir trägst?«

Herman sah ihn ruhig an. »Kommt hin.«

»Knast?«

»So ähnlich, aber nicht, wie du denkst: Man hat mich auf einer Reise entführt und jahrelang festgehalten.«

»Erzähl!«

»Nimm es mir nicht übel, aber ich möchte nicht darüber reden.«

»Okay, akzeptiert.« Earl atmete stoßweise dreimal kurz hintereinander aus. »Vergeben, vergessen – lassen wir es ruhen!«

Er strich seine Haare nach hinten, fasste sie zu einem Pferdeschwanz zusammen und befestigte eine silbern glänzende Spange daran.

»Eines noch, nur so eine Idee: Wenn wir das hier abgeschlossen haben, könntest du eine Weile lang für mich arbeiten. Ich brauche einen Gärtner.«

»Klar. Und ich brauche einen Job.«

»Topp!« Earl reichte ihm die Hand, Herman schlug ein.

»Okay, dann sondieren wir mal die aktuelle Lage.«

Die grauen Schlieren am Himmel hatten sich zu einer rippenförmigen Formation verdichtet. Dazwischen lugte strahlendes Blau hervor. Earl setzte das Glas ab.

»Das sieht verdammt gut aus, da tut sich was!«

Gegen Mittag zeigte sich der Himmel wie blank geputzt, die Sonne brannte herab. Joe stattete dem Wohnmobil einen Besuch ab. Er schob seinen Hut in den Nacken.

»Wenn du das warst, dann lass dir gesagt sein, dass die Sonne uns so die letzten Pflänzchen wegbrennt.«

»Hast du Augen im Kopf, Joe? Siehst du dieses Leuchten? Ich würde sagen: *Rollin'!* Wir sind auf einem verdammt guten Weg.«

Tatsächlich zeigten sich am Nachmittag kleine Kumuluswolken, die wie eine Schafherde vorüberzogen.

»Das ist es«, schrie Earl. »Erde an Himmel: Die Verbindung steht!«

Am Abend frischte es merklich auf, es wurde deutlich kühler, und ein sachter, dann zunehmend stärkerer Wind wehte über das Valley.

»Ein Segen, das bläst schon mal den giftigen Smog weg. Wo ist Toby?«

Der Rabe hatte sich auf einem Balken unter dem Scheunendach niedergelassen.

»Sehr gut! Er spürt, dass da was kommt, und hat sich einen Unterschlupf gesucht.«

Earl fegte über den Hof der Farm, um mal aus dieser, mal aus jener Perspektive das sich abzeichnende Schauspiel in Augenschein zu nehmen. Immer wieder kehrte er auf die Plattform seines Gefährts zurück und scannte mit einem Fernglas den Himmel ab. Schließlich riss er beide Fäuste hoch und hielt sie ausgestreckt nach oben.

»Na los, Baby, und jetzt gibst du mir auch noch den Rest!«

Schon in der Abenddämmerung sah man, wie sich am Horizont eine Wolkenwand aufbaute. Sie verdichtete sich und zog in mächtiger Formation heran. Niemanden auf der Farm hielt es drinnen. Joe hatte sich einen Stuhl auf die Veranda gestellt und saß nach hinten gekippt und an die Wand gelehnt, um einen bequemen Blick nach oben zu haben. Dann, gegen zehn Uhr, krachte es. Ein greller Blitz erleuchtete das Valley, und ein schwerer Donnerschlag folgte. Wenig später prasselte Regen herab.

Wie ein Irrwisch kam Earl hinter seinem Dunkel Luxury hervorgelaufen, umkreiste das Fahrzeug, trommelte sich auf die Brust und erkletterte dann das Dach.

»Yeah, yeah, yeah! Ich, Earl Fremantle, habe euch den Regen gebracht!«

Joe, Muriel und Rajib standen zusammen unter der Veranda. Sie hatten jede Bewegung von Earl mitverfolgt. Jetzt schauten sie zu ihm hoch und applaudierten.

9.

Bei Carmel tankte Herman noch einmal seinen Ram Truck voll. Vom Meer blies eine frische Brise, er kurbelte die Fenster herunter und genoss die salzige Luft. Auf dem Highway 1 fuhr er die bergige, zerklüftete Küste entlang, die mit ihren Windungen immer wieder spektakuläre Ausblicke bot. Die Fremantle Ranch befand sich fünfzig Kilometer südlich und war leicht zu finden.

Da hast du dir ja ein schönes Fleckchen ausgesucht, dachte Herman. Er war rechts rangefahren und schaute auf das Anwesen hinunter. Er hörte ein Krächzen. Toby kreiste über ihm. Herman konnte die Rufe des Vogels nicht deuten, aber sie klangen nicht freundlich. Ob ihn Toby mochte oder nicht, war ihm gleichgültig. Wichtig war nur, dass er ihn kannte. Herman dachte an die Kraniche des Ibykus. Vögel waren verdammt schlau. Menschen aber auch! Er holte aus seinem Auto ein Päckchen, das er bei Safeway besorgt hatte. Er wickelte das Steak aus und warf es vor sich auf den Boden. Dann pfiff er, so wie er es bei Earl gehört hatte. Toby kam näher, landete schließlich und näherte sich hüpfend dem Fleisch.

»Bekommst du von dem Vegetarier nie!«

Toby pickte an dem Stück, hielt es mit seinen Krallen fest und riss Stücke heraus. Ruhig entsicherte Herman die Pistole, die er aus einer ledernen Tasche geholt hatte, und schoss. Der Treffer riss den Raben von den Beinen. Zuckend lag er neben dem Steak. Herman packte ihn und warf ihn auf der anderen Straßenseite in die Büsche. Das Fleisch kickte er den Abhang hinunter. Dann stieg er wieder ein und fuhr auf die Ranch zu.

Earl hatte auf seinem weitläufigen Gelände Straßen anlegen lassen. Beschilderungen wiesen auf den Meditationspool, den Jade-Pool, die Bibliothek, das Haupt- und das Gästehaus hin. Statuen von Nymphen, Faunen und anderen griechischen Gottheiten waren zwischen den Bäumen platziert. Immer wieder begegnete Herman pyramidenförmigen Holy Hand Grenades, die auf Steinsockeln ruhten. Traf sie ein Sonnenstrahl, funkelten die Goldspäne in der azurblauen Masse.

Earl trat aus dem Haupthaus und begrüßte Herman.

»Sieht so aus, als wärst du alleine hier?«

»Zurzeit ja. Maria Pia und Rodrigo führen mir den Haushalt. Ich hatte allerdings nicht damit gerechnet, so schnell mit dem Job durch zu sein. Die beiden kehren erst nächste Woche aus Mexiko zurück. Ist aber kein Problem, ich komme gut zurecht.«

»Ist ja ein richtiges Schmuckstück hier.«

»Ich zeige dir mal kurz die Anlage. Deinen Rucksack kannst du mitnehmen, am Gästezimmer kommen wir vorbei.«

Herman warf sich den Rucksack über die Schulter, klemmte sich die Ledertasche unter den Arm und folgte Earl. Der führte ihn zur Steilküste. Unten brauste das Meer und warf sich gegen die schroffen Klippen. Die Gischt spritzte hoch, und ein salziger Sprühnebel wurde vom Wind weggetragen.

»Dieses Schauspiel genieße ich jeden Tag. Und jetzt zeige ich dir, von wo.«

Etwas abseits stand ein Häuschen zwischen Büschen und Bäumen. Es schien aus hochwertigem, massivem Holz gefertigt.

»Willst du sagen, dass du das Meer am liebsten von der Kloschüssel aus genießt?«

Earl lachte. »Verdammt guter Witz! Aber im Ernst: Seit dem Sarg des Tutanchamun ist das die aufwendigste Konstruktion dieser Art.«

Earl zog einen Schlüssel aus der Tasche, öffnete das schwere Schloss und zog die Tür auf. Innen tat sich eine kleine Zelle auf, vollständig mit Goldblech ausgeschlagen.

»Das, Herman, ist ein Orgon-Akkumulator, wie es ihn noch nie zuvor gab. Der innere Kern aus Goldblech, dann eine Schicht Wolle, wieder Goldblech und so fort, bis dann außen die Holzschale aus Redwood kommt. Was du hier siehst, ist das Geheimnis der Pharaonen!«

»Und das wäre?«

»Nicht das Einbalsamieren hat die Mumien so lange Zeit überdauern lassen, sondern der geschichtete Aufbau aus leitenden und nichtleitenden Materialien. Regelmäßig hier drinnen zu sitzen, ist ein wahrer Jungbrunnen. Sieh mich an!«

»Und durch das Fensterchen hast du Blick aufs Meer.«

»Genau. Ein echter Bonus!«

Herman setzte den Rucksack ab und öffnete seine Ledertasche. »Okay, Earl, dann bringen wir es doch am besten gleich hinter uns.«

Earl erbleichte. Herman hielt eine Pistole in der Hand.

»Das ist nicht dein Ernst, oder?«

Herman zielte und schoss neben Earls Filzschuhen in den Boden.

»Mein absoluter Ernst, Earl!«

»Du bist ja vollkommen irre, Herman!«

»Fast wäre ich es geworden. Dreh dich um.«

»Herman, lass uns reden! Du wirst hier so gut wie kein Geld finden.«

»Auch ich brauche kein Geld.«

»Worum zum Teufel geht es denn?«

»Puerto Rico. Ist zwanzig Jahre her.«

Earls Stimme wurde schrill. »Scheiße, hätte ich nur auf meinen Instinkt gehört.«

»Dreh dich um, Earl!«

Herman zog Earls Arme nach hinten und umwickelte sie mit Klebeband. Aus seinem Rucksack holte er den Benzinkocher, pumpte und entzündete den Strahl. Schließlich legte er das Brandeisen auf.

»Lass uns verhandeln, bitte!« Earl wimmerte.

»Dreh dich um!«

Herman riss ihm die Hosen herunter und brannte ihm das Zeichen des Jaguargottes auf die rechte Arschbacke. Earl heulte auf.

Anschließend stieß Herman ihn in den Orgon-Akkumulator. »Sei wie Daniel in der Löwengrube. Singe, bete! Vielleicht wird dein Gott dich retten.«

»Rede keinen Scheiß!«

»Amen.« Er verschloss die Tür. Earl brüllte in seiner Zelle, aber je weiter sich Herman entfernte, desto eher klang es wie ein dumpfes Brummen aus dem Inneren eines Bienenkorbs, das mehr und mehr vom Brausen des Meers überdeckt wurde.

RANDOM WALK

1.

Boston, Franklin Street, diese Adresse inmitten des Finanz-distrikts klang erstklassig, tatsächlich jedoch waren Lage und Ausstattung der Räume unterste Kategorie. An der Vorder-seite des Ziegelbaus wies ein gebogener Pfeil auf dem Mes-singschild den Weg in eine winzige Gasse. Nur über einen Seiteneingang konnte Greg Seleznick das Büro der Forefront IT-Services erreichen. Dort roch man den Freitag, denn schräg gegenüber blies der Ventilator eines italienischen Restaurants Küchendünste in die Gasse. Zum Wochenende hin gab es die *Pasta of the day* mit frittierten Sardinen.

Greg sperrte auf und stieg eine schäbige Treppe in den ers-ten Stock hinauf. Vor der Eingangstür holte er sein Smart-phone hervor und tippte einen Code ein. Hinter der weißen Schaltfläche der Klingel verbarg sich ein Funkmodul. Jetzt erst läutete er zweimal, um einen Hinweis nach drinnen zu geben, und betrat dann das Büro.

»Guten Morgen, Greg!«

Laura drehte sich gar nicht erst um, sie saß an einem großen Schreibtisch inmitten von Monitoren, die halbkreisförmig aufgestellt waren.

Greg legte ihr die Hände auf die Schultern. »Laura.«

Sie sah ihm ins Gesicht. »Drüben gibt es Donuts und Kaffee!«

Greg verschwand in der kleinen Küche und kam mit einer Tasse und dem Gebäck zurück. Er zog den Stuhl heran, um sich zu setzen.

»Dad hat angerufen«, sagte Laura. »Er will dich nun endlich persönlich kennenlernen.«

»Hattest du ihm nicht gesagt, dass das wegen meines Jobs nicht geht?«

»Schon. Aber er will sich damit nicht mehr abspeisen lassen. Wahrscheinlich argwöhnt er, dass ich sein Geld einem Heiratsschwindler in den Rachen stecke.«

»Auch das noch! Ich fürchte, wir stecken ohnehin schon tief in einem Schlamassel.«

»Was ist passiert?«

»Rupert hat sich gemeldet.«

»Was will er?«

»Was wohl. Er ist jetzt unser direkter Vorgesetzter.«

»Dann hat Harold tatsächlich die Brocken hingeworfen?«

»Na ja, er ist jetzt Vicepresident bei Empex. Da kann er noch mal ordentlich Kohle machen, bevor er sich endgültig nach Florida zurückzieht.«

»Und was bedeutet das für uns?«

»Ich weiß es nicht, aber ich fürchte, Rupert könnte versuchen, alles zur Disposition zu stellen.«

»Oh Gott! Ich habe es befürchtet. Unsere Zukunft, unser Geld – alles hängt von diesem Job ab.«

»Er will mich treffen.«

Sie strich ihm über die Wangen. »Wann?«

»Heute Nachmittag.«

»Aber nicht im Büro?«

»Natürlich nicht. Wir treffen uns am Long Wharf.«

2.

Rupert saß auf einer Bank an der Stirnseite des Pavillons, der sich am Ende des Kais befand. Greg erkannte ihn erst auf sein Zeichen hin, denn Rupert hatte die Kapuze seines Sweatshirts über den Kopf gezogen und trug ein Handtuch um den Hals. Wie nach einem Work-out sah er dennoch nicht aus, beim Näherkommen merkte Greg, dass seine Augen wässrig und die Nase rot waren. Er schniefte.

»Sorry. Komme direkt aus dem Bett. Aber diese Treffen mit euch sind ja kaum mehr abzublasen, wenn man sie mal eingeleitet hat. Habe mir eine Grippe eingefangen.«

Greg setzte sich in einiger Distanz zu ihm.

»Wie du sicher schon festgestellt hast, versuche ich gerade, den Bereich neu zu ordnen, den Harold mir hinterlassen hat. Und ich habe mich gefragt: Was zum Teufel treibt ihr da eigentlich seit zwei Jahren? Ihr arbeitet undercover, seid also für normale Einsätze nicht zu haben, wir spendieren euch neben dem normalen Gehalt ein Büro in der Franklin Street und werden dafür in Quartalsberichten informiert, welche Deals Arabian Morningstar einfädelt. Ich bin kein Börsenspezialist und verstehe nichts von Investmentgesellschaften. Was soll das, Greg?«

Greg rutschte das Herz in die Hose. Das klang übel. Dennoch widerstand er der Versuchung, sich für seinen Job massiv in die Bresche zu werfen. Er spürte, dass er damit nur das Gegenteil bewirken konnte. Kurz schloss er die Augen. In Quantico hatte man ihnen beigebracht, wie man unter Stress zu reagieren hatte.

»Falscher Ansprechpartner, Rupert! Ich kann dir nur sagen, wie der Auftrag lautet, den ihr uns gegeben habt.«

»Schon klar. Ich möchte nicht falsch rüberkommen, aber

Harold hat eine ziemlich knappe Übergabe gemacht, war wohl ein bisschen eingeschnappt, dass er nicht würdiger verabschiedet wurde. Aber du glaubst doch an eure Mission in dieser Geschichte, oder?«

»Absolut. Sonst wäre es meine Pflicht, euch davon zu informieren.«

Rupert winkte ab. »Die Narben, die ich mir bislang geholt habe, habe ich auf der Straße abbekommen: Vergewaltigung, Raub und Drogen. Ich bin kein Wirtschaftsfachmann, ihr hingegen wurdet speziell geschult. Ist vollkommen okay, wir brauchen Leute wie euch, ich bin ja nicht auf die Bekämpfung von Gewaltverbrechen fixiert! Aber erkläre jetzt mal einem Laien, was genau euer Job ist!«

»Diese Geschichte hat Harold vor ein paar Jahren angestoßen, das Thema war: Wie verhindern wir Finanzterrorismus?«

»Sprechen wir jetzt über Occupy oder so was?«

»Im Gegenteil, es geht um Terrorismus von oben, um den von vermögenden al-Qaida-Unterstützern.«

»Aha! Wie sieht der aus?«

»Harold hatte da eine Theorie …«

»Bitte kein akademisches Geschwätz!«

»… die lautete, einfach erläutert, so: Du kannst bei Börsenwerten nie genau sagen, wie sie sich am nächsten Tag entwickeln.«

Rupert grinste. »Mein Bankberater ist da anderer Ansicht!«

»Moment, es geht hier nicht um langfristige Trends, die sich aus einer klugen oder verfehlten Firmenstrategie heraus begründen lassen! Es geht ganz einfach darum, ob der Kurs – natürlich immer innerhalb einer bestimmten Schwankungsbreite – anderntags steigt oder fällt. Die Börse ist ereignisgesteuert, heute passiert dies, also fällt der Kurs, morgen jenes, also steigt er. Wir sprechen daher vom Random Walk, einem

Taumeln wie von einem Betrunkenen, man weiß nie, ob es ihn nach links oder rechts zieht. Die Ereignisse, die den Kurs beeinflussen, sind vom Finanzmarkt aus gesehen autonom und nicht mit irgendwelchen verfügbaren Mitteln steuerbar. Sie brechen von außen herein wie Meteoriten.«

»Und was daran ist Harolds Theorie?«

»Entwickelt sich daraus: Wer die Ereignisse steuern kann, steuert die entscheidenden Einflussgrößen.«

»Du sagtest doch gerade, dass sie nicht vorhersehbar seien.«

»Für Marktteilnehmer! Lassen wir Naturkatastrophen beiseite, aber soziale oder politische Ereignisse sind auch von Menschen gemacht. Nach 9/11 sind die Kurse von Flug- oder Reisegesellschaften um bis zu fünfzig Prozent abgerauscht. Harold meinte, wir sollten uns vorstellen, welches Potenzial darin für Spekulanten liegt.«

»Sofern sie wissen, was passieren wird.«

»Das ist der Punkt: Du stellst das Ereignis, das den Kurs beeinflusst, selbst her, oder sagen wir besser: Du lässt es herstellen.«

»Kaum vorstellbar, dass jemand aus reiner Profitgier Hunderte von Menschen umbringt!«

»Es geht nicht um Profitgier, sondern um eine Kriegsstrategie. Damit sind wir bei Morningstar. Zu siebzig Prozent gehört das Unternehmen Scheich Mohamed bin Saif. Ansonsten dürfen nur Banken, die Kredite ausgeben, der Fondsmanager selbst und einige aus der Familie und nächsten Umgebung unseres Ex-Präsidenten mitmachen. Wir verdächtigen Scheich Mohamed, die al-Qaida zu unterstützen …«

»Verstehe!«

»… und fürchten, er könnte sich darauf besinnen, sein riesiges Vermögen als Kriegsmittel einzusetzen.«

»Wie sähe das aus?«

»Er spekuliert gegen unser ganzes Wirtschaftssystem! Die Vergangenheit hat gezeigt, wie verletzlich wir da sind. Als damals Long-Term Capital Management in die Knie gegangen ist, hat nur eine konzertierte Aktion aller wichtigen Banken verhindert, dass es die Wall Street komplett rasiert. Oder denk mal an die Lehman-Pleite.«

»Hm.«

»Jetzt stell dir mal vor, jemand sucht systematisch eine solche Schwachstelle, setzt sein Vermögen ein, hebelt die Spekulationssumme mit Krediten in schwindelnde Höhen und schickt dann seine Flugzeuge los ...«

»Mannomann!«

»... dann gehört der Kapitalismus der Vergangenheit an, dieses Inferno bändigt niemand mehr!«

»Wie seid ihr vorgegangen?«

Zum ersten Mal atmete Greg innerlich durch. Rupert schien verstanden zu haben. »Wir haben es geschafft, uns von denen als externe IT-Dienstleister anheuern zu lassen.«

»Seltsam! Ich denke, eine eigene Software ist das entscheidende Know-how von diesen Finanzgesellschaften?«

»Logisch, die haben sie auch. Wir sind ja nur Hardware-Schrauber. Tauschen Festplatten aus, liefern Bildschirme, erneuern defekte Schnittstellen – so Kram eben. Wie du weißt, sind wir unschlagbar günstig!« Greg grinste.

»Wir vom FBI subventionieren also die Hardware des Scheichs?«

»Exakt. Dafür sehen wir ihm genau auf die Finger. Wir haben in deren Büro eine Reihe von Kameras installiert, die wir über das Internet steuern können, und haben ihnen eine Software auf den Server gepackt, mit deren Hilfe wir die komplette Kontrolle über ihre Rechner übernehmen können.«

»Das heißt?«

»Wir sehen alles, wir können jederzeit den Inhalt ihres Bildschirms auf unseren Monitoren replizieren, wir können ihre Festplatten plündern – was immer du willst!«

»Okay, Greg, möchtest du meine ehrliche Meinung hören?«

»Klar!«

»Politisch ein super Projekt. Wenn ich damit beim Direktor vorspreche, ernte ich großes Schulterklopfen. Für mich aber eher ein Telefon-Elefant.«

»Das wäre?«

»Hallo, hallo, wir haben einen riesigen Elefanten im Laden stehen! Das magst du glauben oder nicht, echt wird der erst, wenn du ihn höchstpersönlich dort herumtapern gesehen hast.«

»Wie geht es also weiter?«

»Wir bleiben auf Kurs und ziehen das Ding durch. Vorläufig zumindest und mit Einschränkungen, denn es gibt da noch eine andere Geschichte, in der ich auf deine Unterstützung zähle.«

»Natürlich, worum geht es?«

»Zwei Morde, könnte möglicherweise eine Serie daraus werden. In Swasiland haben sie Rob van Holst buchstäblich die Rübe weggeschossen. Van Holst war einer von uns ...«

»FBI?«

»Langley! Zuletzt hat er für eine Beratungsfirma gearbeitet, die Gutachten im Auftrag der Regierung erstellt. Seine Nichte, die diesen Irrsinn unbeschadet überlebt hat ...«

»Wie kommt das?«

»Ganz einfach: Der Täter hat sie nicht angerührt. Von ihr kommt der Hinweis, dass irgendeine Geschichte in Puerto Rico der Grund für den grausamen Mord sein könnte. Der andere Tote ist Earl Fremantle, ein Hippie mit großem Vermögen, den sie in seine Therapiezelle eingesperrt haben. Dort ist er elend verreckt.«

»Und was hat das eine mit dem anderen zu tun?«

»Das eben fragen wir uns. Vordergründig ist es das Zeichen eines Maya-Jaguargottes, das den beiden auf den Arsch gebrannt wurde. Derselbe Mörder also.«

»Und sonst?«

»Na ja, persönlich sehen wir keine Verbindung zwischen van Holst und Fremantle. Außer eben, dass beide im weiteren Sinne in der Finanzbranche gearbeitet haben.«

»Auch Fremantle?«

»Er war ein berüchtigter Spekulant mit einer verdammt guten Nase. Hat Millionen abgezockt.«

»Und was kann ich da für dich tun?«

»Einer unserer Profiler hat die Idee vorgebracht, dass es sich um ein antikapitalistisches Szenario handeln könnte. Gesteuert von einer Widerstandsgruppe. Einzelne Agenten des Systems werden herausgegriffen und umgebracht.«

»Habt ihr schon eine Spur?«

»Allerdings. Frankie Malone aus dem Büro in Los Angeles hat eine Gruppe ausfindig gemacht und wird sie demnächst ausheben.«

»Was wäre mein Job dabei?«

»Sprich mit Frankie und lass dir erzählen, was er vorhat. Außerdem könntest du der Geschichte in deinem Bereich nachgehen. Vielleicht gibt es ja in Finanzkreisen bereits Gerüchte oder Hinweise? Vielleicht wurden Drohungen ausgesprochen oder Erpressungen versucht? Etwas in der Art. Bei deinen Kontakten müsste ja etwas herausspringen. So oder so. Ich lasse dir die Akten zukommen, und du klemmst dich dahinter, okay?«

3.

Endlich klingelte es zweimal. Lauras Herz klopfte bis zum Hals. Sie spürte, dass ihre Hand zitterte. Als Greg den Raum betrat, wagte sie nicht, ihn anzusehen. Die Art, wie er die schlechte Nachricht überbringen würde, hatte sie sich bereits in vielen Variationen ausgemalt.

»Hey, Laura! Alles in Ordnung!«

Sie hob den Kopf, blickte ihn prüfend an. »Wirklich alles? Das sagst du nicht nur, um mich zu beruhigen?«

»Ich konnte ihn überzeugen. Er glaubt zwar nicht an das Projekt, aber er ist sicher, dass es seinem Prestige dient. Deswegen stellt er den Nutzen gar nicht erst auf den Prüfstand.«

Laura sprang auf und umarmte Greg.

»Gott sei Dank!«

Die Anspannung der letzten Stunden brach aus ihr heraus, sie presste ihren Kopf an Gregs Schulter und ließ ihren Tränen freien Lauf. Er hielt sie fest umschlungen und wartete, bis sie sich beruhigt hatte. Schließlich löste sie sich aus der Umarmung und tupfte ihre Augen ab.

»Die ganze Situation ist so entwürdigend. Niemand darf uns zusammen sehen, meinen Eltern erzähle ich, dass mein Verlobter einen Geheimauftrag hat und seine Identität nicht lüften darf. Dann leihe ich mir auch noch Geld von ihnen für ein Appartement, das wir uns nie kaufen werden. Lügen, Lügen, nichts als Lügen! Und nun stellen wir auch noch fest, dass ein kleiner Stoß von außen genügt, um das ganze Konstrukt zum Einsturz zu bringen.«

»Eine harte Zeit, keine Frage. Aber wir stehen das durch, Laura. Du weißt, dass ich dich liebe!«

Er nahm sie wieder in den Arm.

»Wir werden bald über ein schönes Vermögen verfügen, du wirst den Dienst quittieren, wir werden heiraten, und dein Daddy wird uns die Steaks grillen, von denen du so schwärmst.«

Laura nickte heftig.

»Wir machen uns ein schönes Wochenende, was meinst du? In Provincetown. Gehen heute Abend essen und bleiben bis Sonntagabend in dem kleinen Hotel, ich glaube, das haben wir uns redlich verdient.«

Er fasste Laura an den Oberarmen und sah ihr in die Augen.

»Alles wird gut. Du ziehst jetzt los, ich mache noch die Auswertung und Datensicherung. Wir sehen uns dann auf der Fähre!«

»Okay. Sie haben uns übrigens eine Liste mit Bestellungen gemailt: Rechner, Bildschirme. Sollen wir nächste Woche liefern und installieren.«

4.

Die Pier am Seaport Boulevard war am besten zu Fuß zu erreichen. Greg schaffte den Weg in fünfzehn Minuten und ging an Bord der Schnellfähre. Er nahm an der Bar eine Margarita und überblickte von dort aus die Sesselreihen, auf denen die Passagiere Platz genommen hatten. Laura saß vorne am Fenster und las. Erst in Provincetown vor ihrem Hotel würden sie sich wieder kennen.

Später hatten sie draußen im Garten unter einem hochgewachsenen Oleanderbusch einen Tisch. Der Besitzer der kleinen Pension, die sie sich bei früheren Besuchen ausgesucht hatten, kochte italienisch.

»Meinst du, ich kann mir nach diesem üppigen Essen noch einen Nachtisch leisten?«

Laura studierte die Speisenkarte. Ihr Gesicht war gerötet, sie hatten eine Flasche Rotwein getrunken. Greg fasste nach ihrer Hand.

»Einen? Bei deiner Figur kannst du die ganze Karte rauf- und runteressen. Außerdem würden dir Rundungen gut stehen.«

»So wie der Sekretärin von Lou Xi-Fang?«

Greg zuckte die Achseln. »Ich finde sie billig.«

»Aber an ihr ist ordentlich was dran. Heute hat sie sich von Lou wieder auf dem Schreibtisch nehmen lassen. Eklig!«

»Haben wir doch auch schon gemacht.«

»Aber bei ihm hast du das Gefühl, er verachtet sie. Er setzt noch nicht mal seine Sonnenbrille ab. Wahrscheinlich, weil er nicht möchte, dass man seinem Gesicht eine Regung ablesen kann.«

»Ich wünschte, man könnte diese Szenen ausfiltern. Diese Intimitäten sind beklemmend.«

Laura ließ sich nicht beirren. »Und warum zum Teufel sprüht er sich hinterher mit Feuerzeugbenzin ein?«

»Wahrscheinlich möchte er verhindern, dass seine Frau den Geruch der anderen an ihm entdeckt. Mit Benzin kann man sich an jeder Tankstelle bekleckert haben.«

Laura schlug ihm auf die Hand. »Sieh mal an, auch Männer wie du wissen offenbar, wie man seine Frau betrügt!«

»Laura! Du weißt, dass ich definitiv nichts mit ihm gemein habe. Okay?«

Laura hing ihren Gedanken nach. »Weißt du, ich frage mich nur manchmal, ob ein solches Ekelpaket in seinen geschäftlichen Transaktionen richtigliegen kann. Ich meine, wir setzen doch unser ganzes Geld darauf. Hast du da keine Angst?«

»Lou zeigt nie Emotionen. Das mag persönlich furchtbar sein, aber als Trader hat er eine absolut ruhige Hand. Eines der stärksten Argumente ist zudem, dass er als Fondsmanager eine Menge eigenes Geld bei Morningstar reingesteckt hat. Und wie er den Deal eingefädelt hat, war langfristig durchdacht. Er öffnet den Fonds für neue, handverlesene Investoren, von denen die meisten verwandt, verschwägert oder befreundet sind mit Personen, die mal hohe Regierungsämter bekleidet haben. In Washington wird daraufhin eine ziemlich effektive Lobbyarbeit betrieben mit dem Resultat, dass der Wassermarkt in Kalifornien dereguliert wird.«

»Und davon können wir unser Glück abhängig machen?«

»Wir schippern eine Weile lang mit, das genügt!« Greg hob die Hand. »Hey, Mike, bring uns ein Tiramisu.«

5.

Mit der Frühfähre fuhren sie am Montag wieder nach Boston zurück. Zeit für ein Frühstück war nicht mehr gewesen. Das Wochenende hatte sich doch noch harmonisch entwickelt, sie waren am Strand gelegen, hatten Pläne für ihr künftiges gemeinsames Leben geschmiedet, gut gegessen und reichlich getrunken. Außerdem viel Zeit im Bett verbracht.

An der Bar bestellte Greg sich einen Bagel und Kaffee. Laura hing erschöpft im Sessel, sie schien zu schlafen. Er dachte an Suzan. Keine Frage, sie war eine reizvolle, sinnliche Frau. An ihr war von allem ein bisschen mehr dran, als habe jemand versucht, die weiblichen Reize herauszuarbeiten, indem er sie überzeichnete. Wenn Lou Suzans schlauchartigen engen Mini hochrollte, trug sie nichts darunter. Trotzdem hätte Greg Laura um nichts in der Welt gegen Suzan eintauschen wollen. Suzan wirkte weich und üppig, Laura glich einem knackigen Apfel. Dazu war sie leidenschaftlich, und vor allem hatte sie dieses unersetzliche Extra: Greg liebte sie.

»Noch einen Kaffee, Sir?«

Greg fuhr aus seinen Gedanken hoch.

»Bitte!«

Der Kellner goss nach.

Greg hatte begriffen, wie sehr sich Laura Sorgen machte. Nach der Erleichterung über den glücklichen Ausgang seiner Unterredung mit Rupert waren in der Rückschau noch einmal alle Gefühle aufgebrochen. Kein Wunder, dass Laura nach dieser turbulenten Zeit nun wie ohnmächtig auf dem Polster ruhte.

Kurz bevor sie anlegten, ging Greg nach draußen und rief Laura auf dem Handy an.

»Hm.« Schlaftrunken, mit noch geschlossenen Augen hielt sie das Telefon zwischen Kopf und Schulter eingeklemmt.

»Vorschlag: Du gehst nach Hause und ruhst dich heute noch aus.«

»Montags blaumachen? Geht gar nicht! Ich muss ins Büro.«

»Special Agent Delaney! Die Leitung dieser Operation obliegt immer noch mir. Dies ist eine Dienstanweisung!«

»Yes, Sir!«

Kurz nach acht legte das Boot an der Pier an.

6.

Als Greg die kleine Gasse zum Büroeingang betrat, roch es nach Aglio e olio, der Montags-Pasta. Er blickte zum Fenster hoch. Sollte wahrscheinlich mal wieder geputzt werden, Fettschlieren entfernen.

Greg überprüfte als Erstes die Systeme. Normalerweise war bei Arabian Morningstar das Wochenende arbeitsfrei, aber hin und wieder tauchten Mitarbeiter auf, um Liegengebliebenes aufzuarbeiten. Lücken in der Überwachung entstanden dadurch nicht, denn die Kameras waren durch Bewegungsmelder gesteuert und schalteten sich automatisch ein. Ebenso die Sprachaufzeichnung, die auf Geräusche reagierte.

Greg ging die Logfiles am Bildschirm durch. Zu seiner Überraschung stellte er fest, dass es bei Morningstar Aktivität gegeben hatte. Die protokollierte Uhrzeit machte ihn stutzig: Samstagnacht, elf Uhr fünf.

Er spielte die Videoaufzeichnung ab, der Timecode zeigte ihm, dass die Kamera etwa fünfzehn Minuten gelaufen war. Zunächst sah man den Lichtkegel einer Taschenlampe. Suchend glitt er über Schreibtische, Schränke und Ablagen. Systematisch arbeitete sich jemand durch das ganze Büro. Schemenhaft war eine dunkle, hoch aufgeschossene Gestalt auszumachen. Die Person bewegte sich offenbar nahezu geräuschlos, denn eine Tonaufzeichnung existierte nicht.

Endlich erfasste der Lichtkegel das Türschild von Lou Xi-Fangs Büro. Die Tür wurde geöffnet. Greg erkannte, dass sich der Eindringling auf den mächtigen Lederstuhl setzte. Der Lichtkegel tastete den Schreibtisch ab und blieb an Zeitschriften hängen, die dort aufgestapelt lagen. Der Unbekannte sah den Packen durch und schlug die zuoberst liegende auf. Dann erlosch das Licht. Zu sehen war nur noch Schwarzfilm. Schließlich endete auch dieser.

Greg grübelte. Wer war das? Ein Einbrecher? Aber wie war es ihm gelungen, das perfekte Sicherheitssystem von Morningstar zu überwinden? Lock it!, eine Spezialfirma, hatte eine umfangreiche Anlage installiert. Die Tür war codegeschützt und videoüberwacht.

Er aktivierte die Kamera, mit der sich Lous Büro einsehen ließ. Lou saß noch nicht am Schreibtisch. Greg zoomte heran und schwenkte langsam den Raum ab. Er konnte keine Spuren entdecken. Er fuhr auf die Tischfläche zurück und ging noch näher heran. Bei dem Zeitschriftenstapel handelte es sich um Motocross-Magazine, in die Lou Post-it-Zettel geklebt hatte, um interessante Artikel zu kennzeichnen. Was für eine absurde Vorstellung! Ein Einbrecher, der einen Wall von Sicherheitsvorkehrungen überwand, um im Büro des Chefs Motocross-Magazine zu lesen.

Greg behielt die weitere Entwicklung an diesem Vormittag genau im Auge, aber nichts deutete darauf hin, dass man den Einbruch bemerkt hatte. Das Büro von Morningstar schien unangetastet geblieben zu sein.

JAGUARWOMAN

1.

Mit klopfendem Herzen verschloss Juma Figueira die Tür ihres kleinen Ladens, der wie eingeklemmt zwischen einem kantonesischen Restaurant und einer Praxis für Akupressur und Reflexzonenmassage lag. Sie sah auf die Uhr. Zeit war noch genug, zu Fuß würde sie von Chinatown allenfalls eine Viertelstunde hinüber nach Nob Hill benötigen.

Juma hatte zunächst an einen Scherz geglaubt, als sie gestern ihren Anrufbeantworter abhörte. Grace Pettibone bat sie um ihre Unterstützung. Sie hatte gelesen, dass Grace Pettibone wieder in die Stadt zurückgekehrt war und nun in einem Appartement unweit des Fairmont Hotels lebte. Es hieß, sie habe die Bay Area nie wirklich verlassen, habe sich viele Jahre in Sonoma und dann in Alameda aufgehalten, sei aber nun wieder in das Zentrum zurückgekehrt, dorthin, wo sie ihre Karriere als Musikerin begonnen hatte.

Grace war, wie man hörte, eine bemerkenswerte Frau, siebzig, mit silbrigem Haarschopf, die immer noch frech und unumwunden ihre Meinung sagte. Sie hatte die Göttin in sich schon lange entdeckt und bedurfte dazu keines Workshops, den Juma ihr hätte anbieten können. Was also wollte sie, wobei konnte Juma ihr helfen?

Der Weg war mühsam, die Jackson Street stieg beständig an, zudem herrschte reger Betrieb auf der Straße. Juma grüßte in den kleinen Kräuterladen zu Leslie Lin-Shen hinein, einer Freundin, mit der sie gemeinsam die Rezeptur ihres Jaguar-Balsams entwickelt hatte. Bald erreichte sie die Schienen der Cable Cars, verließ Chinatown und erklomm schließlich den Scheitelpunkt des Hügels, von dem aus sich ein erster weiter Blick auf die Bay hinunter öffnete.

Kurze Zeit später stand sie an der angegebenen Adresse und suchte das Klingelschild ab. Namen waren dort kaum verzeichnet, nur der *Concierge*, bei dem sie sich anzumelden hatte.

Erneut begann ihr Herz zu klopfen.

2.

Grace kauerte in einem weiten roten Umhang auf dem weich gepolsterten Sessel. Ihre Beine hatte sie an den Oberkörper gezogen und rauchte.

»Nicht einmal mein Lieblingssessel hilft!«

Juma saß ihr auf einem ähnlich voluminösen Stück direkt gegenüber. »Und wie könnte ich es dann?«

Grace lachte. »Mal sehen. Jedenfalls nett, dass du dir gleich Zeit genommen hast. Weißt du: Jaguarwoman, diese Anzeige hat mir wirklich gut gefallen. Schon deshalb musste ich dich kennenlernen. Du engagierst dich also auch bei den Children of Mother Earth?«

»So gut ich kann.«

»Und eure Ziele?«

»Die Menschen dorthin zurückzuführen, wo sie herkommen: zur Natur.«

»Zurück?«

»Denke mal an die Maya, die Azteken, die nordamerikanischen Indianerstämme, Grace! Sie lebten im Einklang mit der Natur, kannten ihre Zyklen, begegneten ihr mit Ehrfurcht. Sie wussten, wie Kraftorte ausfindig zu machen waren, nur sind heute alle diese Kultstätten aufgerieben und zerstört.«

»Und was hat der Jaguar damit zu tun?«

»Die Jaguarmedizin ist bei uns schon immer praktiziert worden. Im Glauben der Mayas handelt es sich beim Jaguar um den Sonnengott. Das hat mich schon meine Großmutter gelehrt, sie war Schamanin.«

»Woher kommst du?«

»Brasilien. Aus einem kleinen Dorf am Rande der Mata Atlântica. Aber wir sollten nicht so viel über mich sprechen! Was kann ich für dich tun?«

Grace drückte die Zigarette im Aschenbecher aus.

»Seitdem ich hier bin, geht es mir scheiße. Die Wohnung ist schön, aber sie hat eine ungute Atmosphäre. Und ich hänge herum wie ein verwundetes Tier.«

»Kann ich mir die Räume mal ansehen?«

»Nur zu! Steht dir alles offen.«

Juma stand auf und ging langsam von Zimmer zu Zimmer. Immer wieder blieb sie stehen, schloss die Augen, hob die Arme und tastete mit den Händen unsichtbare Formationen in der Luft ab. Schließlich kehrte sie zurück.

»Weißt du, Grace, deine Wohnung fühlt sich für mich eigentlich gut an. Du hast sie so zu deiner gemacht, dass allenfalls noch Reste von Fremdenergie vorhanden sind. Die können wir ausleiten. Ich habe Weihrauch mitgebracht. Wir gehen zusammen durch die Räume und räuchern. Dann sollte alles gut sein.«

»Schön, lass uns das machen!«

»Und was dich angeht: Du hast hier offenbar eine sehr starke Energieverbindung zu einer abwesenden Person. Darf ich mal?«

Juma hob Grace' Umhang ein wenig an, fasste darunter und legte ihr die Hand auf den Solarplexus. Grace spürte Wärme.

»Könnte es sein, dass du im Moment hier sehr empfindlich bist?«

»Du hast recht, Juma, das bin ich.«

Juma lächelte. »Und willst du nichts dazu sagen?«

Grace holte tief Luft. »Zehn Jahre habe ich mit Jake hier in Haight-Ashbury gelebt und Musik gemacht …«

»Jake Baldwin?«

»Genau. Ich habe diesem Scheißkerl überhaupt erst eine Karriere eröffnet, ihn vorgestellt, bekannt gemacht. Verdammt ja, ich liebte ihn. Aber er hat mich wie einen Fußabstreifer benutzt, hat sich auf mir die Füße abgetreten, um in den Kreis der Stars und Auserwählten zu kommen.«

Juma blickte ganz ernst. »Diese Verbindung müssen wir kappen, Grace. Ist dir das klar?«

3.

Auf die Frage nach dem liebsten Ort in der Wohnung hatte sich Grace für ihren Sessel entschieden. Sie saß aufrecht mit geschlossenen Augen.

»Sammle deine Aufmerksamkeit. Geh damit durch deinen ganzen Körper. Sei ganz in ihm.«

Grace wirkte abwesend.

»Spüre deine Energie!«

Juma trat von hinten heran und legte ihr die Hände auf den Kopf. Wieder spürte Grace ihre Wärme.

»Jetzt stell dir Jake vor! Prüfe dich: Wo genau ist die Verbindung, wie fühlt sie sich an?«

»Motherfucker«, murmelte Grace.

Juma übte einen intensiveren Druck auf Grace' Schädel aus, bis sie wieder in ruhigen Zügen atmete.

»Bist du bereit, diese Verbindung aufzulösen?«

Minutenlang herrschte Schweigen.

»Die Energieverbindung zwischen euren Chakren stellst du dir als eine Schnur vor. Nimm nun das Schwert, wenn du bereit bist, sie zu durchtrennen.«

Zweihändig griff Grace nach dem riesigen, imaginären Schwert und zog es mit einer schwingenden, entschlossenen Bewegung durch die Luft.

»Werde nun wieder ganz ruhig und atme das lose Ende der Schnur in dein Chakra zurück.«

Juma ertastete ein Zittern.

»Prüfe dich, deine Integrität, deine Vollständigkeit! Und jetzt stell dir Jake noch einmal vor.«

»Scheißkerl!«

»Danke ihm für alles, was du durch ihn gelernt hast.«

»Verpiss dich, Jake.«

»Bleibe sitzen und halte die Augen geschlossen, so lange es dir angenehm ist.«

Von draußen aus dem Gang kamen Geräusche. Jemand sperrte die Haustür auf und warf sie zu.

»Luiz, bist du das?«, rief Grace.

In der Tür stand ein athletisch gebauter junger Mann mit leicht dunkel getönter Haut und schwarzen, lockigen Haaren, die er durch eine aufgesteckte Sonnenbrille nach hinten ge-

bändigt hielt. Links und rechts hielt er eine braune Einkaufs-
tüte im Arm.

»Juma, das ist Luiz. Mein Personal Trainer. Er sorgt dafür,
dass ich gesund lebe. Er ist übrigens Kubaner.«

Verwundert schaute sie zwischen Juma und Luiz hin und
her, die sich unverwandt musterten. »Kennt ihr euch, oder
was ist los mit euch?«

Dann lachte sie auf. »Ich glaube, ich störe hier nur.«

4.

Aufgewühlt ging Juma nach Hause und versuchte, sich Rechenschaft darüber abzulegen, was passiert war. Sie hatte sich
in der Arbeit mit Grace geöffnet, um eine starke Verbindung
zu ihr aufbauen zu können. Dieser Einladung war jedoch vor
allem Luiz gefolgt. Mit Macht war er in ihr Feld eingedrun-
gen. Der Gedanke an ihn schmerzte sie fast körperlich.

Zugleich schämte sie sich, dass sie einem Fremden gegenüber so offensichtlich die Fassung verloren hatte. Abgemil-
dert wurde ihr Schamgefühl durch die Tatsache, dass es Luiz
ähnlich ergangen war. Der stattliche Mann wirkte verunsi-
chert und tapsig, wusste nicht, wie er mit Tüten und Begrü-
ßung zugleich verfahren sollte. Als er dann in der Küche verschwunden war, erzählte Grace, er sorge für ihre Fitness, vor
allem aber kümmere er sich darum, dass der Kühlschrank mit
gesunden Lebensmitteln gefüllt sei. Als Juma die Wohnung
verlassen hatte, spürte sie, wie aus der dunklen Ecke der Küche sein Blick auf sie traf.

In der darauffolgenden Nacht wurde sie von schweren Träu-
men heimgesucht. Es zog sie hinab in die mythischen Untiefen

der in Reliefs gemeißelten olmekischen Erzählungen, denen zufolge sich der Jaguar einer Frau bemächtigt hatte, um mit ihr einen Jaguarmenschen zu zeugen. Bereits frühmorgens stand sie auf, um diesem Andrang von Bildern Einhalt zu gebieten.

Sie saß am Küchentisch über einer Tasse Kaffee und weinte.

Drei Stunden später empfing sie eine Kundin und absolvierte die Sitzung mit großer Disziplin. Mittags ging sie nach nebenan, um Dim Sum zu essen. Durch das große Fenster sah sie, wie sich die Sonne aus den Wolken hervorarbeitete, und beschloss, es als Zeichen zu nehmen. Wo Schmerz war, gab es auch Heilung.

Am frühen Nachmittag verschickte sie ein paar E-Mails, in denen sie Ratschläge erteilte und Anweisungen gab, um die ihre Kundinnen gebeten hatten. Dann ertönte das Glockenspiel an der Ladentür, das Besucher ankündigte. Sie stieg die Treppe hinunter und erstarrte: Luiz stand in ihrer Praxis.

Luiz lächelte. Sie hoffte, er würde schweigen und ihr auf direkte Weise zeigen, was er wollte. Jede Art von höflicher Konversation würde den Zauber zerstören, der vom ihm ausging. Er schien zu verstehen, nickte, verschloss die Ladentür und drehte das Schild auf *Closed*. Sie streckte ihre Hand aus, und er ergriff sie.

Oben standen sie voreinander. Luiz löste mit ein paar Griffen ihr Kleid, sodass es zu Boden glitt. Sie zog die Kordel seiner Sporthose auf, schob sie nach unten und sah, wie sehr er sie begehrte. Erst jetzt küssten sie sich.

Unten pochte jemand so heftig gegen die Ladentür, dass die Scheibe schepperte.

Luiz legte seine Hände auf Jumas Gesicht. Ihr Blick war unruhig und verschreckt.

»Kümmere dich nicht darum, Kunden sind jetzt nicht mehr von Bedeutung.«

Das Pochen wurde gewalttätiger, Luiz umarmte sie, um sie bei sich zu halten. Dann splitterte Glas, und man hörte deutlich, wie die Ladentür eingetreten wurde.

»Den Ausgang sichern!« Die Stimme war befehlsgewohnt. »Frankie, du gehst nach oben!«

Juma klammerte sich in Panik an Luiz. Jemand schlug die Tür zum Schlafzimmer auf. Ein junger Mann mit Pistole im Anschlag sprang herein.

»FBI«, schrie er. »Hände hoch und hinter den Kopf legen.«

Mit den Füßen zog er die abgelegten Kleidungsstücke zu sich her.

»Rüber an die Wand!«

Nun beugte er sich hinunter und tastete Kleid und Hosen nach Waffen ab.

»Alles klar hier. Ich habe sie fixiert, du kannst hochkommen!«

Ein grauhaariger Mann trat ein. In der Linken hielt er aufgeklappt seine Dienstmarke, in der Rechten eine Pistole.

IM GARTEN
DER GÖTTER II

Das Telefon vibrierte in seiner Hosentasche.

»Ja«, sagte Charlie.

»Das FBI hat eine Spur …« Die Stimme klang süffisant.

»Aha. Dann heißt es aufpassen!«

»Vergiss es! Diese Idioten haben eine Geistheilerin und ihren Liebhaber beim Ficken aufgegriffen.«

Charlie lachte. »Ernsthaft?«

»Sie nennt sich Jaguarwoman.«

»Oh Mann! Einen größeren Gefallen können uns die Kerle kaum tun.«

»Allerdings hat Special Agent Seleznick ausgegraben, dass Fremantle zu den *Freunden Bentons* gehört hat.

»Er weiß also, was van Holst und Fremantle verbindet?«

»Das nicht, aber er versucht, es herauszubekommen.«

»Dann bin ich ihm immer noch mindestens zwei Schritte voraus.«

»Was wirst du tun?«

»Die anderen suchen, die zu den *Freunden Bentons* gehört haben.«

»Schon fündig geworden?«

»Zwei von ihnen könnten in Frankfurt leben. Die fünfte Person fehlt mir noch.«

WATERFRONT

1.

»Und? Wie sehe ich aus?« Lou trat an Suzans Schreibtisch.

Sie erhob sich und zupfte ein Fädchen von seinem Revers. »Perfekt.«

»Sind sie schon alle da?«

»Seit zwanzig Minuten. Mark ist drüben bei ihnen, reißt Witze und macht Konversation, um sie ein bisschen locker zu machen.«

»Wen haben sie diesmal geschickt?«

Suzan warf einen Blick auf die Visitenkarten, die auf ihrem Tisch lagen.

»Für die arabische Seite wie gehabt Brad Schnepper, und unsere Freunde aus Washington lassen sich durch Chris Fuller vertreten ...«

»... der mal Trader bei Salomon Brothers war?«

»Genau. Und für die Bank ist Ken Mucklerich da.«

»Ausgerechnet! Wollen die Schwierigkeiten machen?«

»Womöglich. Ist aber egal, wie immer kommt es nur auf Brad an. Du weißt ja, die Hells und die Golden Slacks haben schon mehrfach angeklopft ...«

Suzan nahm ein Papier aus ihrer Ablage. »Hier habe ich noch etwas für dich zusammengestellt.«

Skeptisch blickte Lou auf den Ausdruck. »Was ist das?«

»Ein paar chinesische Weisheiten, die ich aus dem Netz gefischt habe. Davon etwas einzuflechten, kommt hundert Prozent gut!«

Lou grinste. »Der Dumme lernt aus seinen Fehlern, der Kluge aus den Fehlern der anderen. Nicht schlecht! Sagen wir Chinesen das so?«

2.

»Gentlemen, ich habe Sie zu diesem Meeting gebeten, um Ihnen ein in jeder Hinsicht großes Geschäft vorzustellen.«

Lou drückte den Knopf, um die Jalousien langsam herunterzufahren. Mit der dezenten indirekten Illumination kehrte eine dämmrige Atmosphäre ein. Diese Entrückung aus dem Alltag erachtete er für seine »Märchenstunden«, wie er sie nannte, als unverzichtbar.

»Wir haben dem Projekt den Namen Waterfront gegeben.«

Lou spielte die erste Folie ein.

»Unterbrechen Sie mich, wenn Sie eine Frage haben. Wie Sie sicherlich wissen, ist der Wassermarkt in Kalifornien liberalisiert worden, und wir sehen eine gute Chance, dort in aussichtsreiche Geschäfte einzusteigen.«

»Auf diesen Plan bin ich wirklich gespannt«, warf Ken Mucklerich ein, um gleich zu Anfang ein Zeichen zu setzen. »Morningstar hat kein Know-how diesbezüglich, keine Tanks, keine Zuleitungen ...«

»Genau dieser Frage haben wir uns angenommen und sind zu dem Resultat gekommen, dass wir eine Gesellschaft übernehmen sollten, die ebendieses bietet: die California Water Suppliers.«

»Sprichst du von einer kompletten Übernahme, Lou?«

»Wäre wünschenswert, Brad. Wir haben bereits mit dem Board von CWS gesprochen und vorgefühlt. Natürlich gibt es das übliche Gezicke und Gefeilsche, aber ich denke, wir könnten die Sache für zwanzig Dollar pro Aktie über die Bühne bringen.«

»Ich höre wohl nicht recht«, sagte Mucklerich. »Das wäre ja eine Größenordnung von gut zweieinhalb Milliarden.«

»Kommt hin«, erwiderte Lou.

»Wer soll das finanzieren?«

»Die Western Union Bank, für die Sie am Tisch sitzen, Mr. Mucklerich, ist, neben anderen natürlich, eingeladen, dies zu tun.«

»Vergessen Sie es!«

»Sind Sie sicher? Wells Fargo und Goldman Sachs bemühen sich schon lange, mit uns ins Geschäft zu kommen. Ich würde vorschlagen, Sie hören sich erst mal an, worum es bei diesem Projekt geht. Die Renditeseite hat in aller Regel den Charme eines schlagenden Arguments.«

Lou nahm einen Schluck aus seinem Glas.

»Dieser Markt in Kalifornien ist neu, bislang hat sich noch niemand mit einer überzeugenden Strategie platziert.«

Er holte die nächste Folie auf den Bildschirm.

»Bevor ich Ihnen das Konzept mit allen Zahlen im Detail erläutere, gebe ich Ihnen eine Zusammenfassung. Nach Übernahme von CWS werden wir im großen Stil Wasserreserven kaufen. Wir rechnen damit, dass hierfür etwa zweitausend Dollar pro Acre-foot aufzubringen sind. Künftige Vorräte werden wir uns über Futures sichern. Wir denken da an eine Größenordnung, die einem Volumen von etwa fünfundzwanzig Prozent der jährlich verbrauchten Menge entspricht.«

Er tippte auf eine Taste, um fortzufahren.

»Sie fragen sich, warum die Verbraucher das Wasser von uns beziehen sollten? Seitdem der Markt den Preis macht, haben alle Teilnehmer das Problem, dass die Preise extrem schwanken, jahreszeitlich, nach Region, nach den aktuellen klimatischen Verhältnissen. Speziell für Firmen ist das ein hohes, weil unkalkulierbares Risiko, solange sie nur on-the-spot zum tagesaktuellen Kurs kaufen können. Mit den Reserven im Rücken gehen wir auf den Terminmarkt. Wir bieten Verträge unterschiedlicher Laufzeit an, fünf, zehn Jahre, was Sie wollen! Und – das ist entscheidend! – wir schließen stets zu Festpreisen ab, sagen wir: fünf Dollar pro Acre-foot. Mit den Futures im Rücken können wir solche langjährigen Festpreise kalkulieren.«

Im Raum herrschte Schweigen.

»Natürlich müssen wir CWS umkrempeln, eine schlagkräftige Händlermannschaft existiert dort nicht, nur ein paar Haudegen vom Vertrieb, die jeden Farmer mit Handschlag begrüßen. Wir brauchen jedoch erfahrene Trader, die zum rechten Zeitpunkt reagieren, einkaufen und losschlagen, die die ganze Bandbreite des computergestützten Geschäfts beherrschen. Und genau hier kommen unsere Leute ins Spiel. Mark und seine Truppe sind die Richtigen, um eine solche Abteilung auf die Beine zu stellen.«

»Wenn das hinhaut«, sagte schließlich Chris Fuller, »dann gehört uns über kurz oder lang der ganze Wassermarkt in Kalifornien.«

»Yeah«, antwortete Lou. »Die Fantasie ist grenzenlos: You name it!«

3.

Nach zwei Stunden brachte Suzan Sandwiches in den Besprechungsraum. Sie kannte den Geruch, der dort in der Luft lag. Frischer Schweiß verlässt völlig neutral den Körper. Aber diese Männer hatten offenbar spezielle Bakterienkulturen unter den Achseln und in der Hose, die an der Wall Street gezüchtet worden waren. Es roch nach Geld, einer Ausdünstung, die einem Cocktail aus Testosteron, Adrenalin und anderen Androgenen entsprang. Sie öffnete das Fenster und brachte dann frische Getränke.

»Ich bin normalerweise nicht für diese Private-Equity-Projekte, aber das klingt ziemlich gut, Lou«, sagte Brad. »Was mir jedoch Sorgen macht, ist die Langfristigkeit des Geschäfts. Wir schließen Verträge über zehn Jahre. Eine halbe Ewigkeit, bis endlich ein Gewinn ausgewiesen werden kann.«

»Guter Punkt«, antwortete Lou. »Habe ich bereits darüber nachgedacht. Wie ich schon sagte, wird aus CWS genau genommen weniger eine Firma, die Hardware hat und Güter liefert, sondern eine Handelsplattform. Wir denken ätherischer und wollen Flüssiges nicht primär in Flaschen oder Röhren verkaufen, sondern in Handelspapiere verwandeln! Das bedeutet, dass wir anders bilanzieren. Eher wie eine Investmentbank. Mit der Börsenaufsicht habe ich bereits gesprochen, Mark-to-Market wäre aus ihrer Perspektive okay. Mit Mark-to-Market stellen wir den kompletten Umsatz eines Zwanzigjahres-Geschäfts zu den jeweiligen Marktpreisen in die aktuelle Bilanz ein.«

»Okay!«

»Damit müsste unser Börsenwert gewaltig steigen, ich sehe da achtzig Dollar pro Aktie nicht als Limit, wäre aber dann in jedem Fall raus aus der Nummer. Sollen andere das Ding weiter aufblasen oder damit abstürzen.«

»Wenn du es schon erwähnst«, sagte Chris Fuller, »welche Risikoabsicherungen hast du denn eingeplant? Und ich nehme an, das hast du?«

Lou lächelte. »Auf diese Frage warte ich schon die ganze Zeit. Wir hedgen die ganze Transaktion.«

»Wie soll das gehen?«, fragte Mucklerich.

»Ja, wie wettest du gegen die Wasserversorgung?« Lou sah sich in der Runde um, blickte aber in ratlose Gesichter.

»Wenn man sich hineinvertieft, stellt man fest: Die Farmer tun es schon lange, indem sie Ernteausfall-Versicherungen abschließen. Also haben wir uns mit der *American Insurance* zusammengesetzt und angeregt, dass sie eine Wasserversicherung anbieten. Du schließt eine Versicherung ab, dass du Wasser zu einem bestimmten Preis beziehen kannst. Ist alles trocken oder musst du tiefer in die Tasche greifen, tritt die AI ein. Okay? Das Geschäft damit läuft sehr gut an, weil die Risiken bei der umfangreichen Datenlage exakt zu kalkulieren sind. Demgemäß gibt es diese Versicherung für kleines Geld. Damit decken wir uns ein.«

»Brillant!«

4.

Greg hatte die Aufzeichnung des Meetings sorgfältig geprüft und ausgewertet. Lous Vorgehensweise schien ihm durchdacht und schlüssig, so konnte es CWS tatsächlich gelingen, die Nummer eins im kalifornischen Wassermarkt zu werden. Allerdings schien ihm die veränderte Bilanzierungsmethode hochriskant: Lou argumentierte, dass mit der Freigabe des Marktes zwangsläufig nur noch Marktpreise in Betracht gezogen werden dürften. Man habe sich, wenn nötig, tagesaktuellen Wertkorrekturen zu unterziehen. Das klang gut, wenn man akzeptierte, dass Wasser wie Wertpapierreserven veranlagt wurde. Allerdings brachte dies den Effekt mit sich, dass ein langjähriger Abschluss nur im ersten Jahr als Gewinn verbucht würde und nicht mehr in den darauffolgenden. Hatte die Firma Erfolg, so würde sie zu Anfang große Gewinne ausweisen, bis die Anzahl der geschlossenen Lieferverträge ein im besten Fall konstantes Niveau erreichte und die Kurve schließlich abflachte. Effekt dieser Bilanzierung war vor allem, dass der Börsenwert des Unternehmens in die Höhe getrieben wurde. Und genau das war wohl Lous Absicht. Auf diese Weise konnte er nach einigen Jahren die Anteile abstoßen und die getätigte Investition mit einer großen Rendite vergolden.

Greg war erleichtert. Der Zeitpunkt zu handeln war endlich gekommen. Lauras und sein Job standen auf der Kippe, sie würden irgendwann in den normalen Dienst zurückberufen und hätten dann keinen Zugang mehr zu solchen Informationen. Und Laura wurde zunehmend empfindlich, ertrug die Situation nicht mehr. Greg entschloss sich, das Geld, das sie von ihren Eltern und mit eigenen Krediten zusammengekratzt hatten, in Kaufoptionen der CWS-Aktie zu stecken. Egal, was passierte, diese Transaktion war in jedem Fall rentabel.

Greg telefonierte mit seinem Bankberater, der die vereinbarte Geldsumme vorhielt, mit der er spekulieren wollte, sobald sich ihm eine günstige Gelegenheit bot. Greg hatte seinen Schwiegervater in spe vorgeschoben, Lauras Vater sei Steuer- und Finanzfachmann und habe ganz eigene Vorstellungen, wie bei einer Geldanlage vorzugehen sei. Eine halbe Stunde später bestätigte die Bank den avisierten Deal.

Greg holte sich einen Kaffee aus der Küche.

»Hey, Greg, schau mal. Heute läuft da etwas ganz Außerordentliches bei Morningstar.«

Greg ging nach nebenan und schaute auf den Monitor. Lou saß mit seinen fünf wichtigsten Mitarbeitern im Besprechungsraum. Am Kopfende hatte sich eine seltsame Gestalt platziert. Sie trug ein papageienbuntes Hawaiihemd mit einem grellen Schriftzug. Greg fuhr mit der Kamera näher heran. *FullproMX.com* las er.

»Was ist denn das für ein Vogel?«

5.

»Leute, ich will es kurz machen und übergebe dann gleich an Chad von Fullpro. Ihr habt mein Memo gelesen und wisst, dass das Projekt Waterfront steht. Ich dachte, das wäre ein schöner Anlass, uns mal ein ausgedehntes Wochenende lang vor Ort umzusehen und Kalifornien mit Motocross-Maschinen umzupflügen. Wir gönnen uns ein paar schöne Tage. Chad hier sagt euch, was er so alles im Programm hat.«

»Yeah«, rief Mark, der bullige Trader. »Tolle Idee!«

Die anderen applaudierten. Chad erhob sich.

»Mit dem, was euer Boss für euch gebucht hat, habt ihr echt das große Los gezogen! Untergebracht seid ihr auf unserer Fullpro-Ranch in Viersterne-Appartements. Zum Haus gehören zwei große Terrassen, rückwärtig habt ihr eine Feuerstelle und einen Barbecue-Platz. Darum herum haben wir eine Menge Palmen gepflanzt, unter denen ihr abends abhängen könnt. Getränke gibt es ausreichend in der Hausbar. Aber ich nehme mal an, dass ihr es lieber krachen lassen wollt und euch auf unseren Factory Tracks herumtreibt?«

Pfiffe und Gelächter wurden laut.

»Alles klar, habe ich mir gedacht. So, Freunde, jetzt bildet euch bloß nicht ein, dass ihr bei uns Geraden runterballern oder Hänge hinaufbrettern könnt. Unsere Tracks, müsst ihr wissen, sind im Flat aufgeschoben, Höhenunterschiede gibt es kaum. Präpariert ist die Strecke eigentlich für SX-Events, wir wässern täglich, trotzdem habt ihr einen super Grip. Und wir haben jede Menge Schikanen eingebaut, Tables, Doubles, Whoops und Stepups. Da könnt ihr zeigen, was ihr drauf-habt. Und wenn ihr abends immer noch nicht ausgepowert seid, schalten wir das Flutlicht ein, okay?«

Mark klopfte mit der flachen Hand Beifall auf den Tisch.

»Noch Fragen oder spezielle Wünsche?«

»Durchaus«, sagte Lou. »Nur auf den Tracks herumzufahren, ist nicht so mein Ding. Was habt ihr denn für Freerider zu bieten?«

»Hattest du schon angedeutet, Lou«, sagte Chad. »Deswegen habe ich unseren Outdoorspezialisten ein paar hübsche Strecken austüfteln lassen.«

»Schieß los!«

»Da hätten wir zum einen Pismo Beach. Ist ein Gelände extra für Freerider. Dort tummelt sich alles, was man für offroadtauglich hält. Meer, Dünen …«

»Vergiss es, Chad. Wenn ich Natur unter den Rädern haben möchte, will ich alleine sein und nicht im Pulk umherfahren.«

»Okay, dachte ich mir, da hätten wir noch Beaumont zu bieten. Ist allerdings eine harte Nummer. Steile Hänge, schmale Bergkämme und fast hundert Meter tiefe Schluchten. Wenn du das geschafft hast, kannst du dich mit Berglöwen und Schlangen auseinandersetzen. Da geht auch schon mal einem Profi wie Def Sutherland die Muffe, der übrigens ständig bei uns trainiert. Deswegen läuft das in Beaumont normalerweise so, dass sich unsere Hobby-Freerider, die wir ins Gelände schicken, schon auf den ersten Metern in die Hosen machen. Aber wenn du das hinter dir hast, Lou, dann kommt großer Spaß auf.«

Brüllendes Gelächter hob an.

»Okay, danke, Chad.«

Lous Stimme war zu einem Zischen geworden.

»Klingt doch genau so, wie ich mir das vorgestellt habe.«

6.

»Seltsam«, sagte Greg. »Hältst du das für Zufall?«

»Was meinst du?«, fragte Laura.

»Den Einbruch! Der Kerl studiert nur Unterlagen und Zeitschriften. Und jetzt fährt die ganze Mannschaft auf MX-Urlaub.«

»Wo ist der Zusammenhang?«

»Ein Einbrecher, der nichts mitgehen lässt. Stattdessen interessiert er sich für die Hobbys, checkt aus, was die vorhaben. Weil er hinter ihnen her ist?«

»Jetzt verstehe ich, worauf du anspielst: den Jaguar-Mörder?«

»Geht mir jedenfalls durch den Kopf.«

»Ist aber weit hergeholt. Der einzige Zusammenhang, den ich sehe, besteht darin, dass du dich mit den Akten beschäftigt hast und nun alles durch dieselbe Brille siehst. Gibt es etwas Handfestes?«

»Null. Du hast recht. Aber ich habe ein komisches Gefühl dabei.«

»Was willst du tun?«

»Ich habe bei der Uni von St Andrews …«

»St Andrews?«

»Schottland! Ich habe dort eine Recherche laufen, die uns bald ein bisschen schlauer machen könnte. Allerdings …«

Greg verfiel ins Grübeln.

Laura beobachtete ihn. »Greg!«

Er blickte auf. Etwas in Lauras Stimme ließ ihn aufschrecken.

»Ich muss mit dir reden.«

»Heute noch?«

»Okay, dann treffen wir uns heute Abend am Long Wharf. Ist ein guter Platz, um sich ungestört zu unterhalten.«

7.

Eine angenehme, aus wechselnden Richtungen wehende Brise strich über den Hafen von Boston, roch mal nach Fisch, mal nach altem Öl, meistens jedoch salzig frisch. Möwen ließen sich vom Wind zu den im Freien aufgestellten Tischen des Schnellrestaurants herantragen, um die Reste zu ergattern, wurden jedoch von den Gästen immer wieder verscheucht und drehten kreischend ab.

Laura und Greg gingen den Harbour Walk entlang und setzten sich dann auf eine Bank.

»Ist etwas passiert?«, fragte Greg. »Du wirkst so besorgt.«

Laura schüttelte den Kopf.

»Nicht besorgt, aufgewühlt, weil mir so viel durch den

Kopf gegangen ist. Greg, ich sage es kurz und bündig: Ich will das so nicht mehr. Ich möchte, dass wir die Finger von krummen Geschäften lassen. Wir klären unser Verhältnis Rupert gegenüber auf, ich lasse mich versetzen, wir heiraten früher als geplant, und von dem Geld, das uns meine Eltern geliehen haben, kaufen wir uns wirklich ein Appartement.«

Sie atmete tief durch. »So, das war jetzt alles auf einmal!« Erleichtert sah sie ihn an.

Er fasste nach ihrer Hand. »Aber Laura, dazu ist jetzt zu spät! Ich habe mit unserem Geld bereits auf den Deal gesetzt.«

»Aber davon hast du mir nichts gesagt.«

»Warum sollte ich? Wir hatten ja alles genau abgesprochen. Auch dass ich die Initiative ergreife. Ich sollte nur auf die richtige Gelegenheit warten. Das habe ich getan. Das läuft gut, mach dir da mal keine Gedanken!«

»Du hast mich nicht verstanden. Die Ängste, die ich neulich ausgestanden habe, haben mir ganz deutlich gemacht, dass das nicht der richtige Weg sein kann. Wenn du anständig bleibst, gibt es solche Sorgen nicht.«

»Aber es ist zu spät. Ich kann das Geschäft nicht mehr rückgängig machen, Vertrag ist Vertrag!«

»Wie konntest du das nur tun, ohne mit mir noch einmal geredet zu haben? Das durftest du nicht. Ich bin genauso berechtigt mitzuentscheiden wie du.«

Lauras Augen wurden feucht. »Das durftest du nicht!«

Sie erhob sich und ließ Greg alleine auf der Bank sitzen.

THE CHAMP I

Draußen wurde es heiß. Für die Männer begann der Tag mit einem üppigen Frühstück, Speck, Eier, Kaffee, Toast und Orangensaft, der in kanistergroßen Behältern auf dem Büfett stand. Mark hatte sich zum wiederholten Mal eingegossen. Seine Augen waren verquollen. Betty räumte das Geschirr ab.

»Falls ich mich danebenbenommen habe, sorry«, sagte Mark.

Betty zuckte die Achseln. Sie trug ein hochgeschlossenes, weites T-Shirt. Beim gestrigen Grillabend hatte sie im kurzen Rock und weit ausgeschnittenen Top serviert. Mark konnte die ganze Zeit über nicht den Blick von ihren Brüsten lassen. Nach reichlich Bier schrie er dann: »Show your boobs, baby!« Chad hatte schließlich stillschweigend einen Kellner zur Bedienung beordert. Die Jungs brauchten ihren Spaß, und die Fullpro-Leute wussten damit umzugehen.

Chad trat vor die Frühstücksgesellschaft hin und klatschte in die Hände.

»Birne wieder klar, Männer? Um den Rest eurer abendlichen Sünden aus euch rauszuklopfen, gehen wir jetzt mal ans Waschbrett. Schlüpft in eure Bikerklamotten, die Maschinen warten schon auf euch.«

Draußen auf der Bahn wies Chad auf einen Abschnitt des

Rundkurses, in dem eine ganze Serie aufeinanderfolgender, tiefer Bodenwellen angelegt war.

»Das ist jetzt der große Test! Einer nach dem anderen fährt in den Parcours. Ich sehe dann, was ihr draufhabt, und teile euch daraufhin einem Trainer zu, der euch in jedem Fall ein paar mehr Tricks zeigt. Dem Champ unter euch spendiere ich heute Abend ein Bier. Los geht's!«

Mark fuhr an und holperte über die Wellen.

»Nicht schlecht«, rief Chad, »aber bist du sicher, dass du weißt, in welche Richtung man den Gasgriff aufdreht?«

Als Nächster startete Ken, einer der jüngeren Trader. Chad beobachtete ihn skeptisch.

»Wird nichts. Zu viel Speed und sitzt dabei wie ein nasser Sack auf dem Sattel.«

Tatsächlich flog Ken schon nach der dritten Welle in hohem Bogen vom Motorrad und verlor beim Sturz den Helm. Er stand sofort wieder auf und hob die Hand, um zu signalisieren, dass ihm nichts passiert war. Allerdings war der Riemen seines Helms gerissen. Wütend kickte er ihn beiseite.

»Unser Notarzt ist übrigens dahinten.« Chad zeigte auf die Garage.

»Rückt sofort aus, wenn was passiert. Also keine Bange!«

Als Letzter startete Lou. Er ließ die Maschine aufheulen und gab die Kupplung so ruckartig frei, dass sich seine Maschine aufbäumte.

»Oh Mann, bau bloß keinen Scheiß«, murmelte Chad.

Lou beschleunigte auf das Waschbrett zu, erhob sich aus dem Sattel und stand wie auf Zehenspitzen auf den Fußrasten seines Bikes. In dieser Stellung federte er auf und ab, brachte damit den Druck auf das Hinterrad und entlastete zugleich das vordere. Er durchquerte den Parcours so elegant, als wolle er die Funktionsweise eines Stoßdämpfers demonstrieren.

Nicht genug damit, beschleunigte er auf die dahinter aufgeschüttete Rampe, hob ab, richtete sich wieder auf, überquerte im Flug auch die zweite und setzte die Maschine dahinter wieder auf den Boden. Dann drehte er ab und fuhr zurück.

»Okay«, sagte Chad, »das Bier hast du dir verdient!«

Lou schob die Brille nach oben auf den Helm. »Ich trinke keinen Alkohol. Wann geht es hinaus ins Gelände?«

»Wenn du willst, heute Nachmittag. Ich glaube, du schaffst das.«

HELLRAISER

»Ich verstehe nicht«, sagte Rupert, »für mich ist das nicht mehr als ein vager Verdacht. Und daraufhin soll ich jemanden nach Kalifornien schicken?«

Greg war hinüber zum Norman B. Leventhal Park gegangen und hatte sich auf dem Rasen niedergelassen, um von dort aus seinen Vorgesetzten anzurufen.

»Das stimmt. Aber glaub mir, da liegt etwas in der Luft. Wir wissen zwar noch nicht, welchen Zusammenhang es zwischen van Holst und Fremantle geben könnte, aber zwischen Earl Fremantle und Lou Xi-Fang gibt es einen.«

»Aha! Und der wäre?«

»Beide haben in St Andrews Business studiert. Annähernd derselbe Jahrgang. Und sie haben sich gekannt.«

»Zweifelsfrei?«

»Hundert Prozent. Es gab da einen Charity-Club, der Fundraising für gemeinnützige Projekte gemacht hat. Sie nannten sich die *Freunde Bentons*. Dort sind sich Fremantle und Lou begegnet.«

»Hm.« Man hörte, wie Rupert am anderen Ende ein Papier zerknüllte.

»Okay«, sagte er schließlich. »Bis jetzt haben wir nichts in der Hand. Im Gegenteil. Frankies Spur mit den Jaguar-Heilern war ein kompletter Schlag ins Wasser. Peinlich! Schlim-

125

mer kann es nicht kommen. Aber dir ist klar, dass ich niemand anderen als dich damit beauftragen kann?«

»Wirklich?«

»Du kennst die Truppe und die Hintergründe.«

Greg war in der Klemme. Er konnte bei dieser Aktion auffliegen. Die Morningstar-Leute kannten ihn als IT-Experten und externen Mitarbeiter. Andererseits konnte es nichts Schlimmeres geben, als dass Lou etwas zustieß. Das investierte Geld und seine Zukunft mit Laura wären damit in den Sand gesetzt. »Eine verdeckte Operation, bei der ich im Hintergrund bleibe? Kriegst du das hin?«

»Schwierig. Ich versuche es. Das Office in Los Angeles ist zuständig. Mal sehen, ob sie Frankie dafür abstellen können. Du fliegst also hin?«

»Okay.«

Nachdenklich ließ sich Greg ins Gras zurückfallen. Eine verwickelte Angelegenheit. Laura hatte doch recht behalten. Das aber konnte er ihr nicht vermitteln, sie redete nicht mehr mit ihm. Er akzeptierte das, weil er sicher war, dass sich die Dinge von selbst wieder einrenken würden. Er war sich keiner Schuld bewusst. Eigentlich war es schon deshalb gut, Boston für eine Weile verlassen zu können. Gras über ihr Zerwürfnis wachsen zu lassen, half bestimmt.

THE CHAMP II

1.

Nach dem Mittagessen trat Chad zu Lou an den Tisch.

»Wir wären dann startklar. Ich habe dir einen Fahrer besorgt, der dich hinausfährt. Deine Maschine haben wir schon auf den Anhänger geladen. Alles in Ordnung bei dir?«

»Perfekt.«

»Smartphone und Wasserflasche nicht vergessen!«

Lou nickte. »Alles im Rucksack.«

»Tu mir einen Gefallen, Lou. Dass du deine Maschine beherrschst, habe ich gesehen, aber du kennst das Gelände nicht. Also halte dich an die Trails, die andere vor dir gefahren sind. Vor allem oben auf dem Bergkamm. Okay?«

Lou stand auf. »Die Menschen stolpern nicht über Berge, sondern über Maulwurfshügel. Heißt es bei uns Chinesen. Hey, Ken!«

Ken blickte auf.

»Du kannst heute Nachmittag meinen Helm benutzen, wenn du willst. Für das Gelände nehme ich lieber einen anderen. Viel Spaß, Männer!«

Er packte seine Sachen und ging nach draußen. Ein hagerer, hoch aufgeschossener Mann im Bikerdress kam auf ihn zu. Er trug das Oberteil des Overalls offen und ließ es nach hinten hinunterhängen.

»Tag, Lou, ich bin Ted.«

»Fährst du auch?«

»Ich hoffe nicht. Es sei denn, du baust Scheiße und ich muss dich rausholen.«

Er wies auf den Anhänger, auf dem die Maschinen aufgebockt waren. Neben Lous Motorrad stand ein Quad. Sie stiegen ein und fuhren los. Wenig später waren sie aus Menifee herausgefahren.

»Wo setzt du mich ab?«, fragte Lou.

»Wir fahren hinüber ins Cherry Valley. Wo die Hügelketten beginnen, starten die meisten Biker. Da kannst du loslegen. Die Route hast du studiert?«

Lou nickte.

»Im Prinzip kannst du das ganze Dreieck zwischen Beaumont, Hemet und Palm Springs durchpflügen.«

»Klingt gut.«

Sie fuhren die Florida Avenue entlang. Ted wies mit dem Daumen nach rechts.

»Das da ist Hemet. Und das dahinten sind die San Jacinto Mountains. Dein Revier!«

»Wie erreiche ich dich, falls ...?«

»Auf dem Smartphone, das Chad dir gegeben hat, ist eine Notfalltaste eingerichtet. Dein Hilferuf geht direkt an mich. Außerdem ist es so eingerichtet, dass deine GPS-Daten abgefragt werden. Ich weiß also, von wo aus du den Ruf absetzt.«

2.

Lou brauste los und hielt auf die Hügel zu. Er richtete sich im Sattel auf, genoss den Fahrtwind und erste kleine Hindernisse, die im Weg lagen. Tatsächlich waren hier schon einige Biker unterwegs gewesen, er konnte ihre Spuren lesen, wusste, wie sie die Kurven genommen hatten und welche natürlichen Rampen sie für Sprünge genutzt hatten. Brach der Trail seitlich aus, war klar, dass sich jemand überschätzt hatte.

In Lou gab es ein drittes Auge, das ständig auf ihn blickte und ihn alles aus der Distanz bewerten ließ. Er sah sich zu, bei der Arbeit, beim Essen und Trinken, beim Sex – beim Leben. Auf der Maschine war dieses Auge geschlossen, er war ganz bei sich. Auf dem Sattel ließen sich Erfahrungen machen, die einer Handvoll Könnern vorbehalten blieben, manchmal sogar solche, die sich ganz allein ihm eröffneten. Weil sie eine Mischung waren, aus dem, was er auf dem Gerät zu leisten wusste, und dem, was ihm das Gelände abverlangte. Je höher ihre Anforderungen waren, desto mehr fühlte sich Lou im Einklang mit der Welt.

Als der erste Berg vor ihm auftauchte, sah er an den hellen, geradewegs den Hang hinaufführenden Linien, dass dies die Pfade waren, die man nehmen musste, um nach oben zu kommen. Allerdings sagten sie nichts über das Können und die Geschicklichkeit der Vorgänger aus, vor allem wusste er nicht, was sich hinter dem spitzen Kamm befinden würde. Ein Abgrund, schroffe Felsen? Ihm war selbst nicht klar, welche innere Betrachtung ihn zu dem Entschluss brachte, das Wagnis einzugehen. Solche Wagnisse verlangten, dass man sich ganz auf das Ziel ausrichtete und jede Unstetigkeit schon im Ansatz verscheuchte. Der einmal gefasste Entschluss musste wie ein Geschoss funktionieren, das geradewegs von A nach B flog. Alles andere war Feigheit und Schwäche und hinderte einen daran, sein Vorhaben umzusetzen. Zauderer meinten, sich mit ihrer Haltung für einen möglichen Misserfolg rechtfertigen zu können, dabei bereiteten sie ihn erst vor.

Lou verlagerte das Gewicht nach vorne, um am Steilhang nicht nach hinten zu kippen, und beschleunigte maximal. Die Maschine heulte oder jaulte, je nachdem, wie viel Grip er unter dem Reifen hatte, dann hob es ihn in die Luft, trug ihn weit nach vorne, und noch im Flug blickte er auf ein grünes Tal hinunter, in dem sich ein Fluss schlängelte.

Lou machte eine kurze Pause, es war brütend heiß, kaum auszuhalten ohne den Fahrtwind. Er nahm den Helm ab und strich das schweißnasse Haar nach hinten. Er nahm einen tiefen Schluck aus der Flasche. Weiter oben war einer dieser Bergkämme, von denen Chad geredet hatte. Der schmale Trail auf der lang gezogenen Spitze verengte sich auf einen halben Meter. Links und rechts mochte es gut fünfzig Meter steil hinuntergehen. Eine falsche Lenkbewegung, zu wenig Geschwindigkeit, um eine gerade Spur halten zu können, und er rutschte ab, geriet in den Steilhang und stürzte tief hinunter. Lou verstaute die Flasche im Rucksack, setzte den Helm auf und fuhr los.

Oben war es, als müsse man fortwährend Garn in ein zu enges Öhr einfädeln. Wachheit und Klarheit wurden zu höchster Konzentration gebündelt und dabei von einem Kick ohnegleichen begleitet. Diese Mischung war reines Glück!

Lou hatte noch etwa zweihundert Meter auf dem Bergkamm vor sich, als sein Motor zu stottern begann und schließlich abstarb. Halt suchend streckte er die Beine aus, kippte jedoch zur Seite, überschlug sich mit seiner Maschine, rollte und rutschte auf dem Geröll den Steilhang hinunter. Schon beim ersten Aufprall spürte er einen heftigen Schmerz im linken Bein und dann, als die Maschine in hohem Bogen auf ihn krachte, einen ebenso heftigen Schmerz im rechten. Bruch, Trümmerbruch, konstatierte etwas in ihm, dann ließen ihn die harten Schläge, die er auf den Helm bekam, das Bewusstsein verlieren.

Die starke Hitze brachte Lou wieder zu sich. Er versuchte so etwas wie einen Systemcheck und wusste dann, dass er nichts außer seinen Armen und seinem Kopf würde bewegen können. Er schloss die Augen. Was war passiert? Er hatte nichts falsch gemacht. Der Motor war abgestorben, ganz einfach ausgegangen, wohl deshalb, weil er nicht genug Benzin hatte. Das schmerzte. Mit einem randvollen Tank wäre das nicht passiert. Warum hatte er das nicht selbst kontrolliert? Wie konnte er den Fehler begehen, auf Leute zu vertrauen, die er nicht kannte? Genau das hatte er seinen Tradern stets eingebläut: Entweder war man in der Lage, alle Parameter des eigenen Handelns zu überprüfen, oder man musste die Finger von der Sache lassen. Aber er hatte nicht in diesen beschissenen Tank gesehen!

Er zog den Helm vom Kopf. Er lag am Fuße eines Geröllfeldes. Kein Baum, kein Strauch in Reichweite. Lou fuhr sich über das blutverklebte Gesicht. Sein Rucksack lag etwa zehn Meter von ihm neben der verbeulten Maschine. Er versuchte, sich in die Richtung zu arbeiten, brach aber ab, der Schmerz ließ ihn fast wieder in Ohnmacht fallen. Kein Wasser also! Wo war das Smartphone? Er tastete seine Brusttasche ab und zog es hervor. Das war seine einzige Chance in dieser gottverlassenen Gegend. Er drückte die Notfalltaste, die so programmiert war, dass ein SOS-Ruf mit seinen aktuellen Geodaten an Ted abgesetzt wurde.

3.

Später als geplant traf Greg am Los Angeles Airport ein. Die Airline hatte den ersten Inlandsflug wegen geringer Nachfrage gestrichen und die Passagiere auf den nächsten Flug umgebucht. Das sollte allerdings kein Problem darstellen, denn das Büro in Los Angeles hatte Special Agent Frankie Malone abgestellt, der bereits vor Ort in Menifee war. Greg warf seine Tasche auf den Rücksitz des Dodge Charger, den er gemietet hatte, und nahm die Auffahrt auf den Highway 101.

Am frühen Nachmittag traf er in Menifee ein. Frankie trug Bikerklamotten und saß auf der Veranda des Casinos. Von dort hatte man einen guten Überblick über die MX-Bahn. Er war auf seiner Enduro gekommen und hatte schnell herausgefunden, dass es üblich war, auf der Veranda abzuhängen und den anderen zuzusehen.

»Alles in Ordnung?«, fragte Greg. Er fasste ihn ins Auge. Frankie war sehr jung. Hoffentlich nicht allzu unerfahren.

»Sie tummeln sich seit heute Morgen draußen auf der Bahn. Mittags habe ich sie für eine Weile aus den Augen verloren, das Essen fand drinnen in der Lounge statt.«

Er reichte Greg das Fernglas.

»Wie kommt es, dass ihr in Boston die Ermittlungen leitet?«

»Van Holst war aus Boston.«

»Verstehe.«

»Und welcher von denen ist nun Lou?«

»Roter Helm mit gelben Schwingen!«

Greg behielt ihn im Auge. Der von Frankie bezeichnete Fahrer stieg vom Motorrad. Der Bewegungsablauf stimmte nicht, Lou war geschmeidiger. Jetzt nahm er den Helm ab.

»Scheiße, das ist Ken, nicht Lou!«

Er zählte die Gruppe durch. »Sind ja auch nur fünf. Da fehlt einer!«

»Kann nicht sein.«

»Wenn du Mist gebaut hast, geht es dir an den Kragen! Wo sind die Appartements?«

Frankie sprang auf. »Ich zeige sie dir.«

Die Appartements lagen abseits der Ranch. Sie waren ebenerdig in einem Ring um den begrünten, atriumartigen Innenhof angeordnet und von dort aus zugänglich. Zunächst schien alles ruhig.

»Psst«, machte Greg.

Frankie lauschte.

»Könnte ein Klopfen sein?«

»Was ist das für ein Raum?«

»Die Lounge. Dort wird gegessen und gefeiert.«

Greg stürmte hinein. Jetzt hörte er das Pochen ganz deutlich. Es kam aus der Toilette. Am Boden lag ein Mann. Gefesselt, geknebelt. Offenbar war er zur Tür gerobbt, um sich bemerkbar zu machen. Sie befreiten ihn.

»Wer sind Sie?«

»Ted. Der Fahrer. Ich sollte Lou nach Beaumont hinüberbringen. Ich bin niedergeschlagen worden.«

»Wer war das?«

»Habe ich nicht gesehen. Kam von hinten. Als ich wieder zu mir kam, lag ich zum Paket verschnürt am Boden.«

Er massierte seine Hände.

»Sind Sie halbwegs klar, Ted?«

Ted wies auf eine blutige Beule am Hinterkopf. »War schon mal besser in Form. Wer sind Sie?«

Greg holte seine Dienstmarke aus der Tasche. »FBI. Wir brauchen Ihre Hilfe, Ted.«

»Okay, was soll ich tun?«

»Sie bringen mich zu dem Gelände, in dem Lou Xi-Fang unterwegs ist.«

Dann wandte er sich Frankie zu.

»Du bleibst hier und klärst, ob es eine Möglichkeit gibt, Lou zu erreichen. Und sorgst vor allem dafür, dass der Sheriff von Beaumont verständigt wird. Wahrscheinlich brauchen wir Verstärkung. Los geht's, Ted!«

»Stopp! Wir brauchen einen geländegängigen Wagen, mit einer normalen Mühle können wir nichts ausrichten.«

4.

Von fern hörte Lou ein Motorengeräusch. Inständig hoffte er, dass es näher kommen möge. Er setzte auf Ted und seine Findigkeit, das war seine einzige Hoffnung. Dafür hatte er die ihm verbliebenen Kräfte gesammelt und aufgespart. Die Sonne stach unbarmherzig vom Himmel, auf den heißen Steinen lag er wie auf einem glühenden Rost.

Endlich hörte er das Quad ganz nah, hob den Kopf und sah, wie sein Begleiter das Gefährt über das Geröllfeld steuerte.

»Siehst ja übel aus!«

»Wasser«, flüsterte Lou.

Der Mann blickte sich um, ging zu dem Rucksack, der neben Lous Maschine lag, und holte die Wasserflasche heraus. Er öffnete die Flasche und goss den Inhalt auf die heißen Steine. Das Wasser versickerte im Geröll, und dort, wo es die Oberfläche benetzt hatte, verdunstete die Feuchtigkeit im Nu. Er griff in seine Tasche und zog eine Zehndollarnote hervor, beugte sich zu Lou herab und steckte ihm den Schein in den Mund.

»Warum so bescheiden? Wer wird denn Wasser nehmen, wenn es Geld gibt?«

Unter großen Schmerzen richtete sich Lou ein wenig auf.

»Wer bist du?«

»Wir waren mal Freunde, Lou. Bis ihr mich in Puerto Rico in die Falle gelockt habt. Und nun denke an deinen Hausaltar und bete. Nur der Herr kann dir verzeihen.«

Lou ließ den Kopf zurücksinken. Er wusste, dass es keinen Sinn hatte, um irgendetwas zu betteln. Er schwieg und gedachte, so sein Leben zu beenden. Der andere ging zu dem Quad und holte einen Benzinkocher hervor.

5.

Nur eine halbe Stunde hatten Greg und sein Helfer benötigt, um den Fuß der Hügelkette zu erreichen, von wo aus Lou wahrscheinlich gestartet war. Greg verschaffte sich einen Überblick. Das Gelände war weitläufig und unübersichtlich und tatsächlich mit einem normalen Wagen nicht zu befahren.

»Haben wir überhaupt eine Chance, jemanden da drinnen zu finden?«

Ted zuckte die Achseln. »Nicht wirklich. Es sei denn, man gibt uns ein Zeichen.«

»Was meinst du damit?«

Ted wies auf eine Hügelkette, über der Vögel kreisten.

»Gib mir mal das Fernglas.«

Greg reichte ihm den Feldstecher.

»Geier«, sagte Ted. »Da liegt jemand im Sterben. Ein Tier

oder ein Mensch. Wenn wir Glück haben, finden wir Lou dort hinten.«

»Kommen wir mit dem Jeep dahin?«

»Einen Versuch ist es wert. Ich übernehme das Steuer, ich kenne das Gelände hier.«

Weitere zwanzig Minuten später hatten sie sich zu der Stelle vorgearbeitet, über der die Geier kreisten. Über eine schmale Senke waren sie zu einem Geröllfeld vorgestoßen.

»Da liegt etwas!«

Greg feuerte einen Schuss ab. Zwei Geier, die sich hüpfend einem Kadaver genähert hatten, flogen auf. Als die Helfer näher kamen, erkannten sie das Aas eines Kojoten.

»Fehlversuch! Was machen wir jetzt?«

»Eine Suchmannschaft auf die Beine stellen.«

Greg wandte sich zum Gehen.

Ted zog sein Telefon aus der Tasche. »Stopp! Ich habe eine Nachricht bekommen. Direkt von Lous Handy.«

»Und?«

»GPS-Koordinaten!«

Sie liefen zum Wagen zurück. Bald darauf fanden sie einen verkrümmt liegenden Körper. Ein schreckliches Bild bot sich ihnen. Lou lag auf dem Bauch. Man hatte ihm die Hosen heruntergezogen und ihm das Symbol des Jaguargottes eingebrannt. Die Haut war von der Sonne gerötet und voller Blasen.

Greg legte sein Ohr auf den Brustkorb.

»Er lebt noch, schnell eine Decke, wir müssen ihn in den Schatten schaffen. Außerdem brauchen wir einen Hubschrauber, der ihn hier herausholt.«

6.

Mit dem Lift fuhr Suzan in den zweiten Stock hoch. Sie hatte sich sofort um einen Flug nach Los Angeles bemüht, nachdem sie von dem Unfall und dem Anschlag gehört hatte. Lou würde sie brauchen. Mit seiner Frau war nicht zu rechnen, sie hatte ihn längst abgeschrieben und trug nur noch Sorge für die zwei gemeinsamen Kinder. Suzan mietete sich günstig im Motel 6 ein. Von dort aus waren es nur ein paar Minuten in das Medical Center, in dem Lou lag. Nach einer Woche hatten ihr die Ärzte endlich in Aussicht gestellt, mit ihm sprechen zu dürfen.

»Wie geht es ihm?«

Der Assistenzarzt zuckte die Achseln. »Unverändert. Aber er ist zäh, er wird durchkommen. Es wird Wochen dauern, bis die verbrannte Haut ersetzt ist. Wir müssen transplantieren.«

»Und die Brüche?«

»Schlimm, aber nicht lebensbedrohlich. Trümmerfraktur in beiden Oberschenkeln, Beckenfraktur – aber das wird wieder.

»Kann ich?«

»Gehen Sie ruhig hinein.«

Suzan betrat den Raum. Von Lou war kaum etwas zu sehen. Er lag in eine Art Folie eingehüllt, um nicht auszukühlen und zu viel Flüssigkeit zu verlieren. Sie erschrak. Als sie sich wieder gefasst hatte, setzte sie sich auf den Stuhl neben das Bett. Eine Weile lang hörte sie nur das Zischen und Gluckern der Apparaturen. Dann meinte sie, ein Flüstern zu hören. Sie beugte sich über ihn.

»Die Freunde Bentons. Sag ihnen das. Er lebt und ist hinter mir her.«

DIE FREUNDE
BENTONS I

1.

Santino Marti reichte Katie das Kleiderbündel – blaue Handwerkerhosen, Schürze und eine Baskenmütze. Katie hängte die Stücke auf einen Bügel, der mit Santinos Namen beschriftet war, und verstaute die Garderobe im Requisitenschrank. Außen war ein großes Plakat aufgeklebt, das eine Aufführung von Max Frischs Stück *Andorra* für den nächsten Monat im Barron Theatre ankündigte. Ausführende waren die Mash-ups, eine Gruppe studentischer Theaterenthusiasten, die regelmäßig zum Herbstsemester eine eigene Produktion präsentierten. Santino spielte den Andri, Katie war für die Kostüme zuständig.

»Es wäre schön«, sagte Katie, »wenn du mich am Wochenende nach Edinburgh begleiten könntest. Machst du das?«

»Klar. Welches Stück wird gegeben?«

»Die Lamonts und das Findelkind.«

»Und wie soll ich die Rolle anlegen? Naiv, so Richtung Kaspar Hauser, oder eher charismatisch wie Moses?«

»Hey, jetzt mal im Ernst: Meine Eltern werden dich sicher nach deiner Herkunft fragen. Das Thema spielt bei uns eine große Rolle.«

»Sei's drum!«

»Und Vater wird es sich nicht nehmen lassen, dir unsere Familiengeschichte ausführlich zu erzählen. Da kommt einiges auf dich zu: Der Lamont-Clan datiert seine Gründung auf das zwölfte Jahrhundert zurück. Ist dir das klar?«

»Da muss ich durch.«

»Schlimm?«

»Gar nicht, ich kann euch nur keine bessere Geschichte liefern, als ich habe. Fakt ist, dass ich noch nicht mal weiß, ob mein Geburtsdatum stimmt. Muss man mit Humor nehmen. Mein Pflegevater sagte immer: Dich haben die fahrenden Händler im Galopp verloren.«

Katie trat nah an ihn heran. »Dann habe ich ja Glück gehabt, dass du doch noch in der Babyklappe gelandet bist!«

Sie umarmten einander.

»Dass mein Clanchef Briefträger war und meine Mutter Hausfrau, ist das ein Problem in euren Kreisen?«

»Für deine Pflegeeltern musst du dich nicht schämen.«

In theatralischer Pose streckte er den linken Arm aus und legte die andere Hand auf sein Herz.

»Allein und verlassen bin ich auf dieser Welt. Auf der wir alle nur Gast sind.«

Er legte seinen Arm um Katie. »Aber ich habe ja dich.«

Katie küsste ihn auf die Wange. »Ja, das hast du.«

»Wie spät ist es?«

Santino sah auf seine Uhr. »Jetzt aber flott, ich habe noch das Treffen mit Professor Sutcliff wegen unseres Festivaletats.«

»Dann sehen wir uns heute Abend!«

2.

Jemand pochte heftig an die Tür. Lou Xi-Fang legte die Hand auf die Muschel des Telefons. Unschlüssig stand er da, dann klopfte es weiteres Mal.

»Entschuldige, Mutter, da ist jemand an der Tür.«

»Ich warte.«

Lou öffnete. Earl Fremantle stand draußen.

»Bist du so weit? Gehen wir?«

Der Rauch von Earls Zigarette zog ins Zimmer. Lou fächelte ihn mit der Hand weg.

Earl grinste. »Sorry.«

Er schnippte die Zigarette zum offenen Fenster hinaus in den Innenhof.

»Einen Moment noch«, sagte Lou, »ich telefoniere gerade.«

Earl machte Anstalten einzutreten.

»Bitte nicht. Ich spreche mit meinen Eltern.«

»Oho! Ja dann!«

Earl zog eine Grimasse und machte sich allein auf den Weg.

»Da bin ich wieder, Mutter.«

»Ich höre dir zu.«

»Warum kann ich nicht mit Vater sprechen?«

»Kleiner Lou, ich sagte doch, dass er unten in seiner Werkstatt ist.«

Lou schwieg eine Weile. »Hast du ihm das mit dem Geld gesagt?«

»Warum bedrängst du mich so? Ich glaube, er möchte nicht, dass du auf seinen monatlichen Zuschuss verzichtest. Man könnte dir das als Hochmut auslegen.«

Jede weitere Diskussion war sinnlos. Wahrscheinlich war sein Vater nicht unten in der Werkstatt, sondern stand neben seiner Frau, hörte mit und gab ihr Zeichen, was sie zu antworten hatte.

»Aber ich will doch nur, dass es euch gut geht!«

»Gott segne dich, kleiner Lou!«

Lous Blick wanderte hinüber zu seinem Schreibtisch, neben dem auf einem Hocker ein bunt koloriertes Triptychon aus Pappe stand, ein Altarbild im kleinen Format, mit der göttlichen Dreifaltigkeit in der Mitte, der Jungfrau Maria und Jesus, dem Menschensohn, zur Rechten und zur Linken. Die beiden Kerzen davor waren bis auf einen Stummel abgebrannt.

3.

Später als angekündigt traf Santino im Benton, einer Bar an der Market Street, ein. Er holte sich an der Theke ein Bier und setzte sich zu seinen Kommilitonen.

»Cheers!«

Sebastian sah Katie fragend an, die jedoch ratlos die Achseln zuckte.

»Was ist passiert, Santino?«

Santino setzte das Glas ab. »Ziemliche Katastrophe, ich meine das Gespräch mit dem Dekan. So, wie es aussieht, können wir das Festival für nächstes Jahr vergessen.«

»Aber wir haben doch gute Gründe für die Veranstaltung«, wandte Sebastian ein.

»Ich habe sie alle aufgezählt: Ist ein kulturelles Highlight in St Andrews, Gegenstück zum Fringe Festival in Edinburgh, hat im letzten Jahr noch mal mehr Zulauf gehabt … Bringt nichts, es geht um die Kohle, und da hat die Uni eine schlechte Phase: höhere Kosten, weniger Spenden, weniger Erträge aus dem Stiftungsvermögen …«

Lou Xi-Fang nippte an seiner Cola. »Seltsam. Cambridge macht es doch vor, wie es geht, seine Colleges erwirtschaften Millionen.«

»Was bietet er an?«, wollte Katie wissen.

»Kurz gesagt: die Hälfte des letztjährigen Etats. Mehr als vierzigtausend Pfund sieht er nicht.«

»Vierzigtausend nur! Kannst du vergessen«, sagte Sebastian. »Das ist allenfalls ein Fünftel dessen, was wir insgesamt brauchen. Wir hatten letztes Jahr die Musik am Bow Butts Park, die große Theateraufführung in der Burg, Rezitationen in den Pubs und natürlich den Poetry Slam. Das kriegst du für diese Summe nicht.«

»Müssen wir eben Fundraising machen«, warf Earl ein.

»Wie soll das gehen?«

Earl grinste. »Mit Schnorren habe ich Erfahrung. Klinken putzen im Ort, die Geschäftsleute ansprechen. Da müsste doch etwas gehen!«

»Hält die Uni denn die vierzigtausend, wenn wir aufstocken?«, fragte Lou.

»Ja. Sie erwarten von uns in diesem Fall eine Art Businessplan, wie wir das finanzieren wollen, dann wären sie dabei. Lou, Earl, kriegen wir das hin, was meint ihr?«

»Den Plan bestimmt, aber das fehlende Geld ist doch das Thema. Wer organisiert das denn nun alles?«

»Na ja, die anderen vom Arts Club sind schon abgesprungen. Die sehen da keine Perspektive mehr.«

»Dann machen wir das«, sagte Katie.

»Und wer sind wir in dieser Funktion?«

Santino sah sich suchend im Raum um. »Sagen wir doch einfach: die Freunde Bentons. Das neue Festivalkomitee!«

4.

Die düsteren Stimmungen, die Santino überfielen, kamen mit
der Zwangsläufigkeit der Abenddämmerung. Die Farben verloren sich, alles wurde grau und versank schließlich in einer
Dunkelheit, *viel schwärzer als das Mohrenkind*. Er spürte
Unruhe, ging in seinem Zimmer auf und ab, und die Beklemmung in seiner Brust war das Zeichen des Boten, der ihn in die
Welt zurückbeorderte, in der er aufgewachsen war, ins Gna-
denthaler Waisenhaus, das von den Barmherzigen Schwestern
geführt wurde.

Abends standen die Kinder im Schlafsaal vor ihren Betten
und wiesen Schwester Philomena ihre Hände vor. Sie inspi-
zierte die Handflächen und Nägel. Dazu benutzte sie das
Stöckchen, das sie bei sich trug. War sie nicht zufrieden, gab
es Tatzen. Nässte man ins Bett, wurde man in einen kleinen,
dunklen Raum gesperrt. Wie lange? Im Zeitmaß des Kindes
unendlich lange.

Manchmal kamen Ehepaare, um sich Kinder anzusehen.
Mit einem feuchten Waschlappen fuhr Schwester Philomena
den infrage kommenden Kindern über das Gesicht, sie wurden gekämmt, und sie wussten, dass sie freundlich und artig
zu sein hatten. Dabei hätte man sich am liebsten den Besu-
chern in den Schoß geworfen, geweint und sie angefleht, einen mitzunehmen. Einige gaben sich bei solchen Gelegenhei-
ten trotzig, zu oft hatten sie schon gehofft und gebangt.

Dem Ehepaar Marti war der schwarzhaarige Kleine bei der
Kinderprozession aufgefallen. Er trug seine Kerze in ruhigem
Ernst ganz auf sich konzentriert. Andere suchten beständig
Kontakt zu den Umstehenden, ihre Blicke wanderten von der
Kerzenflamme zu den Gesichtern der Erwachsenen und wie-

der zurück. Santino blieb in sich versunken, ein Bild kindlicher Einsamkeit, das Frau Marti anrührte.

Seinem Aussehen nach könnte die Mutter Italienerin gewesen sein, meinte Schwester Philomena. Saisonarbeiter hätten sie ja in ihrem Schweizer Städtchen gehabt. Der Zeitpunkt passe: Als das Kind in der Klappe gelegen habe, seien die wieder auf dem Weg nach Hause gewesen. Der Name Santino? Nein, ein kleiner Heiliger sei er nicht. Sie habe ihn für den Kleinen gewählt, um einen Schutzschirm über ihm und seinem weiteren Lebensweg aufzuspannen.

Santino spürte, dass seine große Sehnsucht nach der Welt draußen in Frau Marti Erwiderung fand. Einem Impuls folgend, umfasste er beim Hinausgehen ihre Hand und bedankte sich.

Kurze Zeit darauf wurde das Adoptionsverfahren eingeleitet, und Santino kam in die kleine freundliche Wohnung der Martis. Aber die dunkle Welt blieb bestehen, mit der hellen durch einen Schlund verbunden, in den er jederzeit wieder hinabgezogen werden konnte.

Santino zog seine Sportschuhe an und machte sich zum Strand auf. Dort in der stets steifen Nordseebrise lief er, bis er seine Dämonen niedergekämpft hatte.

5.

Zwei Wochen später trafen sich die Freunde erneut im Benton.

»Ich fürchte, wir drehen uns im Kreis«, sagte Sebastian. »Ich war heute wieder unterwegs bei ein paar Firmen, die noch auf meiner Liste standen. Einige würden durchaus etwas beisteuern, vorausgesetzt, das Festival findet tatsächlich statt.«

»Hast du schon mit den amerikanischen Alumni Kontakt aufgenommen, die uns das letzte Mal gesponsert haben?«

»Klar. Sie haben mir einen netten Brief geschrieben. Sie würden auch dieses Mal wieder spenden, wenn die Sache steigt.«

»Aber genau das können wir im Moment noch nicht garantieren«, erwiderte Santino, »weil wir das Geld nicht sicher haben.«

»Wenn wir alle Gelder zusammennehmen, die uns Aussicht gestellt worden sind: Wo stehen wir dann?«

»Rund fünfzigtausend. Geschätzt!«

Lou verfolgte die Diskussion mit unbewegter Miene und rührte in seinem Tee. Er nahm einen Schluck und klopfte mit dem Löffel an seine Tasse. Alle blickten auf.

»Seid ihr sicher, dass ihr dieses Festival unbedingt zustande bringen wollt?«

»Hast du Zweifel?«, fragte Katie.

»Ich will mich nur vergewissern.«

Er blickte in die Runde.

Earl hatte sich gerade einen Joint gedreht und hob den Daumen. »Keine Frage, wir stehen dahinter. Und jetzt?«

»Plan B«, erwiderte Lou.

»Lass hören!«

»Vierzigtausend aus dem Fonds der Uni. Kriegen wir das schriftlich?«

Santino nickte. »Hilft das?«

»Logisch. Fünfzigtausend obendrauf, wenn das Festival steigt?«

Wieder nickte Santino.

»Wie war das mit der Bank, Earl?«

Earl blies den Rauch zur Decke. »Sie unterstützen uns mit einem zinslosen Darlehen über fünfzigtausend Pfund. Allerdings nur gegen eine entsprechende Bürgschaft.«

»Wenn wir für fünfzigtausend bürgen müssen, heißt das, jeder von uns stünde für zehn gerade. Richtig?«

Sebastian wand sich. »Ich weiß nicht, worauf du hinauswillst.«

»Wenn ich die ganzen neunzigtausend verfügbar habe, besorge ich das restliche Geld, indem ich sie anlege.«

»Du willst spekulieren?«

Earl lebte auf. »Natürlich will er das! Schaut euch doch nur das Pokerface an. Und ich sage euch: Er kann das!«

»Ist eure Entscheidung«, sagte Lou. »Keiner wird gezwungen. Wie viel müssen wir erwirtschaften? Minimum, Maximum?«

»Mit hundertvierzigtausend können wir etwas auf die Beine stellen, komfortabel wird es erst ab zweihunderttausend.«

Katie wühlte in ihren Haaren. »Das ist doch vollkommen illusorisch. So einen Dukatenesel gibt es doch gar nicht. Business ist nicht mein Fach, aber für so eine Rendite muss man ein unheimliches Risiko eingehen. Da könnten wir alles verlieren, oder?«

»Earl, erklär du es ihnen«, sagte Lou.

»Normalerweise wird ein Teil des Betrags konservativ angelegt, in Renten zum Beispiel. Bringt eine sichere Rendite. Der andere Teil spekulativ. An welches Verhältnis dachtest du denn?«

»Die Oma-Regel ist neunzig konservativ, zehn spekulativ. Geht hier aber nicht. Ein kleiner Ertrag wäre sicher, das Ziel dennoch nicht erreicht. Ich denke, wir müssten fifty-fifty gehen.«

»Das heißt, wir könnten fünfundvierzigtausend verlieren?«

Lou schüttelte den Kopf. Er notierte auf dem Bierdeckel ein paar Zahlen. »Der Worst Case wären dreißigtausend. Hört mal zu, ich will euch sagen, was ich vorhabe.«

Santino stand auf. »Kleinen Moment noch. Ich spendiere uns eine Runde. Noch einen Tee für dich, Lou?«

Wenig später stellte er die Getränke auf den Tisch.

»Also, leg los, Lou!«

Lou beugte sich nach vorne und dämpfte seine Stimme.

»Das Praktikum für mein Studium habe ich damals bei der Scottish Telco gemacht. Lief gut, sie schätzen meine Arbeit, bei denen habe ich in den Semesterferien immer einen Job sicher.«

»Kenne ich auch«, ergänzte Earl. »Grundsolide Firma, hat vom Telefon bis zum Modem alles im Programm.«

»… und ein paar richtig gute Produkte in der Pipeline. Mit einem allerdings, einem schnurlosen Telefon, hätten sie sich fast überhoben. Sie haben viel Geld in eine amerikanische Firma gesteckt, um das Gerät entwickeln zu lassen. Die jedoch steht vor der Pleite, heißt es, weswegen die Börsenaufsicht durchblicken lassen hat, dass die Telco für einen möglichen Ausfall Rücklagen bilden muss. Ungeschickterweise hat die Geschäftsleitung bekannt gegeben, dass sie selbst noch nicht so genau wissen, wie viel Kapital sie dafür aufnehmen müssen. Die Nachricht hat den Kurs der Telco-Aktie innerhalb von zwei Tagen um sechzig Prozent in den Keller rauschen lassen. Die Anleger befürchten, dass da bereits Verluste verschleiert worden sind.«

»Und wo ist da nun die Chance?«, fragte Sebastian.

Earl schlug mit der flachen Hand auf den Tisch. »Mann, das sagt er doch: Die Jungs sind sauber, an der Geschichte ist nichts dran. Sobald der Markt das realisiert hat, schießt das Ding hoch.«

148

»Genau«, sagte Lou. »Zwei Argumente: Die amerikanische Firma ist nicht pleite. Ich habe das selbst recherchiert, als ich bei Telco gejobbt habe. Ihr Finanzchef hat ein Verfahren wegen Unterschlagung am Hals. Zu Unrecht. Er wird sich also rehabilitieren können. Außerdem: Selbst wenn die Amerikaner mit ihrem Laden den Bach runtergehen, ist die Telco abgesichert, weil sie alle Rechte an der Entwicklung hat. Was die Telco in Misskredit gebracht hat, beruht auf falschen Annahmen.«

»Und was willst du tun?«

»Das Geld in Aktienoptionen anlegen. Wenn der Kurs wieder oben ist, ich würde meinen, in einigen Wochen, schlagen wir zu.«

Fragend blickte er in die Runde. Zweifel standen Santino in das Gesicht geschrieben.

»Lasst es uns versuchen«, sagte Katie schließlich. »Eine andere Chance haben wir wohl nicht.«

»Wir schaffen das«, ergänzte Earl und erhob sich. »Sorry, ich muss los, habe noch eine Verabredung!«

6.

»Mann, du kennst dich ja wirklich mit solchen Sachen aus. Wie kommt das? Du sagtest doch vorhin, dass du Business studierst.«

Earl hielt den Rauch lange in der Lunge und blies dann eine dünne Fahne nach oben.

»Wenn ich mich nicht damit beschäftigt hätte, säße ich heute womöglich in der Klapsmühle, Jeannice. Zu Hause, das war Terror pur!«

»Hast du Prügel gekriegt?«

»Körperlich nein, seelisch jede Menge! Mein Vater war ständig beruflich unterwegs, und meine Mutter hat aus Verbitterung darüber ihre Zeit auf Schönheitsfarmen verbracht. Uns Kindern haben sie eine deutsche Gouvernante vorgesetzt, die dir dauernd das Gefühl gab, dass du dich danebenbenommen hast. Anpassung war gefordert, Bravsein! So treiben sie dir jeden eigenen Willen aus, du bist gehemmt, verklemmt und schämst dich wegen jeder Kleinigkeit. So macht man aus Menschen willenlose Befehlsempfänger, die nichts auf die Reihe bekommen. Aber glaub mir, in dir steckt große Wut, und du musst lernen, sie angemessen abzuführen, ohne dich schuldig zu fühlen.«

»Und wie geht das?«

»Nein sagen! Dich auf die Hinterbeine stellen … Ist es okay, wenn ich die Stehlampe lösche?«

»Ja. Und du kannst mit bloßen Händen fühlen, wo man Probleme hat?«

»Das kommt mit der Zeit von selbst, man gewinnt Erfahrung darin.«

»Das ist wie eine Massage?«

»Nein, kann man nicht sagen, es geht darum, mit den Fingerspitzen zu tasten, nicht durchzuwalken. Du müsstest dich dazu rücklings auf die Matte legen. Möchtest du?«

»Schon. Wir können ja jederzeit aufhören, oder?«

»Klar. Aber ausziehen musst du dich schon.«

»Ganz?«

»Wäre besser.«

Earl stand auf und wusch sich die Hände.

»Jetzt musst du verstärkt atmen. Dadurch kann ich körperliche Blockaden gezielt aufspüren. Überlass dich deinen Gefühlen, kann passieren, dass du wieder ein kleines Mädchen wirst, das nach Papa und Mama rufen möchte. Dann tu es einfach!«

Earl begann damit, Jeannice abzutasten.

»Wenn ich durch die Berührung einer Körperstelle spüre, dass da etwas ist, schüttle oder massiere ich sie ein wenig, um deine Aufmerksamkeit dorthin zu lenken. Dann atmest du da hinein, dadurch kann die Energie wieder frei fließen. Ist was?«

»Wenn du noch einmal das Speckröllchen an meiner Hüfte anfasst, haue ich dir eine runter, Earl!«

7.

Katie legte sich auf Santino. »Ich habe vorhin mit Dad telefoniert. Er findet dich nett.«

»Obwohl ich ein Findelkind bin?«

»Wir haben beschlossen, dich in unseren Clan aufzunehmen ...«

Nichts an Katies Miene verriet, ob sie es ernst meinte.

»... allerdings gibt es eine Bedingung.«

Santino fuhr mit seinen Fingern die Hügel und Einbuchtungen ihres Rückgrats entlang. »Und die wäre?«

»Ich. Ohne mich geht gar nichts. Ist dir das klar?«

Santino küsste ihre Nasenspitze und rollte zur Seite, um sie neben sich zu betten.

»Sag mal, ist dir nicht auch ein bisschen mulmig bei dem Ding, das Lou und Earl da drehen?«

»Schon. Aber ist ja alles für einen guten Zweck.«

»Keine Frage. Aber es kommt mir vollkommen irrwitzig vor, dass Lou glaubt, das Geld verdoppeln zu können. Und nicht nur das! Wenn er mehr als zweihunderttausend einfährt, will er uns aus dem Überschuss eine Aufwandsentschädigung zukommen lassen. Das kann doch nicht mit rechten Dingen zugehen?«

Katie richtete sich auf. »Von dem, was er vorhat, verstehe ich genau so wenig wie du. Aber Lou hat wie wir alle eine Bürgschaft geleistet, und er ist nicht der Typ, der Geld verliert.«

»Er ist auf Erfolg getrimmt. Und Erfolg heißt bei ihm: Geld.«

»Sei nicht ungerecht. Er kommt aus einfachsten Verhältnissen. Sein Vater finanziert ihm mit der Reparatur von Waschmaschinen das Studium. Er ist der Einzige, den die Familie fördern konnte. Sie setzen auf ihn und hoffen, dass er später einmal etwas zurückbringt.«

»Schlimm genug. Seine beiden Schwestern mussten nach der Schule sofort in einen Beruf.«

»Hör mal, das ist nicht seine Schuld. Im Gegenteil, auf ihm lasten ungeheure Erwartungen, damit musst du erst mal fertigwerden.«

»Du hast ja recht, Katie!«

»Und was seine Transaktionen angeht: Du hast dieselbe Kontovollmacht wie er und kannst mitverfolgen, was da läuft. Musst ihn nicht einmal fragen.«

8.

Katie betrat den Droughty Sailor, ein Pub an der South Street, das im Ruf einer Absturzkneipe stand. Als sie sich an das Halbdunkel gewöhnt hatte, sah sie Sebastian. Er saß in der hinteren Ecke und hob die Hand.

Sie setzte sich zu ihm. »Alles in Ordnung bei dir?«

Sebastian starrte unverwandt auf sein leeres Bierglas. »Nein. Nur Probleme.«

»Könnte es sein, dass du betrunken bist?«

»Definitiv. Ich mach weiter, bis sie mich raustragen.«

Er machte Anstalten, sich zu erheben und zur Theke zu gehen.

»Bleib sitzen. Saufen kannst du auch ohne mich. Ihr Deutschen seid schon seltsam. Kontrolliert bis in die Knochen, aber wenn ihr es dann mal krachen lasst, bleibt kein Auge trocken.«

Sebastian fixierte Katie mit Mühe. »Du hast recht, ich bin Preuße. Wir marschieren diszipliniert vorwärts, aber wenn es uns aus der Bahn trägt, dann gründlich.«

»Okay, was ist los?«

»Mein Vater hatte einen Unfall …«

»Tut mir leid!«

»… kann passieren. Auto kaputt, egal, aber er hat eine Kopfverletzung davongetragen, die ihn daran hindert, seinen Beruf auszuüben.«

»Hoffentlich ist er versichert?«

»Eben nicht. Architekt, Freiberufler, verdammt dünne Decke. Hat gar nicht daran gedacht, dass ihm etwas passieren könnte.«

»Und jetzt?«

»Krebsen sie so vor sich hin. Schulden. Mutter arbeitet wieder, versuchen, sich auf den Beinen zu halten.«

»Oje.«

»Weißt du, Katie, ich fühle mich wirklich verdammt schuldig mit dem Luxus dieses Studiums hier. Gut, als Deutscher zahle ich keine Studiengebühren, der EU sei Dank! Aber das Leben ist teuer genug. Frag mich nicht, wie sie das Geld für mich überhaupt aufbringen.«

Sebastian packte das leere Glas und schlug damit krachend auf den Tisch. »Nicht genug damit, gehe ich auch noch eine Bürgschaft über zehntausend Pfund für das Festival ein. Vollkommen irre! Erklär das mal meinem Vater!«

Er schlug die Hände vor das Gesicht. »Ich habe totale Angst, dass das in die Hosen geht.«

»Lou …«

Sebastian unterbrach sie sofort. »Hör mir auf mit Lou. Er ist kalt wie ein Fisch. Undurchsichtig. Genau das ist es, was mir Sorge macht. Er tickt anders, ich verstehe diesen Menschen nicht.«

»Aber Earl …«

Höhnisch lachte Sebastian auf. »Earl lässt sich einfach den Monatsscheck aufbessern, wenn etwas schiefläuft.«

»Santino und ich sind auch noch da …«

Sebastian fasste nach Katies Hand. »Nicht wirklich. Du jedenfalls. Katie, spürst du denn nicht, wie sehr ich in dich verliebt bin?«

Katie entzog ihm ihre Hand. »Ehrlich gesagt nein! Aber ich muss dir ebenso ehrlich sagen, dass ich das gar nicht will. Santino und ich sind ein Paar, und das soll auch so bleiben. Damit musst du dich abfinden.«

»Niemals!«

Sebastian rumpelte aus seinem Stuhl hoch und peilte schwankend die Theke an. Katie machte Anstalten zu gehen, entschied sich dann aber, noch zu bleiben. Als Sebastian mit einem weiteren Bier in der Hand zurückkam, nahm sie es ihm aus der Hand und stellte es neben sich.

»Jetzt reißt du dich zusammen und hörst mir ruhig zu. Okay?«

»Puh, ziemlich scharf! Was ist denn das?«

Earl hechelte wie ein Hund, um seine Zunge zu kühlen. Lou saß über seine Schüssel gebeugt und fischte mit Stäbchen Nudeln aus der Suppe.

»Suan La Tang. Scharf-saure Suppe. Scharf würde ich das allerdings nicht nennen. Bei mir zu Hause würde man sich ein Löffelchen Chilipaste hineinrühren.«

»Hast du noch ein Bier für mich? Um die Schärfe zu neutralisieren?«

»Leider nein. Ich dachte offen gesagt nicht, dass du mehr als zwei trinken würdest.«

»Dann gib mir auch von dem Tee, den du trinkst.«

»Grüner Tee.«

Lou goss ihm eine Tasse ein. Vorsichtig widmete sich Earl wieder seiner Suppenschüssel.

»Die Telco-Aktie ist schon wieder gefallen.«

»Und?«, erwiderte Lou. »Soll ich mir jetzt in die Hosen machen?«

»Ach was!« Earl grinste. »Mir wird klar, warum du kein Bier oder anderen Stoff brauchst. Du holst dir den Kick bei den Börsenkursen.«

Lou musterte Earl gleichmütig. »Denselben Vorschlag wollte ich dir gerade machen.«

Earl prustete los und hielt sich die Serviette vor den Mund. »Treffer, versenkt!«

Er tupfte seinen Mund ab. »Okay, dann mal im Ernst. Ich verstehe es noch nicht: Wir reichen die neunzigtausend Pfund als zinsloses Darlehen weiter. An die Akuma Ltd. Wer oder was ist Akuma?«

»Akuma ist der Name meines Vaters. Bei der Firma handelt es sich um ein Offshore-Unternehmen auf den britischen Jungferninseln, das zu hundert Prozent mir gehört.«

Earl pfiff durch die Zähne. »Wusste gar nicht, dass du da ein Riesending laufen hast.«

»Ist auch kein Riesending. Ein einfacher Firmenmantel, den ich für künftige Geschäfte angelegt habe. Aber jetzt bewährt sich das.«

»Der Deal wird steuerfrei.«

»Genau. Wir wickeln alles über die Akuma ab, die wiederum bedient das Darlehen und schüttet Überschüsse aus.«

»Super. Aber was ist dabei meine Rolle in der Akuma? Anders gefragt: Was erwartest du von mir für den Erwerb von zehn Prozent an deiner Firma?«

Lou setzte die Schüssel an den Mund und schlürfte die Brühe.

»Kein Geld, wenn du das meinst. Nur deinen Namen.«

Earl runzelte die Stirn.

»Ganz direkt: Gehe ich zur Bank und sage, Guten Tag, ich bin Lou Xi-Fang und brauche Geld, höre ich nur, hat uns gefreut, Herr Fang, kommen Sie morgen wieder. Lege ich einen Firmenauszug vor, auf dem Earl Fremantle steht, der Sohn von Chuck Fremantle, dann wird der Ton der Herren deutlich verbindlicher, verstehst du?«

»Du brauchst einen Frühstückspräsidenten?«

»Genau.«

»Ich halte mein Gesicht hin, und das ist es?«

»Ja.«

»Trotzdem: Die Kreditwürdigkeit meines freundlichen Gesichts in allen Ehren, aber ein Minimum an Kapital braucht die Akuma.«

»Ist klar. Aber nach dieser Telco-Geschichte wird sie über ausreichend Mittel verfügen.«

»Moment! Wenn uns der große Manitu zur Seite steht, bringen wir das Geld für das Festival auf.«

Lou blickte ganz ernst. »Mein Commitment lautet folgendermaßen: Ich liefere die Zweihundertausend und schütte einen kleinen Überschuss an die Freunde Bentons aus. Der Rest ist mein Honorar. Wenn das hier klappt, waren es mein Know-how, meine Organisation und mein Konzept. Das ist reell.«

»Musst du mir vorrechnen, wovon du dir das Honorar abzwicken willst?«

»Für die Option inklusive Gebühren haben wir aufgerundet ein Pfund bezahlt. Unterstellt wird ein Bezugspreis der Aktien von fünfundzwanzig Pfund. Wenn alles so läuft, wie ich mir das vorstelle, dann wird sich der Kurs in Kürze wieder um die fünfzig Pfund einpendeln …«

»Das heißt, du würdest fast eine Million abgreifen?«

Lou hob den Zeigefinger. »Eine? Ich habe die neunzigtausend komplett in Optionen angelegt.«

»Zwei! Volles Risiko, du bist ja irre! Mann, mir bitzelt es im Arsch, als würde ich in den Grand Canyon hinunterschauen.«

»Und was siehst du?«

Earl grinste. »Zwei. *Riders on the storm.*«

»Du bist also dabei?«

»Topp!«

»Einige Formalitäten allerdings müssen wir ableisten: Pässe vorlegen, Urkunden unterschreiben.«

»Wir besuchen die Jungferninseln? Warum nicht?«

»Ich habe da eine Idee, wir verbinden das mit einem Betriebsausflug der Freunde Bentons.«

»Lass hören!«

DIE FREUNDE
BENTONS II

1.

Die Bäckchen von Professor Sutcliff leuchteten rot. Eine seiner langen Haarsträhnen, die er wie eine Kappe über die kah-
len Stellen auf seinem Haupt drapiert hatte, hing herab. Aufgewühlt und mit feuchten Augen blickte er auf das gebackene
Fischfilet auf seinem Teller. Er hatte Santino als seinen Gast
an den High Table geladen. Santino beobachtete den Dekan
gespannt, es sah so aus, als würde er gleich in Tränen ausbre-
chen. Dann aber ermannte er sich, klopfte mit seiner Gabel an
das Weinglas und erhob sich.

»Auf ein kurzes Wort, Kollegen!«

Die anderen Professoren blickten von ihren Tellern auf und
unterbrachen ihre Gespräche.

»Was ich eben gehört habe, muss einfach an die Öffentlichkeit! Unser St Andrews Festival wird in vollem Umfang statt-
finden. Ihr wisst, dass wir dieses Jahr unseren Zuschuss hal-
bieren mussten, deshalb ist es umso erstaunlicher, dass es einer
engagierten Gruppe von Studenten gelungen ist, rund zweihunderttausend Pfund durch Fundraising aufzubringen. Auch
wenn ihr mich nun für einen sentimentalen alten Trottel hal-

tet, meine ich, dass wir verdammt stolz auf diese Gruppe sein können, die sich die Freunde Bentons nennt. Ich schäme mich fast ein wenig, dass wir nicht mehr für sie tun konnten, als wir getan haben. Stellvertretend für diese Gruppe möchte ich euch Santino Marti vorstellen, einen meiner Studenten …«

Alle Blicke richteten sich auf Santino. Er erhob sich.

»… so lasst uns also das Glas erheben: Gut gemacht, cheers!«

Die Fellows standen auf, tranken und applaudierten. Santino spürte, wie er rot wurde.

2.

»Ehrlich gesagt, habe ich mich geniert und wäre am liebsten im Boden versunken.«

»Lass dich ruhig mal loben, Santino. Schließlich warst du die treibende Kraft bei der ganzen Sache.«

»Was habe ich schon geleistet, Katie?«

»An der Uni kennen sie dich, im Ort hast du wegen deiner Aktivitäten einen Namen, der macht die Freunde Bentons doch erst seriös.«

Santino schlüpfte aus dem Kostüm, das er für seine Rolle als Andri trug.

»Ich muss noch die Lichter draußen auf der Bühne löschen.«

Er ging nach nebenan. Katie wusste seine Stimmung nicht zu deuten. Statt zu feiern, plagten ihn Skrupel.

Später gingen sie Hand in Hand an der Uferstraße entlang. Die See brauste. Niedergeschlagenheit griff mit kalten Fingern nach Santino. Am liebsten wäre er weggelaufen, weit hinaus, bis sie ihn wieder losließ.

Katie spürte, wie er ihre Hand umklammerte.

»Geht es dir nicht gut?«

»Diese Sache mit Puerto Rico liegt mir schwer im Magen. Was mag die ganze Reise kosten? Ich schätze mal zehntausend Pfund.«

»Hör mal, Santino, ich finde diese Idee mit der Reise gut. Wir arbeiten monatelang für dieses Festival. Trotzdem: Dass wir Geld für unser Engagement bekommen, geht gar nicht. Eine solche Einladung hingegen ist für mich eine Anerkennung. Und so etwas braucht auch eine Gruppe von Enthusiasten und Freiwilligen. Ab und zu muss man ihnen zeigen, dass ihre Arbeit gut und wichtig ist. Jeder Rotkreuz-Helfer wird Weihnachten zu einem großen Dinner mit Geschenken gebeten. Wo ist das Problem?«

»Kann ich dir sagen: Wo zum Teufel kommt das ganze Geld her? Und warum gerade Puerto Rico? Damit Lou und Earl Gelegenheit haben, kurz mal auf die Jungferninseln hinüberzuschippern?«

»Ich denke, du hast uneingeschränkten Kontozugang und kannst alles nachvollziehen?«

»Eben nicht. Die ursprüngliche Summe ist an die Akuma Ltd geflossen, Lous Firma. Zweihundertzehntausend sind zurücküberwiesen worden, zehntausend sind als Überschuss von örtlichen Firmen erwirtschaftet worden, die uns unterstützen. Aber welche Geschäfte Akuma gemacht hat, vor allem in welchem Umfang, weiß ich nicht.«

Katie blieb stehen und zog Santino an sich.

»Bitte tu mir einen Gefallen und mach jetzt nicht den Spielverderber. Wir reisen und werden Spaß haben. Lou hat viel geleistet, das macht ihm so schnell keiner nach, ich nicht, du nicht. Und dort in unserem Ferienhaus, wenn es locker zugeht, nimmst du ihn beiseite und bittest ihn, dass er dir genau aufschlüsselt, wie alles gelaufen ist. Solange du nur mit Verdächtigungen hantieren kannst, haben es deine Freunde verdient, fair behandelt zu werden. Versprichst du mir das?«

Santino atmete tief durch. »Okay, du hast recht. Ich werde mich am Riemen reißen.«

3.

Earl hatte mithilfe seiner amerikanischen Kontakte die Reise perfekt organisiert. Sie landeten in San Juan auf Puerto Rico und stiegen dort in eine kleine Propellermaschine der Air Flamenco um, die sie direkt hinüber nach Culebra flog. Dort standen zwei Mietautos bereit.

Die Stimmung unter den Freunden blieb dennoch verhalten. Santino zeigte sich zwar freundlich-bemüht, seine Reserviertheit konnte dies dennoch nicht verdecken. Lou und Earl steckten zusammen, sie schienen nun unzertrennlich. Auf der anderen Seite standen Katie und Santino, Sebastian blieb für sich. So war auch die Sitzverteilung im Flugzeug gewesen. Als man sich dann auf die Autos verteilte, orientierte sich Sebastian zu den beiden Männern hin.

»Das Landhaus liegt direkt am Zoni Beach. Sind keine zehn Kilometer von hier, aber dort, wo wir hinwollen, haben die Straßen noch keine Namen. Der Vermieter sagte, die Abzweigung von der Hauptstraße zur Casa del Mar sei beschildert. Ich fahre voraus, okay?«

Beim Durchqueren der Insel begegnete ihnen eine parkähnliche Vegetation, Felsbrocken, die mit Orchideen, Bromelien und Pfeffergewächsen überwuchert waren, dazwischen ragten hohe Bäume auf.

Earl sah in den Rückspiegel auf Sebastian, der auf dem Rücksitz zusammengekauert saß. »Müde?«

Sebastian schüttelte den Kopf.

»Scharf auf die falsche Frau?«

Sebastian rang sich ein gequältes Lächeln ab. »Merkt man das?«

Lou drehte sich um. »Sogar als Blinder. Eifersüchtig?«

»Ehrlich gesagt: Es frisst mich auf. Aber lassen wir das jetzt bitte!«

Lou fasste Earl am Arm. »Vorsicht, Schild!«

Earl verlangsamt. Tatsächlich war auf dem türkisblauen Schild die Casa del Mar angezeigt. Dort angekommen, stellte Earl den Wagen auf dem gekiesten Parkplatz ab, stieg aus und ging um das Haus herum. Rückwärtig war ein großer Pool mit Palmen angelegt. Der Blick von dort ging direkt auf das Meer und den Zoni Beach hinunter. Die Einrichtung innen war in karibisch bunten Farben gehalten, eine knallig geblümte Couchgarnitur, gelbe Schränke, rosafarbene und hellblaue Bettüberwürfe. Aber alles schien gediegen und zweckmäßig.

»Und?«, fragte Earl. »Höre ich was von euch, Leute?«

»Große Klasse! Hervorragend gemacht«, sagte Katie und küsste Earl auf die Wange.

4.

Am späten Nachmittag fuhren sie zum Strand hinunter. Der breite Sandstreifen des Zoni Beach zog sich kilometerweit am Meer entlang. Aus dem dichten Buschwerk dahinter ragten Palmen auf. Santino und Katie brachen zu einem Spaziergang auf. Barfuß gingen sie den Saum entlang, an dem die sanften

Wellen ausrollten und im Sand versickerten. Das Wasser schien ganz klar und reflektierte je nach Tiefe und Beschaffenheit des Grundes eine ganze Farbpalette von Dunkel- bis Lichtblau.

»Zufrieden?«, fragte Katie.

»Klar, ein wunderbarer Ort. Erinnert mich an die glücklichste Zeit in meinem Leben.«

»Erzähl!«

»Als kleines Kind hatte mich ein heftiger Keuchhusten erwischt. Wollte überhaupt nicht vergehen. Wahrscheinlich war das auch psychisch, immer wieder haben mich diese Anfälle geschüttelt. Die Krankheit war eigentlich ausgestanden, aber ich hatte wohl ein übertriebenes Fürsorgebedürfnis. Als krankes Kind wird man ja ständig umhegt und gepäppelt.«

»Hast du davon zu wenig abbekommen?«

»Nicht vonseiten meiner Pflegeeltern. War wohl mehr so ein Waisenhaus- und Verlassenheitssyndrom, verstehst du?«

Katie nickte.

»Ich kann dir nicht mehr genau sagen, wie das zuging, jedenfalls hat man mich über ein paar Bekanntschaftsecken zu einer Familie in der Nähe von Biarritz gegeben. Eine Art Kur. Der Arzt meinte, das Reizklima an der See würde mir helfen. Den Strand dort werde ich nie vergessen. Ähnlich wie hier, nur nicht so lieblich, stattdessen mit ordentlich Wind und einem heftigen Wellengang.«

Katie fasste nach seiner Hand.

»Meine Gasteltern waren ein älteres Ehepaar. Paul vor allem hat großen Eindruck bei mir hinterlassen. Er war Archäologe und steckte voller Geschichten. Abends kam er zu mir aufs Zimmer und hat erzählt. Weil ich mich vor der Dunkelheit so gefürchtet habe. So einen hätte ich mir als Großvater gewünscht.«

Eine Schar Seeschwalben mit schwarzen Köpfen und leuchtend orangen Schnäbeln kreiste über ihnen.

»Die Stimmung ist ein bisschen gedrückt. Hast du nicht auch den Eindruck?«

»Doch. Wie versprochen werde ich das bei allernächster Gelegenheit ausräumen. Ich warte nur noch auf den richtigen Moment.«

5.

Abends saßen sie auf der Terrasse und blickten auf das Meer hinunter. Samtig warmer Wind strich über das Gelände. Earl übernahm die Rolle des Gastgebers, mixte Mojitos und brachte sie auf einem Tablett nach draußen.

»Für dich einen alkoholfreien, Lou.«

Er verteilte die Gläser.

»Hat jemand Lust auf Kekse? Habe ich im Ort gekauft, frisch gebacken!«

Ohne auf Antwort zu warten, holte er eine Tüte, schüttete ihren Inhalt in eine Schale und reichte sie herum. »Polvorones. Das sind Zimtkekse, eine Spezialität von Puerto Rico.«

Sebastian nahm seinen Drink und klingelte vernehmlich mit den Eiswürfeln. »Darf ich mal kurz?«

Er erhob sich. »Ein Geständnis ist das wohl nicht mehr, weil man es mir zu deutlich angemerkt hat: Ich hatte bei dieser ganzen Geldgeschichte fürchterliche Angst. Noch nachts bin ich davon heimgesucht worden. Dazu meine familiären Probleme. Und auch sonst ist mein Nervenkostüm für Geldgeschäfte nicht robust genug. Umso dankbarer bin ich, dass wir heil aus dieser Sache raus sind und unser Projekt sogar ein

Riesenerfolg geworden ist. Wir, die Freunde Bentons, haben das Ding zwar zusammen angepackt, aber letztlich haben wir das Gelingen ausschließlich Lou und seinen genialen Transaktionen zu verdanken. Weil es sonst noch niemand getan hat, will wenigstens ich seinen Anteil am Gelingen hervorheben. Und darauf erst mal ein Prost!«

Sie stießen an und tranken.

»Ich spüre seither einige Spannungen unter uns«, fuhr Sebastian fort, »die ich mir nicht so recht erklären kann. Hat dieser Erfolg Eitelkeiten verletzt? Vielleicht ist es nicht jedem gegeben, Lous Geschick neidlos anzuerkennen. Oder liege ich da falsch?«

Santino nahm noch einen Schluck. »Alles klar, das richtet sich an mich! Tut mir leid, dass dieser Eindruck entstanden ist. Deinem Lob schließe ich mich uneingeschränkt an, das sollte niemand schmälern. Toller Job, Lou, Earl, das macht euch so schnell niemand nach. Cheers!«

Lou und Earl sahen sich erleichtert an.

»Klingt gut«, sagte Lou, »ich bin dir sehr dankbar, dass du das so sagst. Aber irgendwo klemmt es trotzdem noch, Santino, das sollte auch auf den Tisch.«

»Du hast recht, Lou. Ihr wisst ja selbst, dass ich derjenige bin, der bei unseren Unterstützern Rechenschaft ablegen muss. Vor allem Professor Sutcliff gegenüber. Nach meinem Dafürhalten haben uns die Uni und die anderen Sponsoren eine Summe anvertraut, die wir nur treuhänderisch verwalten. Alles, was mit diesem Geld passiert ist, gehört auf den Tisch. Ich kann den Weg des Geldes nicht mal im Ansatz nachvollziehen. Wir haben es durchgereicht und anschließend mehr zurückbekommen. Aber warum, wie, und vor allem: wie viel? Als die Freunde Bentons sind wir Freiwillige und Fundraiser, die keinesfalls den Verdacht riskieren dürfen, dass da was in die eigene Tasche gewirtschaftet worden ist. Das ist der einzige Punkt, der noch offen ist.«

Schweigen legte sich über die Gruppe wie ein schwerer Deckel.

»Du verlangst Einblick in die Bücher der Akuma Ltd?«

»Du sagst es.«

»Klare Ansage von mir: Diesen Einblick werde ich nicht gewähren.« Lou zog geräuschvoll am Strohhalm. »Du weißt nicht, was du da verlangst, Santino. Die Akuma hat aus neunzigtausend Pfund zweihundertzehntausend gemacht. Ich habe mein Soll übererfüllt. Rechenschaft wäre ich dir nur schuldig, wenn ich die Sache in den Sand gesetzt hätte. Einen Verlust musst du rechtfertigen, einen Gewinn nimmt man dankbar an, oder nicht? So, wie wir heute stehen, fühle ich mich nur an das Ergebnis meiner Bemühungen gebunden, an eine Erfolgskontrolle, und die spricht für mich. Alles andere geht euch nichts an. Solange ich mein Geschick in den Dienst einer gemeinsamen Sache stelle, muss ich vor niemandem hinterher die Hosen herunterlassen. Mein Know-how werde ich nicht öffentlich machen.«

»Genau das habe ich befürchtet, Lou. Aber die Statuten, an die die Geldvergabe geknüpft ist, sind eindeutig. Ich kann das drehen und wenden, wie ich will. Von diesem Anspruch kann ich nicht abrücken und muss ihn sogar, wenn es nicht anders geht, juristisch durchsetzen. Natürlich sind im Moment alle beseelt und glücklich, niemand möchte da den Erbsenzähler machen. Aber solange ich für unsere Sache stehe, soll alles nach den vereinbarten Maßstäben einwandfrei sein. Darunter mache ich es nicht.«

6.

Das ergebnislose Gespräch hatte die Kluft noch vertieft. Schweigen machte sich breit, und die Stimmung wurde feindselig.

Lou und Earl verabredeten noch in der Nacht, ihren Besuch auf den britischen Jungferninseln vorzuziehen. Früh am Morgen verließen sie das Haus und fuhren zum Flughafen, wo sie sich mit einer Propellermaschine zu der benachbarten Insel Tortola bringen lassen wollten. Lou spielte auf der Fahrt zum Flughafen beständig mit dem Goldkettchen, das er um seinen Hals trug.

»Wir haben ein Problem, Earl.«

»Santino kann uns mal!«

»Mag ja sein, dass es diese Berichtspflicht gibt, aber keinem Menschen würde es einfallen, sie bei einem so großen Gewinn einzufordern. Außer unserem Mister Perfect. Spielen wir beide Szenarien durch: Er setzt die Offenlegung juristisch durch, dann gibt es einen großen Skandal. Die Leute schauen in so einem Fall nicht mehr auf das, was sie bekommen haben, sondern schielen auf das, was ihnen vermeintlich vorenthalten wurde. Wir wären die Prügelknaben. Oder: Wir müssen zwar nichts auf den Tisch legen, aber Santino greint überall herum, dass wir Halsabschneider sind, die sich bereichert haben. Das eine ist so beschissen wie das andere: Unsere Firma ist belastet, juristisch oder moralisch, und das, bevor wir überhaupt richtig begonnen haben. Wer macht schon gerne Finanzgeschäfte mit Leuten, die als gierig gelten?«

»Wo willst du denn ankommen mit deiner Akuma?«

»Sie soll den Grundstein zu einem richtig gut ausgestatteten Fonds bilden, mit dem man ein wirklich großes Rad drehen kann.«

»Geld, immer nur Geld! Ist das alles, worum es für dich geht?«

»So kann nur einer reden, für den Geld nie ein Thema gewesen ist! Meine Eltern hausen in einem miesen kleinen Appartement. Mein Vater hockt im Keller und repariert Waschmaschinen. Meine beiden Schwestern machen Bürojobs. Ich bin meiner Familie etwas schuldig, kapierst du das?«

»Sorry, ich wollte dir nicht auf den Schlips treten. Aber was sollen wir tun?«

Versonnen wickelte Lou das Kettchen um seinen Finger. »Hilft nichts: Wir müssen Santino aus dem Spiel nehmen, Earl. Eine andere Möglichkeit gibt es nicht.«

»Wie soll das gehen?«

»Denk darüber nach. Wir müssen ihn ins Zwielicht bringen. Als einen, der womöglich selbst ungute Geschäfte macht. Wenn sein Heiligenschein ramponiert ist, haben wir ihn von der Backe.«

»Ich glaube, ich habe da eine Idee.«

7.

Sebastian war es, der Santino und Katie beim Frühstück die Nachricht überbrachte, dass Lou und Earl zu einem Abstecher nach Tortola aufgebrochen waren, eine der britischen Jungferninseln. Katie hatte den Tisch gedeckt und Kaffee gekocht.

»Wie siehst du die Sache, Sebastian?«, fragte sie.

»Schwierig. Ehrlich gesagt möchte ich das nicht entscheiden

müssen. Ich finde, dass beide Seiten gute Argumente für sich haben. Santino hat Verpflichtungen unseren Geldgebern gegenüber, Lou möchte sich nicht in die Karten gucken lassen.«

Enttäuscht wandte sich Santino seinem Teller zu. »Du kannst also nichts tun, um in dem Streit zu vermitteln?«

Sebastian schüttelte den Kopf. »Würde ich ja gerne, aber ich wüsste nicht, wie.«

Santino erhob sich. »Habt ihr etwas dagegen, wenn ich mir den Wagen schnappe und nach Culebra fahre? Bisschen abhängen, Tagebuch schreiben und Kopf durchlüften.«

»Du willst alleine sein, nehme ich an?«

Katie wusste um Santinos Stimmungsschwankungen und wie er dagegen anzugehen versuchte.

»Ja, ganz gern. In zwei Stunden bin ich wieder zurück, okay?«

Er küsste Katie und verschwand. Draußen wurde der Wagen angelassen.

»Ist das nicht ein bisschen feige, Sebastian?«

8.

Die Straße war leer. Santino kurbelte das Fenster herunter. Aus den Wäldern des nahen Naturreservats drang Vogelgezwitscher. Es war angenehm kühl. Rundum waren keine Häuser zu sehen, die Natur ruhte ganz in sich. Eine friedliche Atmosphäre umgab das abgeschiedene Gelände, und Santino fühlte sich gleich ein wenig leichter.

Der Konflikt war nicht zu beheben, die kommenden fünf Tage würden ein Eiertanz werden. Was für ein schäbiges Ende der Freunde Bentons!

Bald näherte sich Santino der Südküste der Insel, die glitzernde Wasseroberfläche der Friedhofsbucht schimmerte durch die Bäume. Er nahm eine Abzweigung, um den alten *Cementerio* zu besichtigen. Bevor er aus dem Wagen stieg, prüfte er die Umgebung. Santino hatte großen Respekt vor den zahlreichen Schlangen, die auf der Insel heimisch waren. Von ihnen hatte die Insel Culebra ihren Namen.

Auf dem Weg zum Friedhofstor hörte er plötzlich hochtourige Motorengeräusche. Bremsen kreischten, Reifen quietschten, als trage es einen Wagen aus der Kurve, dann heulte der Motor wieder auf und wurde hochgejagt bis zum Anschlag. Auf der Insel herrschte normalerweise ein gemächliches Tempo. Santino wurde neugierig und lief zur Straße. Von Süden her sah er zwei Fahrzeuge sich nähern, ein älterer Plymouth vorneweg, ein roter Ford Mustang dahinter, der nun, da es auf eine lange Gerade ging, zum Überholen ansetzte. Der Plymouth begann nach links auszuscheren, um den Mustang von der Straße zu drängen. Der rote Sportwagen schlidderte auf die Bankette, Kies spritzte in hohem Bogen zur Seite, dann beschleunigte er erneut und gewann wieder Stabilität.

Plötzlich fielen Schüsse.

Erschrocken lief Santino hinter einen Felsen in Deckung. Von dort aus sah er, wie aus dem offenen Seitenfenster des Mustang eine Maschinenpistole auf den Fahrer des anderen Wagens gerichtet war und der Schütze ihn unter Dauerfeuer setzte. Die Scheibe splitterte, und es sah so aus, als geriete der Plymouth ins Trudeln, er fing sich aber wieder. Doch dann kam eine weitere, lang anhaltende Salve aus dem Mustang, und der Fahrer des vorderen Wagens verlor endgültig die Kontrolle. Das schwere Fahrzeug kam von der Fahrbahn ab, zerfetzte das dichte Buschwerk am Rand, kippte, überschlug sich und rollte die Böschung hinunter.

Der Mustang fuhr nur noch ein kurzes Stück geradeaus, bremste so hart, dass es schwarze Streifen auf die Straße radierte, wendete auf jaulenden Reifen und jagte an Santino vorbei Richtung Süden. Schließlich verschwand das Geräusch des hochgetriebenen Motors in der Ferne.

Santino verharrte in einer Schockstarre. Schließlich stieg er etwas zittrig in seinen Wagen, um die Unfallstelle zu untersuchen.

9.

Der Plymouth lag zwischen Büschen und Bäumen auf dem Dach. Santino hörte ein Stöhnen und eilte zu dem Wagen. Ein verdrehter, blutender Körper lag auf der Fahrerseite. Er versuchte, die Tür zu öffnen. Sie klemmte und gab nicht nach, als er sich dagegenstemmte. Auch die Beifahrertür war verbeult und ließ sich nicht bewegen. Das Fahrzeug war dicht wie eine Sardinenbüchse.

Santino rüttelte an der Kofferraumklappe. Sie sprang nach unten auf, Decken, ölverschmierte Lumpen, ein Reifen und Werkzeug fielen herab. Er griff sich die Stange, mit der der Wagenheber hochgepumpt wurde, und setzte sie an der Wagentür an, trat mit dem Fuß dagegen, bis sie sich krachend öffnete. Vorsichtig zog Santino den Fremden aus dem Wagen. Er spürte die Knochenbrüche des Verletzten, ein Gefühl, als ertaste man geborstenes Holz und Splitter unter der Haut. Der Verletzte stöhnte auf, als er ihn heraushob und auf die Decken bettete.

Santino war ratlos, was konnte denn nun getan werden? Der Mann sah fürchterlich aus, die linke Schläfe war eingedrückt, ebenso der Brustkorb, der ganze Mensch nur ein Bündel aus Haut, Knochen und blutigem Fleisch. Einen Verband anlegen, Hilfe holen? Was war da noch zu verbinden? Und alleine lassen konnte er den Verletzten doch auch nicht?

Santino bemerkte, wie der Verletzte versuchte, seine Augen zu öffnen. Mit einer mühsamen Bewegung der linken Hand winkte er ihn näher zu sich heran. Er wollte etwas sagen.

»Lass nur, ich sterbe!«

Ein flehender Blick traf Santino.

»Notiere das!«

Er vollführte unter großen Schmerzen mit der Hand eine Geste, und Santino verstand, dass er etwas aufschreiben solle, einen letzten Willen. Er zog das schmale Heft aus der Tasche, das er als Tagebuch benutzte. Einen Stift hatte er wie immer in der Brusttasche seines Hemdes stecken.

»Eine Telefonnummer …«

Santino ging ganz nah an den Sterbenden heran und notierte Zahl für Zahl.

»Lies vor!«

Er wiederholte die Nummer, und der andere nickte.

»Comandante Delgado. Seine Geheimnummer. Ruf ihn an! Kein Flugzeug! Er darf es nicht benutzen. Sie sprengen es in die Luft. Ein Anschlag.«

Er winkte ihn noch näher heran.

»Keinen Namen, keine Erklärung vorab. Sondern nur: Dios con nosotros! Warte ab, bis er dich fragt, erst dann kannst du reden.«

Er deutete auf sich. »Ich bin Juanito. Nimm meinen Ring!«

Er hielt ihm die Rechte hin. Am Ringfinger trug er einen schmalen Silberreif.

»Nimm ihn. Ein Beweis, dass du mit Juanito gesprochen hast.«

Sein Gesicht war schmerzverzerrt, als Santino den Ring herunterzog.

»Und jetzt geh. Verschwinde. Gleich werden sie mich abholen. Wir dürfen nicht zusammen gesehen werden.«

Santino erhob sich und blickte unschlüssig auf den Sterbenden.

Der Mann machte Bewegungen mit seiner Linken, als wolle er ihn wegwischen. »Geh, verschwinde. Weg mit dir.«

Santino kletterte die Böschung hoch und ging zu seinem Wagen zurück, den er oben am Straßenrand geparkt hatte. Von fern ertönte eine Sirene. Die angstvollen Worte Juanitos im Ohr rannte er das letzte Stück und fuhr rasch davon.

10.

Nach einigen Kilometern stoppte Santino das Auto an einer gerodeten Parkbucht. Sein rechtes Bein zitterte, alles Blut schien aus dem Kopf nach unten gesackt. Er legte sich auf die Rückbank. Seine Erinnerung hatte sich zu einem dünnen Gedankenfaden zusammengezogen, den er tastend zurückverfolgte. Ein geschundener Körper, der Sterbende, sein letzter Wille, Juanito und Comandante Delgado, der Unfall, die Verfolgungsjagd und vor allem die Schüsse aus der Maschinenpistole. Er ging die Stationen durch, vor und zurück, nichts veränderte sich, alles war genau so passiert.

In seiner Tasche fand er ein Karamellbonbon, das er lutschte.

Bis vor Kurzem waren die Sirenen zu hören gewesen, jetzt war alles ruhig. Der Wind trug Vogelgezwitscher herbei, dazwischen das Kreischen von Papageien. Santino versuchte, seine Atmung zu kontrollieren, bis er sich so weit gefestigt fühlte, um die Heimfahrt antreten zu können.

Glücklicherweise war Katie allein im Haus. Sie hatte auf ihn gewartet, Sebastian war zum Strand aufgebrochen.

»Um Himmels willen, was ist denn passiert? Doch kein Unfall?«

Santino war von den Ereignissen gezeichnet, bleich im Gesicht, die Augen schreckgeweitet. Katie nahm ihn in den Arm und führte ihn dann zum Sofa.

»Leg dich erst mal hin, die Beine hoch! Ich koche dir einen Tee.«

Mit der dampfenden Tasse in der Hand kam sie zurück und setzte sich zu ihm. »Erzähl!«

Er schilderte sein Erlebnis so zusammenhängend wie möglich.

Katie schüttelte immer wieder ungläubig den Kopf. »Auch wenn ich nicht genau verstehe, was da passiert ist, klingt das für mich nach einer Auseinandersetzung unter Drogenschmugglern. Ich habe gelesen, dass ein Großteil der Drogen aus Südamerika über die Dominikanische Republik in die USA geschmuggelt wird. Und Puerto Rico ist das Einfallstor.«

Santino nahm einen Schluck aus der Tasse.

»Die Dominikanische Republik ist direkt nebenan, nur gut hundert Kilometer von Puerto Rico entfernt. Mit einer großen Anzahl von Häfen ausgestattet. Deshalb hat sich Puerto Rico zu einem Umschlagplatz für Drogen und einem Zentrum für Geldwäsche entwickelt.«

Santino war überrascht. »Woher weißt du das denn alles?«

»Warum weißt du es nicht? Das steht in unserem Reiseführer. Ist nichts Neues. Ich habe das deswegen so genau gelesen, um Earl zu warnen. Dass er bloß nicht auf die Idee kommt, irgendwas bei sich zu haben. Die Gesetze sind sehr streng hier. Du bekommst, je nachdem, was und wie viel du an Drogen in der Tasche hast, bis zu fünf Jahre aufgebrummt.«

»Schon. Aber wie kommst du darauf, dass mein Erlebnis damit zu tun haben könnte?«

»Ich habe mit Mary über unsere Reise gesprochen. Mary und ihr Mann haben die Flitterwochen in Puerto Rico verbracht. Tolles Hotel in San Juan, first class – alles top! Fünfzig Meter von der Terrasse entfernt hat es eine Schießerei gegeben. Ihr Mann glaubte zunächst, es sei ein Feuerwerksböller, aber dann wimmelte es in kürzester Zeit nur so von Polizei. Mary meinte jedenfalls, man müsse sich auf dieser Insel in Acht nehmen vor den Auseinandersetzungen rivalisierender Banden.«

Santino blickte immer noch skeptisch. »Katie, den anderen erzählen wir nichts von dieser Geschichte! Das kommt so rüber, als wolle ich mich jetzt besonders wichtigmachen. Okay?«

»Ist besser so.«

Abends kamen Earl und Lou von ihrem Abstecher zurück. Sie machten einen aufgeräumten und gelassenen Eindruck. Earl deutete an, man solle den Konflikt erst mal ruhen lassen und später noch einmal in Ruhe besprechen. Santino war ihm dankbar für den Waffenstillstand. Er fühlte sich immer noch aufgewühlt und schwach.

11.

Mit der Nacht kam die Angst. Santino wagte nicht, sich zu bewegen, um Katie nicht zu stören. Schwer lastete die Decke auf ihm. Katie spürte seine Unruhe und griff nach seiner Hand. Er entzog sie ihr, drehte sich zur Seite und stellte sich schlafend. Nach einer Weile hörte er ihre regelmäßigen Atemzüge.

Santino starrte auf die Vorhänge, die ein Luftzug nach innen bauschte. In solchen Beklemmungszuständen schrumpfte sein inneres Ich und wurde so verletzlich, als sei er noch ein kleiner Junge, der sich vor grünen Mambas, dem Vogel Rock und zottigen Bären fürchtete. Er wünschte sich, Paul, sein großväterlicher Freund, wäre hier, um ihn zu trösten. Als sich Santino bei ihm und seiner Frau zur Genesung aufgehalten hatte, war Paul jeden Abend zu ihm gekommen, um ihm beim Einschlafen zu helfen.

»Mach das Licht aus!« Paul trat ein, öffnete das Fenster einen Spaltbreit und zog die Vorhänge zu.

Santino umklammerte die Decke und rührte sich nicht. Abwartend stellte Paul sich an das Fußende des Betts. Santino schüttelte den Kopf.

»Du fürchtest dich vor der Dunkelheit?«

Santino nickte.

»Na gut, ein paar Minuten ist noch Zeit.«

Er setzte sich ans Bett. »Angst ist nicht schlimm. Sie darf nur nicht stärker sein als du.«

»Ist sie aber.«

»Sieh es mal so: Sie hat auch ihr Gutes. Schon in ein paar Stunden wirst du merken, wie schön ein strahlender Morgen sein kann. Hättest du in der Nacht keine Angst, würdest du ihn gar nicht zu schätzen wissen.«

Ungerührt sah Santino auf die Bettdecke.

»Ohne Dunkelheit bedeutet uns der helle Tag nichts, das eine ist nichts ohne das andere. Das stimmt auch sonst: Klein kann ein Mensch nur sein, wenn ein anderer groß ist, süß schmeckt ein Apfel, weil es auch saure gibt.«

Seine Hand strich über die Decke.

»Denk mal nach! Warum bist du ein guter Junge?«

Santino zuckte die Achseln.

»Weil es genug Möglichkeiten gibt, böse zu sein. Man muss sich entscheiden. Wenn wir etwas zu schätzen wissen, gibt es einen Widersacher. Er sitzt dir im Nacken und schüchtert dich ein. Ständig fordert er dich zum Kampf. Du musst Kraft aufbringen, ihn zu bezwingen. Und genau deshalb ist dir das, was du erreicht hast, etwas wert. Glaub mir, wir werden morgen ans Meer gehen, den Strand entlangspazieren, und du wirst den Tag umso mehr genießen, wenn du in der Nacht tapfer warst.«

Santino gab die Bettdecke frei, die er festgehalten hatte. »Erzähl noch eine Geschichte!«

»Habe ich dir schon vom Kampf der Sonne gegen die Nacht erzählt?«

»Nein.«

»Früher haben die Menschen geglaubt, die Sonne sei ein mächtiger Gott. Stark und strahlend steht er am Himmel. Er spendet Wärme, lässt die Pflanzen blühen und gedeihen – hell und freundlich liegt die Welt vor uns. Doch zum Abend hin wird der Sonnengott schwächer, Wind kommt auf, es wird kühler, die Dämmerung setzt ein, und schließlich verschlingt die Dunkelheit den leuchtenden Ball. Voller Angst fragen sich die Menschen, ob die Sonne wiederkommen wird oder ob sie nun in ewiger Finsternis leben müssen. Und tatsächlich ist der Sonnengott einer Bewährungsprobe auf Leben und Tod ausgesetzt, denn die Mächte der Unterwelt halten ihn gefangen. Er aber verwandelt sich in einen Jaguar und nimmt den Kampf gegen sie auf. Er geht um alles, aber wir wissen, dass die Pranke des Jaguars bis jetzt immer stärker gewesen ist als die Waffen der Schattenwesen. Auch morgen wird es so sein: Blutrot, weil er in den heftigen Auseinandersetzungen verletzt wurde, und deutlich geschwächt erhebt er sich vom Schlachtfeld, steigt aus der Unterwelt auf, erklimmt mit Mühe den Himmel, gewinnt an Kraft, erreicht den Zenit, wird erneut schwächer, unterliegt ein weiteres Mal, wird verschluckt und festgehalten, bis er sich im Kampf wieder als Sieger bewährt.«

Paul beugte sich über ihn. »Dort, wo man sich das erzählt hat, durften sich nur die Tapfersten die Jaguarkrieger nennen. Sie waren die Besten und die Edelsten.«

Er löschte das Licht.

»Sei auch du einer!«

12.

Santino erwachte am anderen Morgen sehr früh. So geräuschlos wie möglich bereitete er sich einen Kaffee und setzte sich auf die Terrasse. Er überlegte, wie Paul mit der ganzen Ruhe und Festigkeit seines Alters das Problem angepackt hätte. So viel war sicher, er hätte sich nicht einfach weggeduckt.

Wenig später kam Katie, ungekämmt, in dem hellblauen langen T-Shirt, das sie nachts trug. »Da bist du!« Sie war noch ganz verschlafen.

»Setz dich einen Moment zu mir, ich habe eine Idee.«

Katie nahm auf seinem Schoß Platz und kuschelte sich an ihn.

»Sobald ich gefrühstückt habe, fahre ich nach Culebra. Ich habe nachgesehen, es gibt dort eine Polizeistation. Dort werde ich nachfragen, was auf der Straße passiert ist.«

»Keine gute Idee! Dann vernehmen sie dich als Augenzeugen, und du gerätst mit deiner Aussage in die Mühle dieser Konflikte hier.«

»Eben nicht. Ich werde nur sagen, dass ich aus einiger Entfernung seltsame Geräusche gehört habe, Schüsse vielleicht, einen Autounfall. Ob da etwas war, ich sei beunruhigt. So in diesem Stil, verstehst du?«

»Okay, ja, klingt schon besser.«

»Was ist heute geplant?«

»Earl meinte, wir müssten unbedingt den Flamenco Beach besuchen. Soll angeblich der schönste überhaupt sein. Ein Highlight, sagt er.«

»Okay, den habe ich schon auf der Karte gesehen, ist nicht weit von Culebra. Wie wäre es, wenn ich einfach später zu euch stoße?«

Katie schmiegte sich an ihn. »Ehrlich gesagt hatte ich gehofft, wir hätten mal Zeit füreinander.«

»Klar, das will ich doch auch! Aber was würdest du an meiner Stelle tun?«

Sie zuckte die Achseln. Er fasste sie am Kinn, sie gab nach und hob den Kopf. Er küsste sie.

»Okay, fahre du voraus, wenn du meinst, ich erkläre das den anderen schon.«

13.

Es dauerte eine Weile, bis Santino die Polizeistation in der Calle Pedro Márquez ausfindig gemacht hatte. Das kleine Büro war vollgestopft mit Papieren und Akten. Es roch nach Staub. Der Polizist, offensichtlich ein Boricua, wie sich die Inselbewohner selbst nannten, um ihre indianische Herkunft zu betonen, hatte seine Körpermasse in einen engen Stuhl mit Armlehnen gezwängt. Er saß darin wie eine dicke Kugel Mokkaeis auf einer zu klein geratenen Waffeltüte. Er hatte sich ein großes Glas Café con leche bereitgestellt und löffelte dazu einen Pudding in Törtchenform.

»Setzen Sie sich!«

Santino nahm auf dem Bänkchen in der Ecke Platz und beobachtete, wie der Beamte sein Frühstück beendete. Das Namensschild am Schreibtisch wies ihn als Sergeant Romero aus. Endlich wischte er sich mit einem Taschentuch den Mund und anschließend die Hände ab, wuchtete sich aus seinem Stuhl hoch und trat an die Theke, die Behörde und Bürger voneinander trennte.

»Wo ist das Problem?« Die hochgezogenen Brauen gaben seinem Gesicht etwas Strenges.

Santino ließ sich nicht lange bitten und erzählte seine Geschichte von dem mutmaßlichen Unfall.

»Gestern?«

Santino nickte.

»Geschätzt zwischen zehn und elf Uhr vormittags.«

Der Beamte zog ein großes Buch hervor, befeuchtete seinen Zeigefinger und blätterte geräuschvoll nach hinten.

»Gestern? Nichts. Keine besonderen Vorkommnisse.«

»Aber ich meine, sogar noch eine Sirene gehört zu haben.«

Der Polizist vollführte eine Schraubbewegung an der Schläfe. »Eine Einbildung, ein Phantomgeräusch. Hier, sehen Sie selbst: nichts!«

Er drehte ihm das Protokollbuch zu. Die Seite mit dem gestrigen Datum war leer. Allerdings meinte Santino im Falz eine Schnittkante zu entdecken. Er griff nach dem Buch, um es in Augenschein zu nehmen, aber der andere schnalzte missbilligend mit der Zunge, zog es wieder an sich und klappte es zu.

»Nichts! Ein ereignisloser Tag.« Er beugte sich über die Theke. »Sie können ganz beruhigt sein.«

Er faltete die Hände auf seinem Bauch. »Wir haben ein Auge auf alles, was hier vorgeht. Guten Tag, mein Herr.«

Verwirrt verließ Santino das Büro.

14.

Santinos Unschlüssigkeit hielt nur kurzzeitig an, dann war er sicher, dass man ihn nur abgewimmelt hatte. Der Anschlag sollte verschleiert werden. Man wollte noch nicht einmal hören, was er über die Sache wusste oder ob es sonst etwas aufzuklären gab. Ein ruhiger Tag, keine Vorfälle, alles nur Einbildung! Juanito hatte recht gehabt mit seinem dunklen Hinweis, dass man ihn gleich abholen werde und Santino unbedingt verschwinden solle. Aber wer waren sie? Wer hatte ein Interesse, die Sache unter der Decke zu halten, und vor allem die Macht, es auch zu tun?

Santino ging die Straße hinunter, bis er eine Bar fand. Er bestellte sich einen Café solo und ein Schinkenbrötchen. Die ganze Zeit über stand ihm der flehende Blick des sterbenden Juanito vor Augen, mit dem er ihm seinen letzten Willen aufgetragen hatte. Er durfte das nicht so auf sich beruhen lassen, zeit seines Lebens würde ihn diese Begegnung heimsuchen. Er zahlte und beschloss, diesen Comandante Delgado anzurufen.

Die Post war, wie alle anderen wichtigen Geschäfte und Behörden auch, in der Calle Pedro Márquez. Santino meldete ein Ferngespräch an und ging in die ihm zugewiesene Telefonkabine. Der Freiton schrillte in seinem Ohr, schien sogar anzuschwellen und ließ Santinos Herz pochen. Wohl ein Dutzend Mal klingelte es, dann nahm endlich jemand auf der anderen Seite den Hörer ab.

Keine Frage wurde gestellt, kein Name genannt. Also sagte Santino die Parole, die ihm aufgetragen worden war.

»Dios con nosotros!«

Wenn das über das Telefon deutlich hörbare Ein- und Ausatmen eine Gemütsbewegung verriet, dann war es Misstrauen und Besorgnis.

»Quién eres?«

»Bitte sprechen Sie Englisch, ich verstehe kein Spanisch.«

»Wer sind Sie?«

»Ein Tourist, der zufällig zur Stelle war. Aber mein Name tut nichts zur Sache, ich kenne Sie auch nicht. Ich fühle mich nur verpflichtet, Juanitos letzten Willen zu erfüllen.«

»Letzter Wille? Ist er denn tot?«

»Er wurde auf der Flucht erschossen …«

Ein Aufstöhnen war zu hören. »Asesinos! Pobre hombre! Sprechen Sie!«

»Seine letzte Botschaft lautet, Comandante Delgado möge nicht das Flugzeug benutzen! Man wird versuchen, es in die Luft zu sprengen.«

»Einen Moment bitte!«

Im Hintergrund wurde eine kurze, aber leidenschaftliche Diskussion auf Spanisch geführt. Offenbar versuchte man, die Warnung einzuordnen und zu verarbeiten.

»Ich glaube, wir dürfen Ihnen vertrauen. Auch wenn Sie nicht wissen können, in welche Umstände Sie geraten sind, schulden wir Ihnen größten Dank. Ich übertreibe nicht, wenn ich sage, dass Sie das Leben vieler Menschen gerettet haben. Auch unserer Sache wurde damit ein großer Dienst erwiesen …«

»Welcher Sache?«

»Darüber sprechen wir hier nicht. Es ist nicht schwer, sich über uns kundig zu machen. Tun Sie es!«

Er wartete die Wirkung seiner Worte ab.

»Wann und in welcher Form wir unsere Schuld begleichen, hängt ganz von Ihnen ab. Sie kennen die Parole, haben Sie sonst etwas, mit dem Sie sich ausweisen können?«

»Juanito hat mir seinen Silberreif gegeben.«

»Bueno! Passen Sie auf sich auf, Sie sind in großer Gefahr! Von wo aus sprechen Sie?«

»Von einem öffentlichen Telefon.«

»Das ist gut.«

»Dios con nosotros!«

»Wir werden ihn brauchen. Eines noch: Diese Telefonnummer ist ab sofort tot, Sie werden mich auf diesem Weg nicht mehr erreichen.«

Er legte auf. Santino beglich das Telefonat am Schalter und ging zum Wagen zurück. Erneut kroch die Angst in ihm hoch.

15.

Santino fuhr zum Flamenco Beach. Den Platz, wo der Mietwagen der anderen abgestellt war, fand er auf Anhieb. Er ging zum Strand hinunter. In einiger Entfernung war der Sonnenschirm aufgepflanzt, den er vom Haus her kannte. Sie hatten einen schönen Platz gefunden, zwischen Palmen, die in der üppigen Vegetation vor der fast weißen Sandfläche wuchsen, war eine Hängematte gespannt.

Santino legte sich auf die Matte, die er mitgebracht hatte.

»Irre, oder?«

Earl hatte recht, der Flamenco Beach bildete ein weitläufiges Halbrund, eine, von oben gesehen, hell schimmernde Kristallschale, die das blaue Meer einfasste. Santino machte

Katie ein Zeichen, dass alles so weit in Ordnung sei, und bedeutete ihr, dass er nicht sprechen wolle. Sie nickte. Er schloss die Augen, tat so, als sei er eingeschlafen, um sich ungestört seinem Gedankenstrom überlassen zu können. Erst später ging er ins Wasser.

Earl sah auf die Uhr. »Wie steht es mit Lunch? Es gibt ein nettes Restaurant hier in der Nähe.«

Sie packten ihre Taschen und wateten durch den Sand Richtung Parkplatz.

»Was ist das?«

Katie krallte ihre Hand in Santinos Oberarm. Ein Polizeifahrzeug stand neben den beiden Mietwagen. Die Polizisten stiegen aus, als sich die Gruppe näherte. Santino erkannte Sergeant Romero mit einem Kollegen. In voller Uniform mit blauer Weste und Schirmmütze war der Eindruck Furcht einflößend. Dazu hatte Romeros Begleiter seine Pistole gezogen.

»State Police«, sagte Romero. »Bitte stellen Sie sich an Ihr Fahrzeug und legen die Hände auf das Dach.«

»Was soll das?«, rief Katie. »Was haben Sie vor?«

»Nichts, wovor Sie sich zu fürchten hätten, hoffe ich jedenfalls. Wir haben jedoch Anlass zu der Vermutung, dass Sie Drogen mit sich führen.«

Angstvoll sah Katie zu Earl hinüber. Romeros Kollege tastete sie nach Waffen ab.

»Sagen Sie mir, wo sich Ihr Wagenschlüssel befindet.«

»Rechte Hosentasche«, antwortete Santino.

Romero zog den Schlüssel heraus und begann, das Fahrzeug zu untersuchen. Anschließend durchsuchte er den zweiten Wagen. Er öffnete die Ablagen und den Kofferraum und tastete die Sitze auch von unten ab.

»Okay«, sagte er, »scheint sauber zu sein. Zeigen Sie mir nun Ihre Taschen!«

Katie wies auf ihren Beutel. Romero legte ihn auf die Motorhaube und entnahm ein Stück nach dem anderen, um es zu begutachten. Dann kam Earl an die Reihe. Santino hielt den Atem an, aber mit einem zerfledderten Buch, Zigaretten, Handtuch und Badehose gab es dort nichts, was Romeros Verdacht hätte erregen können. Erleichtert öffnete Santino seinen Matchsack. Sein Blick war auf Katie geheftet, die ebenfalls beruhigt schien, dass alles so glimpflich abgehen würde.

»Gehört diese Tüte Ihnen, Sir?«

Romero hielt eine braune Tüte hoch.

»Nein, die gehört mir nicht.«

»Aber Sie geben mir recht, dass sie sich bis gerade eben in Ihrem Matchsack befunden hat?«

Santino zuckte die Achseln. Romero öffnete die Tüte, die beim Anfassen knisterte. Er begutachtete den Inhalt und hielt den Beutel Santino hin. Zweifellos Marihuana, auch wenn es nach Zimt roch.

»Stoff! Und zwar nicht zu knapp.«

Santino kämpfte mit sich. Er fand keine Kraft, sich aufzulehnen. Er hatte Angst verspürt, ohne genau zu wissen, wovor. Aber nun hatte das Ungewisse Form angenommen, und das Verderben stülpte sich über ihn.

»Sie sind festgenommen, Sir!«

Katie schrie, als sie Santino Handschellen anlegten und ihn, seinen Hinterkopf nach unten drückend, in den Polizeiwagen bugsierten.

16.

Noch am Nachmittag wurde Santino mit der Fähre nach San Juan zum Hauptquartier der State Police gebracht. Man sperrte ihn in eine Zelle für Untersuchungshäftlinge. Über sein weiteres Schicksal würde ein Richter entscheiden, so hieß es. Gegen Abend wurde er ein zweites Mal vernommen.

»So kommen wir nicht weiter«, sagte Sergeant Romero.

Er ließ einen Zahnstocher von einem Mundwinkel zum anderen wandern und roch nach Knoblauch. Santino war der Verzweiflung nahe.

»Aber ich kann Ihnen doch nichts anderes als die Wahrheit sagen.«

»Die Wahrheit ist immer eine gute, vor allem einfache Geschichte. Wenn wir jemanden des Einbruchs verdächtigen, der uns nachweisen kann, dass er zur fraglichen Zeit mit seiner Mutter auf dem Sofa gesessen hat, dann ist das eine gute Geschichte. Wenn wir ihn mit einer Brechstange in einer fremden Wohnung erwischen und er uns weismachen möchte, dass er nur zufällig hierhergeraten ist, dann ist das eine verdammt schlechte Geschichte. Also: Wo haben Sie das Marihuana her, und was hatten Sie damit vor?«

»Sie können mich medizinisch untersuchen lassen und Sie werden feststellen, dass ich noch nie Marihuana konsumiert habe. Ich bin absolut sauber.«

»Stelle ich nicht infrage. Aber sehen Sie, es gibt immer ein erstes Mal. Puerto Rico ist ein wunderbarer Ort, und Sie sind einer von vielen, die glauben, dieses Erlebnis mit Drogen vertiefen zu können.«

»Ich habe Zeugen. Meine Freundin Katie weiß, dass ich nichts dergleichen vorhatte.«

Romero lächelte. »Auch das kennen wir. Frauen sind ängstlich. Sie sagen ihr nicht, ich packe eine große Portion Marihuana für uns ein, Sie tun es einfach und überraschen sie damit.«

»Ich lag am Strand, bin später baden gegangen. Mein Matchsack stand offen. Auch andere Badegäste waren dort. Sie haben die Polizei oben am Parkplatz bemerkt und wollten das Marihuana loswerden.«

Romero seufzte. »Eine Geschichte mit zu vielen Windungen und Zufällen! Was halten Sie davon: Als Student sind Sie nicht mit Reichtümern gesegnet. Sie sind zwar kein User, wollten sich aber als Dealer ein bisschen Geld dazuverdienen?«

»Bitte glauben Sie mir doch.«

Romero schob seine Unterlagen zusammen. »Ich wünschte, ich könnte! Sie sind Schweizer, vielleicht schiebt man sie bald ab. Große Hoffnungen kann ich Ihnen allerdings nicht machen. Aber vielleicht gelingt es Ihnen ja, meinen Kollegen von Ihrer Geschichte zu überzeugen.«

»Noch eine Vernehmung?«

Romero zuckte die Achseln. »Nehmen Sie es lieber als glückliche Fügung, dass sich einer aus dem Special Investigations Bureau, ein ziemlich hohes Tier, für Sie interessiert.«

Santino schöpfte Hoffnung. »Tatsächlich?«

Romero hakte seine Zeigefinger wie Kettenglieder ineinander. »Er hat an derselben Universität studiert wie Sie.«

17.

»Ende der Sechzigerjahre war ich in St Andrews. Speziell an Professor Sutcliff erinnere ich mich gut.«

Santino hatte auf einem gepolsterten Stuhl Platz genommen, der auf der anderen Seite des Schreibtischs stand. Das Büro war groß und gediegen eingerichtet, Romero hatte recht, sein Gegenüber musste eine wichtige Position innehaben. Er war zwar leger gekleidet, trug das Hemd offen, aber es war weiß und so makellos wie seine Manieren. Auffällig war der mächtige Schädel, der ihm das Aussehen eines Keilers verlieh.

»Oh, verzeihen Sie, möchten Sie auch eine Zigarette?«

Rob van Holst bot Santino die geöffnete Dose an.

»Danke, ich rauche nicht.«

Van Holst lächelte. »Schon mal ein Punkt für Sie!«

»Meine Geschichte kennen Sie wohl schon, Mr. van Holst. Ich habe in St Andrews einwandfreie Referenzen. Mit Drogen hatte ich nie zu tun, jeder wird das bestätigen können. Auch meine Freunde, die sicher bereit sind, für diesen Ruf zu bürgen.«

»Daran habe ich keinen Zweifel. Aber es gibt ein gewichtiges Beweisstück.«

»Ich bin kein Konsument und daher bereit, mich jeder gewünschten medizinischen Untersuchung zu unterziehen. Und es gibt keinen Hinweis darauf, dass ich versucht hätte, mich als Dealer zu betätigen.«

Rob van Holst ging auf und ab. »Ich bin geneigt, Ihnen zu glauben. Lassen Sie mich das noch mal mit meinen Kollegen durchsprechen.«

Santino atmete auf. Ein Silberstreif!

»Eines noch«, sagte van Holst. »Sergeant Romero sagte, Sie hätten ihn zuvor bereits in seinem Büro aufgesucht. Was war der Anlass?«

Santino wusste, dass er nun ganz vorsichtig sein musste.

»Ich war gestern Vormittag mit dem Wagen unterwegs und wollte einen Spaziergang im Naturreservat unternehmen. Da hörte ich seltsame Geräusche ...«

»Welcher Art?«

»... von Motoren, von Autos, die zu schnell fuhren. Eine Weile lang war ich sicher, dass da ein Unfall passiert sein könnte. Aber in dieser Hinsicht konnte mich Sergeant Romero ja beruhigen.«

Van Holst hörte aufmerksam zu. »Und das war alles?«

Santino nickte. Van Holst stand auf und reichte ihm die Hand.

»Okay, dann sehen wir mal zu, wie wir das hinbiegen können.«

18.

Van Holst nahm einen hektischen Zug aus der Zigarette. »Fuck! Was interessiert mich die Tüte Marihuana, Charlie. Null!«

»Aber wir könnten ihn damit zumindest für drei Jahre aus dem Verkehr ziehen. Sicherheitshalber.«

Charlie hatte es sich bequem gemacht und die Füße hochgelegt.

»Das ist zu kurz gedacht, als ob das hilfreich wäre! Wann genau habt ihr ihn erledigt und wo?«

»Morgens gegen neun Uhr haben wir ihn in einer Bar in

Culebra aufgestöbert. Dort ist er uns entkommen. Wir haben ihn dann aber doch noch erwischt, wie er mit seinem Wagen über den Highway 250 abhauen wollte. Wir also hinterher, bei der Friedhofsbucht haben wir ihn eingeholt und abgeschossen. Lass mich schätzen: Das mag so gegen neun Uhr dreißig gewesen sein.«

»Dann passt das exakt mit den Daten zusammen, die Romero uns geliefert hat. Was dieser Student da mitbekommen hat, ist, wie ihr ihn erledigt habt. Oder siehst du das anders?«

»Nein, aber …«

»Nichts aber! Du hebst jetzt deinen Arsch und filzt die Habseligkeiten dieses Studenten ganz genau. Ist da was Schriftliches? Gibt es sonst einen Hinweis, dass er mehr weiß, als er zugibt? Verstehen wir uns?«

Charlie hatte sich erhoben.

»Alles klar, Rob!«

19.

Zwei Stunden später betrat Charlie, ohne anzuklopfen, das Büro von Rob van Holst.

»Und?«

Charlie ließ sich in einen Stuhl fallen. »Worst Case. Er hat nicht nur alles mitbekommen, er ist sogar noch mit Juanito in Kontakt getreten.«

»Verdammte Scheiße! Woher wisst ihr das?«

»Er hat sein Tagebuch bei sich gehabt. Dort ist eine Telefonnummer notiert, die direkt in den nicaraguanischen Präsidentenpalast führt. Diese Information kann nur von Juanito stammen.«

»Und jetzt?«

»Ist die Leitung tot.«

Van Holst war aufgesprungen. »Schlimmer geht es nicht! Entweder haben sie vom Tod Juanitos gehört, oder unser Freund hat eine Warnung durchgegeben. Der Kerl ist offenbar nicht so harmlos, wie er sich gibt.«

Er schoss auf Charlie zu, der instinktiv zurückwich.

»Ihr habt das wichtigste Projekt der letzten Jahre gegen die Wand gefahren. Delgado wird mit seinen Leuten nicht diesen Flieger besteigen, sondern sich auf Wegen zu dieser Konferenz aufmachen, die wir nicht kennen. Und damit geht uns dieser Kerl wieder einmal durch die Lappen. Zuerst dieses gottverdammte Esquipulas-Abkommen, mit dem uns die fünf mittelamerikanischen Staaten den blanken Arsch gezeigt haben, und jetzt auch noch die Entwaffnung unserer Verbündeten. Es reicht! Ist dir überhaupt klar, was du da versiebt hast?«

»Hey, Rob, jetzt mach mal einen Punkt, ja! Wir stehen draußen an der Front, du sitzt im Büro und heckst Pläne aus. Vor Ort läuft das eben oft anders, als man sich das wünscht. Juanito war ein gerissener Bursche, dass wir ihn überhaupt aufgetrieben haben, war eine große Leistung.«

»Geschenkt.« Van Holsts Wut schlug in Resignation um. »Wir haben es nicht geschafft zu verhindern, dass diese kommunistische Clique in Managua den Ritterschlag bekommt. Sie haben uns vor dem Internationalen Gerichtshof Männchen machen lassen, und jetzt mausern sie sich zum Stabilitätsfaktor in dieser Region. Mit anderen Worten: Wir haben dort ausgeschissen!«

»Was erzählst du mir den ganzen diplomatischen Blödsinn? Geht mir sonst wo vorbei. Es genügt ja, wenn unsereiner die Rübe hinhält. Du wirst das schon irgendwie hinbekommen.«

Beide verfielen in trotziges Schweigen.

»Was machen wir jetzt mit dem Jungen?«, fragte schließlich Charlie.

»Zunächst mal müssen wir ihn aus dem Verkehr ziehen!«

»Ist das ein Job, den ich erledigen soll?«

»Bullshit! Möglichkeit eins: Er ist zufällig Augenzeuge geworden, wie ihr Juanito erledigt habt. Selbst wenn er das im Moment noch nicht überreißt: Er hat Beweise, dass wir versucht haben, den Präsidenten von Nicaragua in die Luft zu jagen.«

»Was meine Frage noch nicht beantwortet!«

»Hör mir doch mal zu! Möglichkeit zwei: Verdammt viele Zufälle im Spiel, zu viele! Er mischt selbst mit, er ist ein Spion. Wäre nicht der erste Kommunist aus St Andrews! In jedem Fall möchte ich wissen, was dahintersteckt, ob es da Verbindungen gibt.«

»Also was jetzt?«

»Sag Romero, er soll die Entlassungspapiere ausstellen und sich das Marihuana in den Arsch schieben.«

»Und dann?«

»Wird er der Militärgerichtsbarkeit unterstellt. Wir behandeln ihn als ungesetzlichen Kombattanten.«

Van Holst sah auf seine Uhr.

»Wir bringen ihn auf die USS Dragonfly. Dort sollen sie ihn weichkochen. Offiziell wird er morgen Vormittag aus der Untersuchungshaft auschecken. Was anschließend mit ihm passiert ist, wissen wir nicht. Verschollen eben. Wir sind ja keine Kindermädchen.«

VERGIB MIR MEIN VERRÜCKTES LEBEN II

1.

Dr. Aguilar strich sich den weißen Schnurrbart. »Natürlich würde ich Ihnen gerne helfen, Padre, aber bitte verstehen Sie, dass ich dazu den Kranken sehen müsste. Können Sie ihn nicht davon überzeugen, zu mir in die Praxis zu kommen?«

»Ich fürchte, das ist aussichtslos, Doktor.«

»Offen gesagt kann ich auch gar nicht nachvollziehen, was Sie treibt, jemandem helfen zu wollen, der sich nicht helfen lassen will?«

»Ich schulde ihm viel.«

Dr. Aguilar schob die lederne Unterlage von sich, auf der die Mappe mit Notizen lag. »Das sollten Sie mir erklären.«

»Ich weiß, was Sie denken: eine Symbiose von zwei Verrückten, um es unverblümt auszudrücken. Nein, nein, darum geht es nicht! Statt ihn zu retten, habe ich seiner Biografie erst eine fatale Wendung gegeben. Ungewollt, ja, aber verantwortlich fühle ich mich trotzdem.«

Dr. Aguilar breitete seine Hände aus.

»Er leidet unter dem, worunter wir alle leiden: der Tragö-

195

die unseres Volks. Ich bin sicher, dass auch Sie jemand in Ihrer Verwandtschaft haben, der verschleppt, gefoltert oder ermordet wurde …«

»Mein Vater.«

»Ich kenne Ruben von Kindesbeinen an, trotzdem ist es mir nicht gelungen, ihn vor dem Schlimmsten zu behüten. Seine Krankheit ist unser aller Krankheit, Doktor!«

»Na schön, aber dann sollten Sie sich klarer ausdrücken, was seine Krankheit angeht, und es nicht bei wolkigen Andeutungen belassen.« Dr. Aguilar reichte ihm die Notizen zurück, die ihm der Jesuit überlassen hatte. »Sind das seine Aufzeichnungen?«

»Ja. Ich habe ihn gebeten, die Zustände, in die er gerät, niederzuschreiben. Ab und zu erhalte ich solche Blätter per Post. Kassiber aus der Dunkelheit.«

»Wann und warum kommt er zu Ihnen?«

»Er kommt, wann er will, er geht, wann er will. Über seine Pläne erhalte ich nie Auskunft. Ich denke, er sucht neuen Halt und Festigkeit, ganz einfach Schutz. Die ersten Tage mit ihm sind eine Qual, weil kein Außenstehender versteht, welche Furien ihn umtreiben.«

»Was tut er?«

»Er sitzt draußen am Tisch, liest die Bibel und betet.«

»Wogegen es nichts einzuwenden gibt.«

»Doch, er ringt mit seinem Gott wie mit einem Feind. Des Nachts höre ich oft ein Wimmern und Winseln aus seinem Zimmer. Er liegt wie ein Kind in das Laken gekrallt.«

»Und Sie? Wie verhalten Sie sich?«

Betreten schaute der Padre zu Boden. »Mache ihm Tee, halte seine Hand.«

»Erkennt er Sie während dieser Anfälle?«

Der Padre schüttelte den Kopf. »Er verfährt mit sich wie

ein Reiter, der sich auf ein ungestümes, wildes Pferd wirft, um es mit Schlägen und Schmeicheleien zu bändigen.«

»Halten wir fest: Unruhezustände, Sprechen mit verschiedenen Stimmen, regressive Phasen. Fügt er sich Verletzungen zu?«

»Kalte Güsse, Schläge und, ja, auch Wunden mit dem Messer.«

»Also gut. Er ist zweifellos ein traumatisierter Mensch, er leidet phasenweise unter Psychosen. Schizophrenie halte ich für möglich. Wahrscheinlich liegt sogar eine multiple Persönlichkeitsstörung vor. Aber für diese Diagnose übernehme ich keine Gewähr. Hilft Ihnen das weiter?«

»Haben Sie sonst noch einen Tipp für mich?«

»Bringen Sie ihn zum Reden! Er soll seine Geschichte erzählen. Das hilft ihm und uns.«

2.

Der Jesuit sah ihn schon von Weitem, unverkennbar der weiße Anzug. Allerdings schien diesmal sein Haar gefärbt, er trug es braun. Sein Schritt war gehemmt, er trottete dahin wie unter einer schweren Last. Wortlos umarmten sie sich.

»Hast du Hunger?«

Er nickte. Der Priester ging in die Küche und bereitete eine Tortilla zu. Er stellte Essen und Getränke auf den Tisch. Er beobachtete ihn aufmerksam, seine Niedergeschlagenheit begann sich zu verflüchtigen.

»Die Ungewissheit, was dich umtreibt, zermürbt mich. Du weißt, ich war schon bei dir, als du noch ein Kind warst. Verstehst du denn nicht, dass ich Angst um dich habe? Wenn du mir noch vertraust, rede endlich mit mir und erzähle mir deine Geschichte! Versuche es wenigstens.«

Der andere schwieg.

»Bitte!«

»Gut. Aber nur unter einer Bedingung!«

»Die wäre?«

»Was ich erzähle, ist eine Beichte. Dieses Sakrament bindet dich und mich!«

Mutter, komm her, fass meine Hand, nimm mich in den Arm. Hörst du ihre schweren Schritte draußen, die Tritte gegen die Tür? Mein Herz pocht heftig, angstvoll zuckt es in meiner Brust wie ein scheues, kleines Tier, das in die Falle gelaufen ist. Das Holz splittert, Schüsse krachen. Jemand schreit. Immer wieder höre ich diesen Schrei. Aus der Tiefe, guttural und voller Schmerz. Der Schrei einer Kreatur, vielleicht eines Mannes, vielleicht eines Tiers. Ein dumpfer Schlag wie vom Bolzen eines Schlachters, der in die Schädeldecke eindringt. War das Vater? Übergroß die Mündung ihrer Gewehre, an meiner Stirn ein kreisförmiger Schmerz. Ich rieche ihren Schweiß, scharf und ätzend, die Ausdünstung von Raubtieren. Dann breitet sich süßlicher Geruch aus, der Geschmack von Blut. Du zerrst mich zur Hintertür hinaus, ich wehre mich, schlage um mich. Du packst mich auf deine Schultern, du rennst, ich schließe die Augen und falle in eine endlose Tiefe. Mutter, halte mich!

EL SALVADOR MUERE

1.

»Hier sehen Sie!« Forrester schob den Vorhang beiseite. Unten auf der Avenida de las Americas bewegte sich eine Frau in schwerfälligen Tanzschritten vorwärts. Sie trug eine weiße Tunika, darunter einen karmesinroten Rock und hatte um ihren Kopf ein Tuch im selben Rot gewunden.

»Seit Tagen schon vollführt sie diesen Tanz vor meinem Fenster.«

Sie hob die Hände und wiegte ihren Oberkörper. Forrester öffnete das Fenster. Ein monotoner Singsang drang herauf, unterbrochen von schrillen Tönen aus der Mundharmonika, in die sie blies.

»Was macht sie da?«, fragte van Holst.

»Den Sonnengott anrufen.«

Die Frau hatte das offene Fenster bemerkt. Drohend schüttelte sie ihre geballte Faust den Beobachtern entgegen.

»Hat jemand mit ihr geredet?«

»Meine Frau hat es versucht.«

»Und?«

»Sinnlos. Sie ist nicht mehr bei Verstand.«

»Dann schicken Sie jemanden, der sie von der Straße holt und behandelt.«

»Letzte Woche wurden ihr Mann und ihre beiden ältesten Söhne entführt. Darum geht es.«

»Bedauerlich«, sagte van Holst. »Aber was wollen Sie tun? Es ist ein Fall von vielen in diesem zerrütteten Land.«

»Aber man erwartet Unterstützung von uns. Jede Woche stehen die *Mütter der Verschwundenen* vor unserer Tür. Ihre Not peinigt mich.«

»Verstehe. Und warum interessiert Sie das Schicksal dieser Frau da unten so besonders?«

Forrester schloss das Fenster, zog den Vorhang zu und ließ sich in den gepolsterten Stuhl fallen. Mit beiden Händen fuhr er sich durch das Haar. Der Botschafter wirkte angeschlagen.

»Sie war mit Hubert Bermann Diaz verheiratet, einem deutschstämmigen Musiklehrer, der bis vor zwei Wochen meiner Frau Klavierunterricht gegeben hat.«

»Aber …«

»Nichts aber! Als Botschafter vertrete ich eine politische Linie, und die lautet, dass wir jede weitere Militärhilfe an eine Beendigung der Aktivitäten der Todesschwadronen knüpfen.«

»So wird das ja auch in Washington formuliert.«

»Und trotzdem werde ich das Gefühl nicht los, dass diese Haltung hier vor Ort hintertrieben wird. Wir haben nun fast fünfzig Militärberater im Land. Was machen die eigentlich? Wem legen sie Rechenschaft ab? Mir nicht!«

»Wenn Sie mir noch erklären, was das alles mit mir zu tun hat?«

»Sie hat man doch hergeschickt, um sich einen Überblick über alles zu verschaffen!«

»Sicher. Aber nicht als Kontrolleur. Ich soll mich für meine nächste Aufgabe kundig machen. Und die findet nicht hier in El Salvador statt.«

»Egal, jedenfalls sind Sie in einer Position, die es Ihnen möglich macht herauszufinden, was hier wirklich läuft. Also tun Sie verdammt noch mal Ihre Pflicht, machen Sie sich kundig und breiten Sie Ihre Erkenntnisse hier vor mir an diesem Tisch aus.«

2.

Der Jeep hielt vor einem verlassenen Gelände in einer schmutzigen Seitenstraße. Ein provisorischer Zaun umgab das mit hohem Gras und Büschen überwucherte Land. Eine fast verfallene Holzhütte lugte hervor.

»Dahinten haben wir sie gefunden«, sagte der salvadorianische Unteroffizier, der van Holst begleitete.

Sie bahnten sich einen Weg durch das Gestrüpp. Auf dem frischen Erdwall neben einer Grube lagen drei Tote mit verdrehten Gliedmaßen.

»Wer hat sie hier verscharrt?«

»Wir wissen nicht mehr, als Sie hier sehen«, erwiderte der Unteroffizier.

Er wies auf das Pappschild, das um den Hals eines der Toten hing. In unbeholfener Schrift stand dort: *Por comunista y traidor a la patria*. Die Leichen waren verstümmelt. Man hatte sie skalpiert, ihnen die Arme gebrochen und die Nasen abgeschnitten, dazu waren die Körper mit Brandwunden übersät.

»Und die Identität können wir zweifelsfrei feststellen?«

»Dieser hier ist Hubert Bermann Diaz, neben ihm sein ältester Sohn Hector. Und der da ist Federico Diaz.« Er holte einen Zigarillo aus der Brusttasche. »War es das?«

Van Holst zuckte die Achseln. »Was unternimmt die Armee eigentlich gegen die Todesschwadronen?«

Erstaunt zog der Angesprochene die Brauen hoch. »Was sollten wir unternehmen? Sie beseitigen Kommunisten. Allerdings nicht in unserem Auftrag.«

»Wer sagt, dass sie Kommunisten sind?«

»Auf welchem Weg die Schwadronen an ihre Informationen kommen, weiß ich nicht. Viele Hinweise kommen aus der Bevölkerung. Davon abgesehen: Kommunisten sind leicht auszumachen.« Er zündete den Zigarillo an. »Haben zum Beispiel etwas gegen euch Yankees. Auch gegen uns, das Militär. Sie hetzen. Es genügt, dass sie den Mund aufmachen. Man weiß sofort Bescheid.«

Unschlüssig schaute van Holst auf die Leichen, eine Entgegnung lag ihm auf der Zunge. Aber sein Begleiter würde sie nicht verstehen.

»Okay, dann bringen Sie mich noch zum Haus der Familie Diaz.«

3.

»Das da ist es!«

Der Unteroffizier zeigte auf ein in einiger Entfernung liegendes Haus. Die rot lackierte breite Tür der Familie Diaz war mit hellen Klecksen übersät.

»Was ist das?«, fragte van Holst.

»*Mano Blanca!* Sie hinterlassen nach getaner Arbeit weiße Handabdrücke. Zur Abschreckung.«

Sie wirkte. Das Anwesen schien mit einem Bann belegt, die Nachbarn mieden es weiträumig. Auch der Unteroffizier zog es vor, im Jeep zu bleiben, den er in der Calle Oriente geparkt hatte.

»Außer der Frau – ist da sonst noch jemand?«

»Möglicherweise der jüngste Sohn Ruben.«

»Warum hat man ihn verschont?«

»Hatte sich im Jesuitenkolleg versteckt. Außerdem ist das Bürschchen erst sechzehn Jahre alt.«

Van Holst warf die Klappe des Jeeps zu und ging zum Haus hinüber.

»Mrs. Diaz!« Van Holst klopfte vernehmlich. Nach einer Weile schob er die geborstene Tür auf. Auch im Vorraum sah man die Spuren eines Kampfes. Hubert Bermann Diaz und seine Söhne hatten sich nicht widerstandslos ergeben. Das Mobiliar war zertrümmert, die weiße Wand wies Blutspuren auf.

»Mrs. Diaz!«

Er hörte Schritte hinter sich und ein metallisches Klicken. Van Holst fuhr herum, ein Mann mit angelegtem Karabiner stand in der Tür.

»Wer sind Sie, was wollen Sie?«

»Van Holst von der amerikanischen Botschaft.«

Der andere war schwarz gekleidet, ein weißer Hemdkragen lugte aus der hochgeschlossenen Jacke hervor.

Van Holst entspannte sich. »Sind Sie Priester?«

Der Angesprochene ließ das Gewehr sinken. »Ich bin Padre Ramon Seliger. Worum geht es?«

»Botschafter Forrester bittet mich, Mrs. Diaz mitzuteilen, dass wir ihren Mann und ihre beiden Söhne gefunden haben.«

Die Tür zum anliegenden Raum öffnete sich einen Spaltbreit. Eine Frau mit wirren Haaren lugte heraus.

»Mrs. Diaz?«

Sie schrie durchdringend auf, schlug die Hände vor das Gesicht und flüchtete. Jetzt zeigte sich ein junger Mann, der sich schützend in die Tür stellte. Hoch aufgeschossen, aber schmal, bleich, mit lockigen Haaren – offenbar Ruben Diaz, der jüngste Sohn.

Van Holst zog ein Papier aus der Brusttasche und legte es auf einen Stuhl, der intakt geblieben war. Er überlegte kurz, ob es angemessen wäre, darauf hinzuweisen, dass die drei tot waren, verwarf den Gedanken aber gleich.

»Botschafter Forrester schickt mich. Ihr Vater und Ihre Brüder liegen im Bestattungsinstitut Sinai im San-Marcos-Viertel.«

Rubens Augen weiteten sich. Sein Blick war schwer zu deuten, ein Ausdruck zwischen Hass und Schrecken.

»Ist das alles, was Sie der Familie mitzuteilen haben?«, fragte Padre Ramon.

Van Holst zuckte die Achseln. »Mehr konnte ich bislang nicht in Erfahrung bringen.«

Die Miene von Padre Ramon Seliger zeigte eine Mischung aus Mitleid und Verachtung.

Schließlich nahm Ruben das Papier an sich und spuckte vor van Holst auf den Boden. »Verschwinden Sie aus unserem Haus!«

4.

Ein Treffen mit dem Leiter der in El Salvador stationierten Militärberater zu arrangieren, erwies sich als langwieriges diplomatisches Manöver. Botschafter Forrester war es nicht gelungen, van Holst zu avisieren. Das Hauptquartier lag etwa fünfzig Kilometer von San Salvador entfernt in der Nähe des

Comalapa International Airport. Der Flughafen und seine Umgebung seien potenziell Kriegsgebiet und für Besprechungen gänzlich ungeeignet, hieß es. Die Befreiungsfront operiere in dem Gebiet um El Carmen. Man bot an, einen Berater in die Botschaft zu schicken, was van Holst jedoch ablehnte. Er wolle sich vor Ort informieren und mit Colonel Zac Dukem, dem Projektleiter, sprechen.

Eine ganze Weile lang geschah nichts, bis van Holst Kontakt zu seinen Vorgesetzten in Langley aufnahm. Dann geschah wiederum nichts, aber es war nicht schwer zu erraten, dass eine Art Clearing zwischen verschiedenen Behörden und Hierarchieebenen stattfand. Endlich erhielt van Holst eine kurze Nachricht, dass man ihn für eine Besprechung abholen und in das Hauptquartier bringen werde.

Ein Militär-Pick-up stand vor der Botschaft. Neben dem Fahrer bestand der Begleitschutz aus zwei Soldaten, die mit umgehängten Maschinenpistolen auf der Ladefläche saßen. Van Holst nahm vorne auf dem Beifahrersitz Platz. Sergeant Bonnett am Steuer gab sich wortkarg und mürrisch. Er antwortete nur *ja, nein* oder *schon möglich*, bis van Holst es aufgab.

Außerhalb von San Salvador war das Land vom Krieg gezeichnet. Ausgebrannte Fahrzeuge standen am Straßenrand, sie passierten verlassene Häuser mit von Einschüssen aufgerissenen Mauern, und Bonnett umkurvte immer wieder kraterartige Einschläge in der Straße.

Die Fahrt verlief ohne Komplikationen, bis sie auf der Höhe von El Carmen in eine improvisierte Straßensperre gerieten. Auf die Fahrbahn waren dicke Äste geschleppt worden. Bonnett fluchte und stoppte den Wagen. Nun ging alles ganz schnell. Bewaffnete mit Gewehren im Anschlag umringten das Fahrzeug. Van Holst wurde vom Sitz gerissen. Ein

Unbekannter verpasste ihm einen Faustschlag, van Holst taumelte und fiel zu Boden. Man drückte ihn mit dem Gesicht voran auf die Erde, seine Arme wurden nach hinten gerissen und zusammengebunden. Dann zog ihm jemand eine Art Kapuze über den Kopf.

Van Holst spürte, wie ihm das Blut aus der Nase sickerte. Hilflos lag er auf der Straße. Der Trupp von Bewaffneten schien zu beraten, van Holst schnappte Fetzen eines auf Spanisch gehaltenen Palavers auf. Aufhängen, erschießen?

Plötzlich hörte er, wie sich ein Fahrzeug näherte. Schüsse wurden abgegeben, dazu das Tackern eines Maschinengewehrs und Schreie. Nach kurzer Zeit war alles ruhig. Stiefelschritte näherten sich, er hatte das Gefühl, dass sich jemand über ihn beugte. Klickend wurde eine Pistole entsichert.

Die Todesangst, die van Holst erfasste, riss ihn ins Bodenlose.

»Binde ihn los, Bonzo!«

Die Stimme gehörte zweifellos einem Amerikaner. Der tiefe Schrecken verwandelte sich in Euphorie. Van Holst spürte, wie ihm die Tränen in die Augen traten. Man löste seine Fesseln und zog ihm die Kapuze vom Kopf. Dann half ihm Sergeant Bonnett auf die Beine.

»Willkommen im Krieg, van Holst!« Ein drahtiger Mann reichte ihm die Hand. Er war paramilitärisch gekleidet, an der Front stehend, aber keiner Armee zuzuordnen. In seinem lockigen blonden Haar steckte eine Sonnenbrille. »Glück gehabt, dass wir das mitbekommen haben und Sie da rausholen konnten.«

Der Namenszug *Dukem* war über der Brusttasche seiner Jacke eingenäht.

5.

Dukem steuerte nun den Pick-up. Verwirrt saß van Holst daneben und nahm einen Schluck aus der Wasserflasche. Er massierte seine Handgelenke und tupfte sein Gesicht mit einem Handtuch ab, das er angefeuchtet hatte. Wichtig war, wieder einen klaren Kopf zu bekommen und zu verstehen, was passiert war.

»Alles in Ordnung?«

»Nicht mal eine Schramme! Nur der Schreck sitzt mir noch in den Knochen.«

Nach kurzer Fahrt näherten sie sich einem mit Stacheldraht gesicherten Gebäude. Davor patrouillierten amerikanische Soldaten. Offenbar das Hauptquartier. Direkt dahinter war der Flughafen auszumachen. Eine Propellermaschine ging über sie hinweg und setzte zur Landung an. Das Innere des Wagens begann zu vibrieren. Der Verkehr auf dem International Airport sei gering, so hieß es, Passagierflieger landeten selten, Propellerflugzeuge mit Luftfracht jedoch häufiger, der Lärm jedenfalls in unmittelbarer Nähe der Lande- und Startbahnen war heftig. Van Holst fragte sich, was Zac Dukem bewogen haben mochte, diesen Ort zu wählen.

Innen hatte das Gebäude eher die Anmutung eines Gefängnisses als eines Büros. Zac Dukems Schreibtisch stand im obersten Stock in einem Foyer nahe dem Treppenhaus, das sich in weiten Bögen heraufwand. Von dort aus konnte man sich schnell einen Überblick über alles verschaffen, was im Haus vorging.

»Was wollen Sie wissen?« Colonel Zac Dukem ließ sich in seinen Stuhl fallen.

»Welche Art Kriegsführung hier betrieben wird.«

Van Holst wusste, dass sein Gegenüber dem Black-Wolf-Bataillon angehörte, einer Eliteeinheit, die in Vietnam bis zuletzt aufopfernd und diszipliniert gekämpft hatte. Dukem fischte ein Päckchen Zigaretten aus der Brusttasche und knipste das Feuerzeug an. Diese Verrichtungen führte er ausschließlich mit der Linken aus, so als läge er im Schützengraben und brauchte die Rechte für sein Gewehr.

»Um das klar zu sagen: Den Fremdenführer für Sie abzugeben, halte ich für eine schwachsinnige Idee. Worum es hier geht, haben Sie ja nun am eigenen Leib erfahren.«

Es war der herrische Ton, der van Holst die Zusammenhänge erkennen ließ. »Sagen wir so: Sie haben versucht, es mir mithilfe Ihrer dilettantischen Aufführung nahezubringen.«

Aus Dukems Gesicht war nichts abzulesen. »Da es aber dennoch gewünscht wird, lassen Sie mich den Status der Informationen kurz bezeichnen, die ich Ihnen gebe …«

Dukem nahm einen tiefen Zug. »Ich berichte nur an das Pentagon, weisungsbefugt mir gegenüber ist ausschließlich Caspar Weinberger. Meine Einschätzungen und Hinweise gehen von dort aus direkt an Präsident Reagan. Wer sonst vor Ort meint, das Sagen zu haben, interessiert mich nicht.«

Er formte seine Lippen zu einem O und blies den Rauch aus.

»Sollten Sie von unseren Informationen unerwünschten Gebrauch machen, kostet Sie das mindestens den Arsch, eher noch Kopf und Kragen. Wir sind da nicht zimperlich. Okay?«

Van Holst nickte.

»Nur für den Fall, dass ihr das auf euren Bürostühlen noch nicht in vollem Umfang kapiert habt: Die Situation in El Salvador ist eskaliert, seitdem die hier operierenden Guerilleros Waffen aus Vietnam, der ČSSR, aus Kuba, Libyen und Äthiopien erhalten haben. Mehr als hundert Tonnen wurden in Aeroflot-Maschinen von Managua aus eingeflogen. Die Regierung hat dazu ein Weißbuch vorgelegt. Das kennen Sie, oder?«

Van Holst nickte erneut.

»Zweifelsfrei beginnen die Kommunisten unseren Hinterhof zuzuscheißen, ebenso zweifelsfrei sind uns die Hände gebunden, weil das amerikanische Volk nach Vietnam keine direkte militärische Operation mehr wünscht.«

Er sah den Rauchschwaden hinterher, die sich über ihm aufzulösen begannen.

»Man hat mich gebeten, eine Lösung auszuarbeiten und zu begleiten, die wir heute die Salvador Option nennen. Diese Option berücksichtigt drei Mitspieler. Zunächst einmal die Guten, das sind die Truppen der salvadorianischen Armee, die wir auf dem mühsamen Weg über unsere politischen Institutionen mit Waffen und Geld unterstützen. Ziel ist es, die Bösen, nämlich die Guerilla der Nationalen Befreiungsfront, zu eliminieren. Wir achten darauf, dass die Armee die Unterstützung der Bevölkerung findet. Allerdings …«

Er gab seinem Drehstuhl einen Stoß.

»Hey, Bonzo, bring mal zwei Kaffee!«

Sergeant Bonnett brachte zwei Metallbecher.

»Eine Armee ist für viele Kampfzwecke ein zu großer und zu unbeweglicher Apparat. Die übliche Zugstärke mag ideal sein in städtischen Zonen. Auf dem Land und in den Bergen wird es gefährlich. Die Bauern sind zäh, kennen sich gut aus, marschieren nachts, finden sich auch im Dunkeln zurecht – keine Chance für uns. Natürlich können wir die Siedlungen, in denen wir Widerstandskämpfer vermuten, aus der Luft attackieren. Doch dabei sterben Unschuldige, und das bringt die Bevölkerung gegen die Armee auf. Also brauchen wir Putzkolonnen. Wer diesen Job übernimmt, zählt in unserem Spiel zweifellos zu den Hässlichen.«

»Mano Blanca?«

Dukem nickte. »Ziemlich hässlich.«

»Aber Washington …«

Er winkte ab. »Was denkt ihr denn? Die Arbeit dieser Kommandos nützt uns zweifelsohne. Sollen wir uns aber deshalb vor die Öffentlichkeit stellen und verkünden, wir unterstützen Todesschwadronen? Es ist wie immer: Ihr wollt eure weiße Weste behalten, wir in Uniform robben im Dreck.«

Er beugte sich vor. »Sie arbeiten zielgenau und mit chirurgischer Präzision …«

»Aber …«

»… wir erhalten die Informationen über Zielpersonen direkt von euch aus Langley. Den ganzen Apparat hat José Medrano aufgebaut. Und den habt ihr geschult!«

Er fingerte eine weitere Zigarette aus der Schachtel. »Wir bilden aus, liefern Waffen und nötiges Gerät. Aber wir wären auf verlorenem Posten, wenn diese Kämpfer nicht eine gute Verankerung in der Bevölkerung hätten. Sie bewahren ihren Stolz, nur deshalb kandidiert eine ihrer zentralen Figuren, Roberto D'Aubuisson, mit besten Aussichten für die Präsidentschaft.«

Ein Flugzeug donnerte über das Gebäude hinweg. Einen kurzen Moment lang meinte van Holst, einen Schrei zu hören. Sein Kopf fuhr herum.

Dukem macht wischende Bewegungen, um den Rauch beiseitezufächeln. »Eine der wesentlichsten Aufgaben ist es, die Waffenarsenale der Guerilleros aufzuspüren. Solche Informationen sind kriegsentscheidend, und wir benötigen sie sehr dringend.«

6.

»Das klingt ziemlich gut.« Forrester hatte beide Hände nebeneinander auf den Tisch gelegt und besah seine Fingernägel.

»Sie können davon ausgehen, dass sich Dukem und seine Leute an alle Vorgaben halten, die sie aus Washington erhalten haben.«

»Ganz genau? Kein Sonderweg, keine schmutzigen Tricks?«

Van Holst schüttelte den Kopf.

»Sehr gut! Dann ziehen wir ja an einem Strang. Aber warum lässt er sich nie in der Botschaft blicken?«

»Dukem ist ein Kämpfer, kein Diplomat.«

Forrester blickte auf und lächelte. »Wohl wahr. Morgen werden wieder die *Mütter der Verschwundenen* aufmarschieren. Was meinen Sie, soll ich ihre Sprecherin empfangen?«

»Ein humanitäres Zeichen zu setzen, ist nie verkehrt.«

Forrester erhob sich. »Danke, Sie haben mir sehr geholfen.«

Vater, wo bist du? Schau auf mich! Komm aus der Dunkelheit und beschütze mich. Was habe ich nur getan, dass man mich so peinigt? Warum hast du mich in die Welt gebracht? Ihr ganzer Hass trifft mich. Kann Gott das wollen, wenn er gerecht ist?

Ich liege da, alle Glieder werden steif, jedes Gefühl verflüchtigt sich, ich bin kein Mensch mehr, ich werde zum Stein, ich sinke hinab. Ihre Hölle kann mir nichts anhaben.

FÜRST DER FINSTERNIS

1.

Gefahr! Ruben Diaz fuhr hoch. Draußen war ein Rascheln. Schritte. Stocksteif saß er auf dem provisorischen Bett, das er sich im Geräteschuppen bereitet hatte. Er versuchte, sich in der fremden Umgebung zu orientieren. Angestrengt lauschte er.

Padre Ramon hatte dafür gesorgt, dass Ruben nach dem Tod seines Vaters in die Obhut der Jesuiten kam. Seine Mutter war in eine Anstalt verbracht worden und war daher nicht mehr in der Lage, für ihn zu sorgen. Als Gehilfe des Gärtners arbeitete er auf dem weitläufigen Campus der von dem Orden geleiteten Universidad Centroamericana. Der Nationalen Befreiungsfront war es inzwischen gelungen, die Auseinandersetzungen nach San Salvador hineinzutragen. Während die Rebellen die noblen Viertel der salvadorianischen Eliten attackierten, war die Armee dazu übergegangen, die Armenviertel zu bombardieren, in denen die Guerilla Unterstützung genoss. Der Gärtner hatte ihm daher angeboten, zu seiner Sicherheit auf dem Campus unterzuschlüpfen.

Ruben warf sich auf den Boden, robbte zur Tür, öffnete sie einen Spalt und lugte hinaus. Nach einer Weile machte er Uniformierte aus. Sie hatten sich über das Gelände verteilt. Die Umrisse ihrer Köpfe glichen denen von riesigen bösartigen Insekten. Ruben vergrub sein Gesicht in den Armen und rührte sich nicht. Über Nachtsichtgeräte verfügten nur die von den Amerikanern ausgerüsteten Truppen. Er verspürte am Nacken einen bohrenden Schmerz, als habe schon jemand eine Waffe auf ihn gerichtet und sei dies die Stelle, wo ihn gleich eine Kugel treffen würde. Blind und in Ungewissheit zu sterben war noch schlimmer, als sich mit dem Mörder zu konfrontieren, also hob er vorsichtig den Kopf und spähte wieder in die Dunkelheit hinaus. Die Angreifer bildeten einen Ring um das Wohnhaus der Jesuiten. Ruben sah noch, wie sie sich vor dem Eingang postierten. Dann hörte man eine Explosion und das Splittern von Holz. Offenbar hatten die Soldaten eine Hintertür aufgesprengt und drangen nun in das Gebäude ein.

Ruben konnte nicht viel erkennen, aber die Schüsse und Schreie, die er hörte, gaben der Fantasie wenig Spielraum. Dabei passierte etwas kaum Vorstellbares: Das Kommando stürmte ein Wohnhaus, in dem sich nur Hausangestellte und Ordensleute befanden.

Langsam bewegte sich Ruben rückwärts und schob die Tür zu. Auf Brettern, die sie über das Quergebälk gelegt hatten, lagerten Säcke mit Sämereien und Dünger. Er nahm sich einen leeren Sack, stieg hinauf und deckte sich damit zu. Die Luke dort oben stand offen, sie waren nicht dazu gekommen, die vorgesehene Holzklappe einzusetzen. Ameisen krabbelten über seinen Arm, er rührte sich dennoch nicht und starrte hinaus. Schüsse waren keine mehr zu hören, aber vereinzelt drangen noch Schreie aus dem Haus.

Ruben hatte jeden Zeitsinn verloren, ihm schien, dass sich die schrecklichen Ereignisse nun schon über Stunden hinzogen. Drüben am Haus war Bewegung. Er sah Männer mit erhobenen Händen heraustreten, die sie am Hinterkopf verschränkt hielten. Einer nach dem anderen legte sich auf den Boden. Dann fegten Garben aus Maschinenpistolen über den Rasen. Vom Mündungsfeuer erleuchtet, tanzten Fetzen aus Gras, Fleisch, Haut und Erde wie ein Mückenschwarm über den Exekutierten, deren Körper von den Einschlägen hin und her geworfen wurden.

Abrupt, auf ein Kommando hin, endete das Schießen. Stille kehrte ein.

2.

Der Schlüssel drehte sich im Schloss, die Klinke wurde heruntergedrückt und die Tür geöffnet. So langsam und kraftlos, dass Ruben keine Anstalten machte, sich zu verstecken. Tatsächlich war es Padre Ramon Seliger, der eintrat. Er war bleich, seine Glieder schienen ihm nicht mehr zu gehorchen. Er ließ sich auf den Stuhl fallen, schlug die Hände vor das Gesicht und weinte.

Ruben wartete.

Padre Ramon wischte sich mit dem Ärmel seines Hemdes die Tränen aus den Augen. Er sah den Blick des jungen Mannes auf sich gerichtet und bemühte sich, die Fassung wiederzugewinnen.

»Es ist wahr, sie sind tot. Alle sechs. Auch Elba und Celina haben sie umgebracht.«

»Was wird geschehen?«

»Nichts, es sei denn, wir tun etwas.« Padre Ramon verzog den Mund wie unter Schmerzen. »Ich habe Orlando getroffen. Alle, die etwas mitbekommen haben, sind sicher, dass das Batallón Atlácatl wieder einmal zugeschlagen hat. Mit Befehl von ganz oben. Die Amerikaner bilden die Leute gerade im Nachtkampf aus. Also kein Zufall, dass sie das nötige Gerät haben. Das Bekennerschreiben der Guerilla ist gefälscht. Trotzdem werden sie versuchen, diese Tat gegen uns zu wenden. Der Präsident und seine Handlanger haben bereits Position bezogen.«

Er fasste Ruben mit beiden Händen an der Schulter. »Wahrscheinlich bist du der einzige Augenzeuge. Wir müssen dich außer Landes schaffen.«

»Aber warum?«

»Warum glaubst du, dass Elba und ihre Tochter ermordet wurden?«

Ruben schwieg.

»Weil sie etwas gesehen haben, was niemand sehen durfte. Weil sie keine lebenden Zeugen dulden.«

»Aber sie wissen doch gar nichts von mir.«

Padre Ramon wiegte den Kopf. »Selbst wenn es so wäre, wir brauchen dich. Dein Zeugnis wird der Weltöffentlichkeit die Augen öffnen. Es darf nicht sein, dass diese Tat ungesühnt bleibt.«

»Wie soll das gehen? Wenn ich den Mund aufmache, habe ich keinen Tag länger zu leben.«

»Ich habe schon darüber nachgedacht. Wir bringen dich nach Rom und geben dich in die Obhut unseres Ordens. Dort sind die Autorität und die Macht, nur von dort aus können diese Verbrecher wirksam angeprangert werden.«

»Aber …«

»Lass gut sein. Morgen früh treffen wir Orlando und werden uns mit ihm beratschlagen, wie wir weiter vorgehen können. Bis dahin müssen wir stillhalten.«

Ruben nickte.

3.

Besorgt blickte Padre Ramon auf Ruben. Er lag eingerollt auf dem Klappbett. Manchmal wirkte der junge Mann wie ein Kind. Er hielt das Kissen umklammert und strich beständig mit dem Finger über den Zipfel der Decke. Padre Ramon löschte das Licht und ging nach nebenan an seinen Schreibtisch.

Ruben ließ alles mit sich geschehen, die Welt verabschiedete sich von ihm. Gerade eben hatte er Padre Ramon gekannt und gemocht, nun saß ein Fremder nebenan am Schreibtisch und las. Er erklomm eine Beobachterposition über den Dingen und blickte auf sie herab. Was dort unten passierte, war ihm gleichgültig. Diese Teilnahmslosigkeit hätte ihm sehr geholfen, wenn sie nicht das Einfallstor für eine abgrundtiefe Angst gewesen wäre, eine Angst, die ihm die Glieder lähmte, Wahrnehmungen und jedes andere Gefühl betäubte. Sein den Deckenzipfel streichelnder Finger war der letzte Kontakt zur Welt, den er unbedingt aufrechterhalten musste, um nicht ins Bodenlose zu stürzen.

»Ruben, bist du das?«

Wie so oft tauchte sein Vater in dem Wachtraum auf und stellte diese Frage. Ruben selbst war neugierig, wer die Antwort geben würde, die nicht ihn betraf, sondern die da unten, den Kleinen, den Großen, den Ängstlichen, den Tapferen. Wer würde vortreten?

Der Kleine konnte noch nicht antworten, und die anderen waren bei näherer Betrachtung nicht er, sondern sein Vater und seine Brüder Hector und Federico.

Dann packte sie ihn wieder, diese tiefe Angst. Er meinte, seine Zähne klappern zu hören. Der einzig hoffnungsvolle und damit stets rettende Gedanke war, dass er in eine Sphäre aufgestiegen war, in der er seiner Mutter begegnen konnte. Dort war sie nicht die verrückte Frau, die stammelte, Mundharmonika blies, tanzte und grimassierte, bis ihre Gesichtszüge zur Unkenntlichkeit verzerrt waren, die man ihm genommen hatte, um sie in ein Heim zu bringen, sondern wieder die liebevolle Mutter, die ihm über das Haar strich und ihn zärtlich Niño nannte.

Er spürte einen harten, unangenehmen Griff am Oberarm. Jemand schüttelte ihn. Endlich erkannte er in dem Fremden Padre Ramon.

»Hast du Schmerzen?«

Ruben hatte ein Pfeifen im Ohr, als falle er von weit oben nach unten. Er sammelte sich. Dann schüttelte er den Kopf.

»Nein, das nicht. Aber Albträume.«

Padre Ramon ging nach nebenan und kam mit einem Glas Wasser und zwei Tabletten zurück. Bald danach schlief Ruben ein.

4.

Die letzte Stunde waren sie ausschließlich durch unwegsames Gelände gefahren. Aber Orlando behielt auch auf Waldwegen und Schotterpfaden seinen klaren Richtungssinn. Der aus Militärbeständen erbeutete Jeep schluckte Schlaglöcher und Steinbrocken ebenso geduldig, wie er gras- oder moosbewachsene Steigungen mit weichem Untergrund bewältigte.

Endlich stoppte er. Ruben Diaz sah ihn fragend an.

»Wir sind schon in Honduras. Näher an Mesa Grande kann ich dich nicht heranbringen, das wäre zu gefährlich. Aber hör mal!«

Orlando schaltete den Motor aus. Ruben lauschte. Durch die Bäume hindurch hörte man das Rauschen eines Flusses.

»Der Rio Lempa. Er gibt dir die nötige Orientierung. Wenn du dich an ihn hältst, kommst du direkt nach Santa Fe. Das Lager befindet sich südwestlich davor. Achte darauf: Keine Straßen, keine Siedlungen! Die Armee respektiert diese Grenze nicht. Bleib also in Flussnähe! Ich schätze, du hast noch etwa fünfzehn Kilometer vor dir. Trotz aller Vorsicht solltest du das in vier Stunden bewältigt haben. Die Karte, die ich dir gegeben habe, hast du?«

Ruben kontrollierte das Bündel, das er mit Riemen zusammengeschnürt hatte, und nickte.

»Wann sehe ich dich und Padre Ramon wieder?«

Orlando schob die Kappe zurück, kratzte sich am Kopf und lächelte verlegen. »In zwei, drei Jahren vielleicht? Wenn wir sie niedergekämpft haben.«

Ruben machte noch keine Anstalten auszusteigen.

»Wir brauchen dich, Ruben. Du kannst viel für uns und unsere Sache tun. Also pass auf dich auf! Adiós!«

Er reichte Ruben die Hand. Der junge Mann stieg aus. Orlando wendete den Wagen und fuhr davon.

5.

Ruben hatte die Hochebene von Mesa Grande erreicht. Von einem Pinienwald aus sah er, wie sich das Flüchtlingslager unter ihm ausbreitete. Zelte, Wellblechhütten, dazwischen massive aus Holz gezimmerte Behausungen – ein Slum inmitten der sonst unberührten Berglandschaft. Das letzte Stück, so wusste er, war besonders gefährlich, denn das Lager wurde von Patrouillen bewacht. Auf Schleichwegen, die ihm Orlando genau bezeichnet hatte, schlüpfte er hinein.

Vor den Hütten spielten Kinder. Sie rannten auf ihn zu und umringten ihn. Zwei Frauen saßen an einer offenen Feuerstelle.

»Wo finde ich Emilio?«, fragte er.

Die Frau wies auf die Kinder. Ein Mädchen nahm ihn an der Hand.

»Komm!«

Sie führte ihn zu einer solide gebauten Blockhütte und wies auf die Tür. Dann rannte sie wieder zu ihren Spielgefährten zurück.

Ruben klopfte und trat ein. »Emilio?«

Ein älterer Mann hob den Kopf und nickte. »Ruben Diaz?«

Er war bereits zahnlos und nuschelte. Alles, was Ruben von Orlando wusste, war, dass ihn Unterstützer vom Lager aus weiterbefördern würden. Emilio würde ihm alle weiteren Anweisungen geben.

»Wir haben dich erwartet.«

Er winkte Ruben, ihm zu folgen. Sie gingen den steinigen Weg entlang und standen bald darauf vor einem Lieferwagen, auf dessen schmutzig grauer Plane ein verwittertes Logo der amerikanischen Flüchtlingsorganisation World Vision zu erkennen war. Ruben wurde misstrauisch.

»Hola!«

Zwei Männer und eine Frau, die neben dem Führerhaus standen, wandten sich auf Emilios Zuruf hin um. Ruben erkannte sofort, dass alle drei Yankees waren. Er überlegte nicht lange, riss sich von Emilio los, der seine Hand auf Rubens Schulter gelegt hatte, und rannte davon.

Man hatte ihn verraten und wollte ihn ausliefern.

DRAGONFLY

1.

Ein leises Schaukeln, ein sanftes Wiegen wie schwerelos im Raum. Santino öffnete die Augen. Oder träumte er das nur? Er befand sich an einem unbekannten Ort, in einer abgeschiedenen Kammer, eher doch einer Zelle oder einer Kabine? Gleich würde Schwester Philomena kommen. Um ihn aufzuwecken oder weil er seine Strafe abgesessen hatte? Er wollte abwarten, in welche Richtung seine Fantasie weiterwucherte. Oder besser doch die Augen wieder schließen? Den Notausgang suchen durch den Traum im Traum?

Der schmerzhafte Stich einer Injektionsnadel. Hatte man ihm den wirklich verabreicht? Santino betastete seinen linken Arm. Ein Pflaster! Er war festgenommen und in Untersuchungshaft verbracht worden. Eine Tüte voll Marihuana. Ein vollkommenes Rätsel. Woher, vor allem, warum? Keine Auflösung! Auch das vielleicht nur ein Albtraum? Er musste weiter zurück zu etwas, an das er sich halten konnte!

»Katie!«

Doch, die Freunde Bentons waren auf Puerto Rico gewesen und dort in Streit geraten. Ein weiter Sandstrand und schließlich dieser Polizist, der aus seinem Matchsack eine Tüte voll Marihuana hervorgezaubert hatte. Sergeant Romero! Den er wegen des Unfalls aufgesucht hatte. Unfall? Juanito, auf der Straße erschossen. Und dann dieser Amerikaner mit holländischem Akzent, van Holst, der offenbar verstanden hatte, dass hier ein Missverständnis vorlag. Seine Freilassung hatte unmittelbar bevorgestanden.

Aber wo war er jetzt?

»Katie!«

Seine Freilassung stand bevor, hatte er gedacht. Die Papiere waren ihm bereits ausgehändigt worden. Die Zellentür öffnete sich, ein Wärter und ein Pfleger betraten den Raum. Müsse leider sein, sagte der eine. Impfung, Prophylaxe, so etwas wie Tetanus? Arm freimachen! Also doch! Der schmerzhafte Stich einer Injektionsnadel. Deshalb dieses Pflaster.

Noch im selben Moment, als Santino so willig seinen Arm ausgestreckt und sich die Spritze verabreichen lassen hatte, wusste er, dass es ein großer Fehler gewesen war. Er spürte noch, wie man ihn zu einem Wagen führte und ihn hineinsetzte, dann verließ ihn das Bewusstsein. Betäubt sackte er auf dem Rücksitz zusammen.

Erneut öffnete er die Augen. Alles wirklich! Aber wo war er jetzt?

»Katie!«, schrie er.

Eine Zelle! Er lag auf einer Pritsche. Trübes Licht sickerte durch ein vergittertes Fenster aus gewölbtem Milchglas herein. Groß wie ein Bullauge. Wie kam er auf Bullauge? Weil sich der Metallboden unter ihm sanft hin und her wiegte. War er auf einem Schiff?

»Hilfe!«

Er richtete sich auf. Zweifellos eine Zelle, in der er sich befand. Waschbecken und Toilette aus Metall, dazu Spind, Tisch, Stuhl und eine Pritsche. Und das Bullauge war ein Fenster in einer Tür. Von draußen kam Licht. Er stand auf und schaute hinaus. Er erkannte ein metallenes Geländer, das den großen Raum hinter der Tür wie die Brüstung eines rechteckigen Treppenhauses umlief. Er rüttelte an dem Gitter.

»Hilfe! Hallo!«

»Hör endlich auf zu schreien. Bringt nichts.«

Santino erschrak. Die Stimme klang gepresst und dumpf, sie schien von oben zu kommen. Er drückte sich in die Ecke des kleinen Raums.

»Nicht erschrecken!«

»Wer bist du?«

Schweigen. Erst nach einer Weile hob die Stimme wieder an. »Ich kann dich nicht verstehen. Wenn du in normaler Lautstärke mit mir reden möchtest, befolge meine Anweisungen. Über deinem Spind direkt unter der Decke ist ein Metallstutzen. Steige auf deinen Stuhl, sodass du möglichst nahe herankommst. Dann sagst du mir, ob das geklappt hat. Sprich in die Öffnung, sonst verstehe ich dich nicht.«

Santino rückte den Stuhl heran. »In Ordnung!«

»Gut. Wenn du in die Öffnung des Metallstutzens fasst, kannst du einen leeren Kabelmantel ertasten. Zieh ihn vorsichtig heraus. Das andere Ende unserer Telefonleitung halte ich in der Hand. Er sollte so weit herausreichen, dass du dich bei unserer Unterhaltung setzen kannst. Gib mir Bescheid!«

Santino fand alles so vor, wie die Stimme es beschrieben hatte. »Ich bin so weit. Wer bist du?«

»Ich heiße Ruben Diaz. Und du?«

2.

»Sicher hast du viele Fragen, Santino, aber zuvor eine wichtige Maßregel: Wir werden regelmäßig kontrolliert, manchmal sogar nachts. Der Wärter kommt von oben, schließt die schwere Brandschutztür auf und steigt die Treppe hinunter. Er leuchtet mit einer Taschenlampe in alle Zellen. Das Knarren der Türangeln, der Hall seiner Schritte auf der Metalltreppe – diese Geräusche sind nicht zu überhören. In diesem Fall schiebst du sofort den Schlauch zurück, okay?«

»Mache ich.«

»Meine Zelle ist direkt unter deiner. Wenn du mit mir reden möchtest, klopfst du dreimal auf den Boden, wartest eine Weile und wiederholst das dann. Ich antworte mit demselben Klopfzeichen, und du weißt, dass alles in Ordnung ist.«

»Wie hast du das mit dem Kabelmantel hinbekommen?«

»Gar nicht. Stammt von deinem Vorgänger. Angelus La-Motte haben sie aus Grenada hierher verschleppt. Auf dem Schiff hat er als Elektriker gearbeitet. In diesem Trakt, in dem wir uns befinden, hat ein Kurzschluss einen Brand im alten Kabelschacht verursacht. Bei der Neuinstallation hat Angelus diesen leeren Kabelmantel verlegt.«

»Du redest immer von Zelle? Wo sind wir denn überhaupt?«

»USS Dragonfly.«

»Was ist das für ein Schiff?«

»Ein Kriegs- und Gefängnisschiff.«

Was Santino befürchtet hatte, war zur Gewissheit geworden. Er schwieg und starrte vor sich hin.

»Hey, bist du noch da?«

»Und wo liegen wir vor Anker?«

»Großes Geheimnis, das erfährst du nicht. Aber von anderen Insassen habe ich gehört, wohl irgendwo im Golf von Mexiko. Vor der texanischen Küste. Vermutlich in Grenznähe zu Mexiko.«

»Aber wie kommst du hier an einen Anwalt? Und wo ist das Gericht?«

»Kannst du vergessen. Wir werden hier so ähnlich wie Kriegsgefangene gehalten. Ein Sondertribunal, ein Stand- oder Militärgericht, was weiß ich, hat über unser Schicksal befunden.«

»Aber ich habe doch nichts getan!«

»Auch Angelus war unschuldig, er hat nur den gewählten Präsidenten unterstützt. Aber darum geht es nicht! Ich habe mir ebenfalls nichts zuschulden kommen lassen, ich weiß nur etwas, was niemand wissen darf, ich bin Augenzeuge eines schlimmen Verbrechens geworden. Und sie rechnen es sich wohl als eine Art Gnadenakt an, dass sie mich nicht auf der Stelle eliminiert haben. Etwas in dieser Art wird es bei dir auch sein.«

»Da war nichts, von dem jemand etwas wissen könnte!«

»Wir werden es schon herausbekommen«, sagte Ruben. »Wir haben viel Zeit, miteinander zu reden. Wochen, Monate, wahrscheinlich sogar Jahre. Aber jetzt schlafen wir erst mal.«

3.

Am anderen Morgen wurde Santino vom durchdringenden Schrillen einer Trillerpfeife aus dem Schlaf gerissen. Ein Wärter pochte zweimal gegen die Zellentür.

»Aufstehen!«

Wenig später bekam er ein schmales Tablett durch das Bullauge an der Tür hereingereicht. Eine Tasse dünnen Kaffee, weichen Toast und Kochschinken. Schließlich wurde geräuschvoll aufgesperrt. Ein Wärter in Uniform stand in der Tür. Santino erhob sich.

»Haltung annehmen, Marti!«

Santino richtete sich gerade auf und drückte das Kreuz durch.

»Einweisung und Instruktionen durch Lieutenant Myers! Arme nach oben!«

Er gehorchte. Der Wärter jedoch wartete.

»Haben Sie mich verstanden, Häftling Marti?«

»Natürlich.«

»Dann antworten Sie mir mit: Ja, Sir!«

»Verzeihung!«

»Sprechen Sie mir nach: Ja, Sir!«

»Ja, Sir.«

Er tastete ihn von den Füßen her nach oben ab.

»Jetzt Arme vorstrecken!«

»Ja, Sir.«

Der Wärter klinkte die Handschellen ein und schob Santino aus der Zelle.

4.

»Häftling Marti, Sir!«

Lieutenant Myers blickte von seinem Schreibtisch auf. »Setzen Sie sich.« Er deutete auf einen schmalen Stuhl.

»Danke.«

Er spürte einen Stoß des Wärters im Rücken.

»Danke, Sir!«

Der Wärter nahm neben der Tür Aufstellung.

»Ihr Tagesablauf gestaltet sich einfach, Marti«, sagte der Lieutenant. »Sechs Uhr Wecken, anschließend Frühstück. Sieben Uhr Beginn der Arbeit. Wir teilen Sie zunächst einem Ausbesserungstrupp zu, der einfache Reparatur- und Putzarbeiten übernimmt. Zwölf Uhr Einrücken zum Mittagessen. Zwölf Uhr dreißig zurück zur Arbeit. Sie werden das zu schätzen wissen, die Zeit vergeht schneller, wenn man beschäftigt ist. In Gesellschaft sind Sie zudem. Fünf Uhr Nachmittag Einrücken von der Arbeit, anschließend Abendbrotausgabe. Alle drei Tage haben Sie das Recht zu duschen. Deckrunde ist obligatorisch, sieben Uhr Einschluss. Alles klar?«

»Warum bin ich hier, Sir? Ich habe nichts getan.«

Myers zog eine Schaublade auf und entnahm eine geheftete Mappe. »Die Liste ist verdammt lang, Marti. Drogen, Spionage, Geheimnisverrat an den Feind.«

»Es hat nie ein ordentliches Verfahren gegeben, in dem ich mich hätte verteidigen können.«

»Das ist in diesem Fall nicht nötig. Sie sind Kombattant in einem Konflikt, den die USA mit anderen Staaten austragen.«

Er fasste in seine Schublade, holte ein paar Bogen Papier hervor und einen Bleistift und schob beides Santino zu. »Verfassen Sie ein Geständnis, Marti. Hintermänner, Zusammenhänge …«

»Ich habe nichts zu gestehen.«

»Wie haben Sie Kontakt zu den Kommunisten bekommen, wer hat Sie angeworben? Die Abende sind lang, nehmen Sie sich Zeit dafür.«

»Bin ich nun Ihr Kriegsgefangener, Sir, oder wie soll ich das verstehen?«

»Nicht ganz. Das Militärtribunal hat Sie als illegalen Kombattanten eingestuft und Ihre Internierung angeordnet.«

»Was heißt das, Sir?«

Myers blickte an die Decke und leierte eine Erklärung herunter. »Dass Sie nicht nach den Regeln der Genfer Konvention behandelt werden. Illegale Kombattanten sind Personen, die gegen das Kriegsrecht verstoßen haben, ohne den besonderen Schutz eines Kriegsgefangenen beanspruchen zu dürfen.«

»Ich verstehe nicht, Sir!«

»Ganz einfach: Sie werden verwahrt, aber nicht gefoltert oder sonst wie in Ihrer körperlichen Integrität beeinträchtigt. Unterkunft, Verpflegung und Bekleidung stehen Ihnen zu. Sie haben uns vorschriftsmäßig zu grüßen und anzusprechen. Wir ziehen Sie zu Arbeiten heran.«

»Wie lange wird man mich hier festhalten, Sir?«

»Denken Sie nicht darüber nach, Marti! Freigelassen werden Sie, wenn wir eine vernünftige Aussage von Ihnen haben. Andernfalls nach Kriegsende. Sieht so aus, als blieben Sie die nächsten Jahre bei uns auf Seeurlaub.«

Santino wurde von einem Schwindel erfasst. Dann fiel er vom Stuhl.

5.

Als Santino wieder zu sich kam, lag er auf der Pritsche in seiner Zelle. Was mit ihm geschah, war kein Traum, kein Irrtum oder Missverständnis, alles folgte einem Plan. Er war Häftling für Jahre, und dies war sein Leben! Diese Erkenntnis türmte sich zu einer mächtigen Woge auf, die über ihn hinwegfegte und ihn vernichtet zurückließ.

Er schrie. Dann weinte er. Schließlich schrie er wieder,

trommelte mit Händen und Füßen gegen die Wand und begann, mit dem Blechnapf für das Essen gegen die Tür zu schlagen.

Draußen ertönte ein Pfiff. Zwei Wärter eilten herbei, schlossen auf und schleppten ihn weg. In einer leeren Zelle, die sie das Krankenzimmer nannten, legte man ihm eine Zwangsjacke an, klebte ihm ein Pflaster über den Mund und fixierte ihn mit Gurten auf einer Liege.

Es wurde dunkel um Santino. Seine unzureichend durchbluteten Arme und Beine wurden gefühllos. Innere Verzweiflung schwappte in ihm hin und her, ohne einen Auslass zu finden. Wieder verlor er das Bewusstsein, und als er wieder erwachte, war ihm jeglicher Zeitsinn abhandengekommen.

Seiner Schätzung nach dauerte es wenigstens eine Woche, bis man nach ihm sah. Der Wärter riss das Pflaster vom Mund und wartete ein wenig.

»Alles klar?«

»Ja, Sir.«

»Klingt gut.« Er befreite ihn aus der Zwangsjacke. »Du stinkst, mach dich da drüben sauber.«

Santino fand Seife, Handtuch und Waschbecken und säuberte sich. Anschließend brachte man ihn in seine Zelle zurück. Er lag da und starrte vor sich hin. Von unten klopfte es. Santino antwortete, rückte den Stuhl neben den Spind und zog den Schlauch heraus.

»Was war mit dir?«, fragte Ruben. »Ich dachte schon, sie hätten dich weggebracht.«

»Wie lange war ich weg?«

»Vier Tage.«

»Die Verzweiflung hat mich überwältigt, ich habe geschrien und gelärmt, daraufhin haben sie mich in eine Zwangsjacke gesteckt und in einen dunklen Raum gesperrt.«

»Schlimm, ich weiß. Aber durch diese Phase mussten wir hier alle durch, das kann dir niemand ersparen. Willkommen in der Hölle!«

6.

Santino fügte sich in das Leben als Häftling. Der Reparaturtrupp, dem er zugeteilt war, hatte die Aufgabe, den Metallkörper des Schiffs von Rost zu befreien und neu zu lackieren. Beständig wirkten Wellen und Gischt auf die Dragonfly ein, das Salz fraß sich durch jeden Anstrich, sodass die Arbeit des Trupps niemals endete. Hatte man einen Durchgang hinter sich gebracht, begann man wieder von vorne.

Ein Privileg waren die Ausbesserungsarbeiten an Deck. Sonne, Wind und Wasser – die Welt jenseits der Zelle existierte noch, und Santino spürte sie. Schon nach kurzer Zeit erforderte die Malertätigkeit keine Aufmerksamkeit mehr, sie ging ihm fast mechanisch von der Hand, und so hielt Santino seinen Blick auf die dunstige Küstenlinie geheftet. Ein Ort schmerzlicher Sehnsucht, an dem Menschen lebten, liebten und sich vor allem frei bewegten.

Die abendlichen Deckrunden zählten zu den Annehmlichkeiten des Häftlingslebens und waren die einzige Möglichkeit, Ruben, mit dem ihn schon so viel verband, von Angesicht zu Angesicht zu begegnen.

»Woran erkenne ich dich?«, hatte Ruben vor dem ersten Mal gefragt.

Santino gab eine Beschreibung von sich. Durch den Schlauch hörte er danach den seltsam stoßweisen Atem des anderen.

»Weinst du?« Santino wartete ab, bis sich Ruben wieder gefasst hatte. »Was ist mit dir?«

»Diese Person könnte ich sein: jung, schlank, schwarzhaarig, lockig. Ich durfte mich in deiner Schilderung eine Weile lang selbst ansehen, als wäre ich noch draußen in Freiheit. Eine Person, kein Häftling!«

Auch Santino spürte die Tränen aufsteigen.

»Das Schicksal hat uns hierher verschlagen, aber auch zusammengeführt und zu Brüdern gemacht.«

Tatsächlich erkannten sie sich sofort, als sie sich oben bei einer Deckrunde begegneten. Eine halbe Stunde lang gingen sie dort mit den anderen im Kreis umher, wechselten immer wieder die Richtung, damit ihnen nicht schwindlig wurde, aber das Gefühl, draußen sein zu dürfen, war mit nichts zu vergleichen und hielt in ihrem Leben die Vorstellung eines Draußen wach, dem sie vielleicht irgendwann einmal wieder angehören durften. Manchmal gelang es ihnen, einen Händedruck oder eine Berührung auszutauschen.

Gegen sieben Uhr gingen sie schließlich in ihre Zellen zurück und wurden dort bis zum nächsten Morgen eingeschlossen. Santino setzte sich an den kleinen Tisch und arbeitete an dem, was ein Geständnis hätte werden sollen. Es blieb jedoch eine Schilderung der Ereignisse, so wie er sie erlebt hatte. Später erlosch das Licht auf dem Korridor. Die Wärter zogen sich zurück, übrig blieb nur eine Nachtwache, die den Zugang zum Häftlingstrakt kontrollierte. Schärfere Sicherheitsmaßnahmen waren nicht notwendig, denn wer sollte sich Zutritt verschaffen, oder wohin sollte ein ausgebrochener Häftling fliehen? Nachts blieben die Häftlinge zumeist unbehelligt, der Schließer und das Wachpersonal griffen vor allem dann ein, wenn jemand zu lärmen begann.

Die Gespräche mit Ruben fanden daher ungestört statt.

7.

»Mit Angelus, meinem Vorgänger, was ist mit ihm passiert? Ist er freigekommen?«

»Keine Ahnung.«

»Hat man denn nie etwas gehört?«

Ruben schwieg.

»Redest du nicht mehr mit mir?«

»Schon, aber lieber über etwas anderes!«

»Erzähl schon!«

»Angelus hat sich an einem Elektrokabel erhängt. Unsere letzten Gespräche drehten sich um den Emancipation Day, einen Festtag auf Grenada.«

»Was wird da gefeiert?«

»Die Befreiung von der Sklaverei.«

»Du konntest ihm nicht mehr helfen?«

»Nein. Es deutete sich schon an, dass er der Haft nicht mehr gewachsen war. Er zog sich zurück, wollte keine Unterhaltung mehr mit mir. Zuletzt habe ich nur noch einen monotonen Singsang von ihm gehört, es klang wie eine Totenklage. Ich habe immer geklopft und gelauscht, aber womit willst du jemandem auf diesem Schiff Mut zusprechen?«

»Hat man je davon gehört, dass Häftlinge freigekommen sind?«

»Angeblich eine Gruppe von Vietnamesen, aber das ist nur ein Gerücht.«

Santino spürte, wie etwas aus dem Schlauch sickerte und ihn einzuhüllen begann. Würde das Unsichtbare Gestalt annehmen, es wäre der giftige Nebel aus Schwermut und Verzweiflung gewesen, der Angelus getötet hatte. Es gab eigentlich nichts, was Santino davon hätte abhalten können, es über kurz oder lang Angelus gleichzutun, außer eben Ruben, der an seinem Ende des Schlauchs saß und angstvoll wartete, ob der andere schon ernsthaft mit diesem Gedanken spielte. Aber keiner wagte es, den Leidensgenossen darauf anzusprechen.

»Lass uns noch ein wenig Spanisch machen«, sagte Santino. Er spürte Rubens Erleichterung. »Gut, wiederholen wir: Nenne mir alle Gegenstände in deiner Zelle.«

8.

Man durfte nicht aufhören, man musste sich zwingen, gegen den Tod anzureden. Um des anderen willen. Und so wurde immer etwas vereinbart, worüber am nächsten Abend gesprochen werden musste, über die Kindheit, Freunde und Verwandte, Wünsche, bleibende und flüchtige, das Wissen aus Schule, Universität und Büchern, über alles, was das Leben draußen ausgemacht hatte. Ruben und Santino woben ein Netz aus großen und kleinen Erzählungen, die immer fortgesetzt werden konnten.

Der Kontakt gab Kraft und half Santino, das Gefängnisleben auszuhalten. Ruben wirkte stark und stabil, man konnte sich an ihm aufrichten, und so war es ihm auch gelungen, auf der Leiter der Vergünstigungen, die das Gefängnisleben bot, nach oben zu steigen.

»Santino, hör zu, sie suchen einen Helfer für die Krankenstation. Als Assistent von Chief Staff Surgeon Axelrod. Ich habe ihm gesagt, ich kenne einen Häftling, der ein paar Semester Medizin studiert hat.«

»Wer soll das sein?«

»Blöde Frage: Du natürlich!«

»Aber ich habe doch keine Ahnung!«

»Das Wenige, was du wissen musst, bringe ich dir bei. Axelrods Repertoire ist nicht besonders groß, und Eingriffe darf ohnehin nur er selbst als Arzt vornehmen. Aber du hättest es in jeder Hinsicht besser: Du bekommst gute Verpflegung, kannst dich freier bewegen, und wir wären auch tagsüber zusammen. Und lieber anderen helfen, als Schiffsteile zu lackieren, oder?«

9.

Dr. Axelrod war ein schmächtiges Männlein mit schütterem Haar und wässrigen blauen Augen. Man sah, dass er trank.

»St Andrews?«

»Ja, Sir.«

»Klingt gut.« Axelrod erhob sich und knöpfte seinen Kittel zu. »Wir versuchen es einfach mit Ihnen, Marti. Wenn es nicht funktioniert, fliegen Sie wieder raus. Diaz soll Sie einweisen, er kennt sich hier gut genug aus.«

Axelrod verschwand in seiner Kajüte.

»Das Wichtigste ist, dass du ihn in Ruhe lässt«, sagte Ruben. »Vor allem, wenn er sich in seine Kabine zurückgezogen hat. Er leidet an seinem Job. Ist wohl eine Strafversetzung …«

»Pst!«, machte Santino, denn Ruben sprach sehr laut.

»Okay, ich führe dich durch die Station.«

Auf die Krankenstation verlegt zu werden, war eine Vergünstigung. Die Räume waren licht und luftig, auch die Essensversorgung war über dem normalen Standard.

»Wir machen die Arbeit von Pflegern. Patienten waschen,

Betten beziehen, Temperatur messen, Infusionen setzen, spritzen und Medikamente verabreichen. Hast du Angst davor?«

Santino schüttelte den Kopf.

»Bevor wir in der hinteren Kabine beginnen, das Unangenehme zuerst. Den hier nennen wir den Exit-Raum.«

Er öffnete die Tür.

»Was sind das für Säcke?«

»Leichensäcke. Logischerweise müssen wir auch die Toten versorgen.«

»Was passiert mit denen?«

»Werden in einen solchen Sack gesteckt. Von wem die dann abgeholt werden, habe ich allerdings noch nicht herausbekommen.«

Beide sahen sich schweigend an.

10.

Wieder hatte Santino an dem geforderten Geständnis gesessen. Er versuchte, mit einem detaillierten Bericht Argumente aufzubieten, die ihn entlasten könnten. Er las Ruben vor, was er bisher zu Papier gebracht hatte.

»Tut mir leid, dir das so sagen zu müssen«, meinte Ruben, »aber das klingt alles ziemlich unwahrscheinlich, was dir da widerfahren ist.«

»Aber so war es!«

»Hör zu, das Problem ist, dass du selbst nicht verstehst, was passiert ist. Deshalb bleibt das ein ungeordneter Haufen.«

»Mehr kann ich nicht liefern.«

»Du schreibst zum Beispiel, dass das Marihuana nach Zimt roch. Warum? Dafür muss es doch eine Erklärung geben!«

»Aber ich kenne sie nicht!«

»Denk mal nach und lass alles vor deinem inneren Auge vorüberziehen. Erinnerst du dich an irgendein Detail, oder fällt dir sonst etwas zu Zimt ein?«

»Die Polvorones. Earl hatte für den Abend auf der Terrasse Zimtkekse besorgt und uns serviert.«

»Und wo hatte er sie besorgt?«

»In der Bäckerei von Culebra.«

»Selbstgebackenes wird in eine Tüte gepackt. Weißt du noch, wie sie aussah?«

»Du meinst …?« Santino verstummte.

»Du bist das Opfer einer Intrige geworden.«

»Von den eigenen Freunden in die Falle gelockt?«

»Lou und Earl haben gemeinsame Sache gemacht. Sie müssen eine Menge Geld bei dieser Spekulation verdient haben, um sich derart schmutzig zu verteidigen.«

»Aber wir haben dafür keinen wirklichen Beleg, oder?«

»Doch! Du musst die Sache von hinten her aufzäumen: So, wie du Sergeant Romero beschrieben hast, gehört er nicht zu denen, die sich auf gut Glück an einem Parkplatz postieren, um zufällige Badegäste zu kontrollieren. Und dann findet er in deinem Matchsack Marihuana, das nach Zimt riecht. Romero hat auf euch gewartet, jemand hat ihm einen Tipp gegeben, dass da Ausländer mit Drogen unterwegs sind.«

»Du meinst Earl oder Lou?«

»Genau die! Deine Freunde haben dir das Zeug in die Tasche geschmuggelt. Zeit genug hatten sie, Earl ist ein Kiffer, er hat etwas mitgebracht oder weiß, zumal als Amerikaner, wie man auf Puerto Rico etwas besorgen kann. Dazu ist gerade er an diesem Tag sauber. Was für ein Zufall!«

»Und Sebastian? Er war in Katie verliebt.«

»Kann man nicht ausschließen, aber so, wie du ihn schilderst, ist er zu weich, zu feige. Vielleicht auch zu gutherzig. Nur Lou und Earl haben ein starkes Motiv und die Durchsetzungskraft. Die haben ordentlich Geld gemacht, ihr bekommt Streit, du willst das aufdecken, sie wollen das verhindern, also sorgen sie dafür, dass du aus dem Verkehr gezogen wirst.«

11.

Ruben half Dr. Axelrod bei der täglichen Visite. Bei dieser Gelegenheit wurde auch die Medikamentierung überprüft und in das Krankenblatt eingetragen. Gegen Ende seines Rundgangs wurde Dr. Axelrod meist fahrig, er leckte sich die Lippen und machte Kaubewegungen, die von einem Schmatzen begleitet waren. Man sah ihm den Drang nach seiner Flasche an. Er übergab Ruben den Schlüssel zum Medikamentenschrank und verschwand in seiner Kajüte. Rubens Aufgabe war es nun, die Pillendosen für die Patienten nach den Hinweisen im Krankenblatt zusammenzustellen. Wenn die nummerierten Schälchen gefüllt waren, verschloss Ruben den Schrank und brachte Dr. Axelrod den Schlüssel zurück. In aller Regel traf er dann einen gut gelaunten Militärarzt hinter dem Schreibtisch sitzend an.

Santino hatte den Putzdienst zugewiesen bekommen und arbeitete sich mit seinem Wagen samt Kübel und Reinigungsutensilien durch die Räume. Dem Putzwasser war ein Desinfektionsmittel beigegeben, um die Station keimfrei zu halten. Er versuchte, es immer so einzurichten, dass er nach der Visite den Behandlungsraum wischte, in dem Ruben saß.

Diese knappe halbe Stunde am späten Vormittag, in der sie ungestört miteinander reden konnten, gehörte zu den schönsten Abwechslungen. Ruben hatte sich einen sterilen Handschuh übergestreift, griff in die Glasbehälter oder schüttelte die Pillen auf seine Handfläche, um sie abzuzählen. Manche verteilte er nicht vollständig in die Schälchen, sondern warf sich den verbliebenen Rest in den Mund.

»Was schluckst du da?«

»Tranquilizer.«

Santino hatte sich stets gewundert, woher sein Freund trotz der Wunden und Schicksalsschläge, die ihm zugefügt worden waren, diese Ruhe und Ausgeglichenheit bezog.

Ruben bemerkte den skeptischen Blick. »Ohne die hätte ich mich vielleicht schon aufgehängt.«

Beruhigungsmittel waren an Bord ein Allheilmittel für Unruhezustände aller Art, Schreiende wurden damit zum Schweigen gebracht, Weinende getröstet und Verzweifelte beruhigt. Ruben schob ihm zwei zu.

»Probier die mal aus.«

Santino schluckte die Pillen. »Wird das nicht auffallen, wenn wir uns da bedienen?«

Ruben deutete mit dem Kopf auf Axelrods Kabine. »Wir brauchen alle unsere Dosis, er duldet das.«

Eine halbe Stunde später trat die Wirkung ein. Es war, als würde Santinos Inneres in ein weiches Bett gelegt. Mit ihm ruhten alle Sorgen und Kümmernisse.

Tatsächlich trat nie ein Problem auf, bis Dr. Axelrod eines Tages in Heimaturlaub ging. Dr. Wagner, sein Vertreter, führte genau Buch über die Medikamente und legte großen Wert darauf, die Pillen für die Patienten selbst zuzuteilen.

Drei Wochen lang herrschte Ausnahmezustand, vor allem Ruben geriet vollständig aus den Fugen. Santino erlebte mit

Schrecken, wie Rubens scheinbar gefestigte Persönlichkeit in die Brüche ging. Abends heulte er wie ein Kind, rief nach seiner Mutter und durchlebte den Tod seines Vaters. Begegnete ihm Santino morgens auf der Krankenstation, trat er wie ein frommer Jesuitenzögling auf, der betete und die Bibel zitierte. Am furchterregendsten waren jedoch die Hassschübe, die ihn durchschüttelten. Er bezeichnete sich als Gotteskrieger, schwor seinen Peinigern Rache und Tod. Zu Santinos großer Erleichterung trat aber stets irgendwann wieder der vernünftige Mensch hervor, als den er ihn kennengelernt hatte und mit dem sich reden ließ.

»Ich kann dir das nicht erklären«, sagte Ruben, »aber ich bin gezeichnet. Mir kommt es so vor, als wäre ich nicht nur einer, sondern viele. Aber du darfst nicht vergessen, dass mein Inneres nicht in Frieden und Freiheit gewachsen ist, es wurde geschmiedet, um jede Hölle überleben zu können.«

Endlich kam Dr. Axelrod zurück, und die schlimme Phase fand ein Ende.

12.

Alle Häftlinge stellten sich Dr. Axelrod einmal im Jahr zu einer Untersuchung vor. So auch Santino.

»Alles in Ordnung, nicht wahr?«, fragte Dr. Axelrod.

Er wollte keine gesundheitlichen Beschwerden vorgetragen bekommen oder Klagen hören. Der Anschein genügte ihm weitgehend. Santino saß mit nacktem Oberkörper im Behandlungszimmer. Dr. Axelrod hörte ihn ab und gab ihm dann einen Klaps auf die Schulter.

»Das war es, Marti.«

Dann fügte er der Karteikarte eine kurze Notiz an und steckte sie zurück in die Mappe, die zu jedem Häftling geführt wurde. Santino wusste, wie das Schmatzen, das der Arzt hören ließ, zu deuten war, und verließ rasch den Raum, um wieder seiner Arbeit nachzugehen.

Abends nahm Ruben schon frühzeitig mit ihm Kontakt auf. »Ich konnte einen kurzen Blick in deine Akte werfen. Sie lag noch bei Axelrod auf dem Tisch. Er sagte, er wolle sich einen Becher Kaffee holen und ich solle so lange warten. Da konnte ich dann hineinblättern.«

»Und?«

»Die Anweisung, dich hier festzuhalten, ist von van Holst unterzeichnet.«

»Van Holst wollte mir doch helfen. Er ist Alumnus von St Andrews.«

»Ach, Santino, du weißt ja wirklich nicht, wie es in Mittel- und Südamerika zugeht. Der Krieg gegen uns wird auf die hässlichste Weise geführt.«

»Schon. Aber ich habe van Holst keinen Hinweis gegeben, dass ich etwas weiß.«

»Hast du wohl. Du hast diese Sache mit dem Unfall amtsbekannt gemacht.«

»Daraus kann man nichts schließen.«

»Sie haben alle möglichen Verbindungen abgeklopft. Wichtig genug war das auf jeden Fall, wo doch Comandante Delgado der Präsident von Nicaragua ist!«

»Aber wie soll van Holst von dem Kontakt erfahren haben? Ich habe doch nichts von meinem Erlebnis mit Juanito erzählt!«

»Unnötig! Van Holst kennt die Geschichte, weil er daran beteiligt ist, sie womöglich sogar geplant hat. Also muss er sich nicht aus den paar Brocken, die du ihm serviert hast, etwas zusammenreimen, er kennt den Hintergrund. Er braucht da nichts zu rekonstruieren, seine Frage ist nur: Wie viel hat Santino Marti über diese Sache herausbekommen? Oder ist er gar ein Spion?«

»Stimmt!«

»Du hattest dein Tagebuch bei dir, als du festgenommen worden bist. Dort hast du die Telefonnummer notiert, die Juanito dir genannt hat. Glaubst du im Ernst, dass die das nicht überprüft haben? «

»Wohl schon.«

»Daher wusste van Holst sofort, was los ist, nämlich dass du Kenntnis davon hast, wie der amerikanische Geheimdienst einen Anschlag auf den Präsidenten Nicaraguas inszeniert. Und du bist der gewesen, der diesen Anschlag verhindert hat. Du hast in den Konflikt massiv eingegriffen, das reicht, um dich zum ungesetzlichen Kombattanten zu machen.«

Santino schlug die Hände vor das Gesicht.

DIE FREUNDE BENTONS III

1.

»Das kann doch nicht alles sein!«

Mitleidig schaute Hector de Matos auf die junge Frau, die in dem Stuhl vor seinem Schreibtisch Platz genommen hatte. Sie wirkte ausgezehrt, war bleich und übernächtigt – ein Bild der Verzweiflung, das ihn anrührte. Er strich mit zwei Fingern seinen Oberlippenbart zurecht und legte dann fast beschwörend die Hände auf die Mappe vor sich.

»Alles, was sich ermitteln ließ, habe ich hier festgehalten.«

Katie begann zu weinen und legte ihren Kopf auf Sebastians Schulter.

De Matos schlug die Mappe auf. »Man hat ihm die Entlassungspapiere ausgehändigt, er hat das Gebäude der State Police verlassen, ist in ein Taxi eingestiegen, mit dem er wohl zum Hafen gefahren ist …«

»Aber das wissen wir doch alles schon«, sagte Sebastian. »Was ist mit dem Taxi?«

De Matos zog eine Liste aus der Mappe und hielt sie hoch. »Ich habe sämtliche infrage kommenden Firmen durchtelefoniert, nichts!«

243

»Aber dieses Taxi kann doch nicht vom Erdboden verschwunden sein!«

»Jeder Chauffeur erinnert sich daran, wenn er eine Fahrt zur State Police hat, das vergisst man nicht …« De Matos brach ab.

»Das heißt?«

»Der Wagen hat ausgesehen wie ein Taxi, war aber keines, kein zugelassenes zumindest.«

»Aber das ist doch eine Spur!«

De Matos lächelte gequält. »Eine Spur ins Nirgendwo! Wonach soll ich denn suchen? Nach Fahrzeugen, die wie Taxis aussehen? Ich bin die ganze Strecke zum Hafen zu Fuß abgelaufen, habe in jedem Laden nachgefragt, habe Passanten und Bewohner des Viertels angesprochen, Kneipenbesitzer … Kann schon sein, dass an diesem Tag um diese Uhrzeit ein Taxi vorbeigefahren ist. Aber niemand hat etwas bemerkt, was nach Entführung oder sonst einem Verbrechen aussah.«

»Was schlagen Sie vor?«

»Es fällt mir schwer, Ihnen das zu sagen, aber ich fürchte, ich kann nichts mehr für Sie tun.«

»Das heißt, wir bezahlen Ihnen ein Honorar für das, was wir von der Polizei schon wussten?«

Gekränkt zuckte de Matos die Achseln. »Mir tut die ganze Sache sehr leid, aber in meinen Ermittlungen war kein Fehler. Aber ich will Ihnen entgegenkommen. Sie bezahlen mir ein Drittel weniger, weil ich keinen Erfolg hatte.«

Er erhob sich und reichte Sebastian die Mappe. »So, und jetzt entschuldigen Sie mich bitte.«

Sebastian brachte Katie nach draußen. Als sie wieder auf der Straße standen, löste sie sich aus seinem Arm und schrie. Laut und lang, aus der Tiefe ihres gequälten Herzens.

2.

Der Kellner stellte das Bier auf den Tisch.

»Was soll das? Willst du dich besaufen?«, fragte Lou.

Statt einer Antwort zündete sich Earl eine Zigarette an. Schließlich fixierte er Lou. »Fick dich!«

Lous Hand schoss nach vorne, er packte Earl am Hemd und schüttelte ihn.

»So redest du nicht mit mir, klar!«

Earl strich sich mit beiden Händen über den Oberkörper ab, als habe er sich schmutzig gemacht. »Ich habe mich von dir in eine üble Geschichte hineinziehen lassen. Santino ist verschollen, und ich bin schuld, weil ich ihm das Zeug zugesteckt habe. So viel kann ich gar nicht in mich hineinschütten, um das zu vergessen.«

Lous Miene verhärtete sich. »Schwächling.«

»Wer ein Herz hat, ist verletzlich. Du bist gefühllos. Offenbar macht es dir nichts aus, dass wir ihn ans Messer geliefert haben.«

»Dein Selbstmitleid ist erbärmlich und hat dir das letzte bisschen Verstand geraubt.«

Lou nahm Earls Bierglas und stellte es beiseite. »Bevor du endgültig abgesoffen bist, hörst du mir jetzt zu. Wir sind Santino an den Karren gefahren, okay, da gibt es nichts zu beschönigen. Allerdings hatten wir gute Gründe, aber lassen wir die einmal beiseite. Santino kommt also in U-Haft. Was passiert? Sie vernehmen ihn und finden wohl heraus, dass das Marihuana gar nicht von ihm ist.«

»Du glaubst …?«

»Wen sie verdächtigen, ist im Moment vollkommen gleichgültig. Jedenfalls wird Santino für diese Geschichte nicht belangt, sie lassen ihn laufen, er muss keine weiteren Konsequenzen befürchten. Also?«

Earls Augen schimmerten feucht.

»Nun passiert etwas, für das keiner von uns verantwortlich ist: Er wird gekidnappt, entführt, beraubt, ermordet? Niemand kann das zur Stunde wissen. Wo ist nun dein spezielles Problem?«

Earl begann zu weinen. »Er ist weg, verschwunden, das ist das Problem!«

»Sieh mich an, Earl! Du hast recht, das ist das Problem, und hier müssen wir helfen.«

»Wie denn?«

»So, wie die Dinge im Moment stehen, wird Katie Puerto Rico nicht verlassen wollen. Sie hofft darauf, dass er auftaucht oder dass sie ihn finden. Die Unterstützung ihrer Eltern hat sie bereits in Anspruch genommen, um diesen Detektiv bezahlen zu können. Also ist es an uns, ihr den Aufenthalt zu ermöglichen.«

»Das tun wir!«

»Und zwar so lange sie möchte!«

»Das klingt gut! Mann, entschuldige, dass ich vorhin die Nerven verloren habe!«

Earl stand auf und umarmte Lou.

3.

Die freundliche Stimme der Flugbegleiterin rief letztmalig zum Boarding auf. Lou, Earl und Sebastian standen immer noch da, unfähig, sich von Katie zu verabschieden.

»Nun, geht schon! Euer Flug ist bereit.« Sie umarmte alle drei nacheinander.

»Ich danke euch für eure Unterstützung. Es hilft ja nichts, ihr müsst zurück, ich muss bleiben. Die Uni ist mir im Moment ziemlich egal.«

»Wenn du Hilfe brauchst«, sagte Lou, »wir sind da!«

»Und in spätestens einem Monat komme ich und hole dich ab«, ergänzte Sebastian.

Katie tupfte ihre Augen mit dem Taschentuch ab und lächelte.

»Halte uns auf dem Laufenden«, sagte Earl.

Katie schob die drei von sich. »Verschwindet jetzt endlich!«

Sie sah auf die Uhr. In zwei Stunden würde sie einen Amerikaner treffen, von dem es hieß, er kenne sich mit der hiesigen Drogenszene aus und könne ihr vielleicht einen Hinweis geben, ob Santino in die Hände einer Bande gefallen sei. Bis dahin würde sie weitere Geschäfte und Kneipen abklappern und darum bitten, ein Suchplakat auszuhängen, das sie anfertigen lassen hatte. Und morgen würde die Annonce in der Zeitung erscheinen. Sie hatte viel zu tun, und jeder dieser Schritte ließ sie weiter hoffen.

COMANDANTE DELGADO

1.

Ein hagerer, hoch aufgeschossener Mann mittleren Alters schlenderte vom Lago de Managua kommend die Avenida Noreste entlang. Alles an ihm war hell, das schlohweiße Haar, der naturfarbene, allerdings etwas schäbige Leinenanzug und die Farbe seines Teints. Da er nach dem Weg zum Parque Central fragte, durfte man in ihm einen Auswärtigen vermuten, allerdings, seiner Sprache nach zu urteilen, einen Lateinamerikaner. Überraschenderweise wandte er sich, nachdem er den Park erreicht hatte, nicht der Kathedrale, sondern dem Präsidentenpalast zu. Er ging das weitläufige Gitter entlang, das den Regierungssitz umgab, wie einer, der sich jedes Detail des Gebäudes einprägen wollte. Dann setzte er sich auf die Stufen, die zur Kathedrale hinaufführten, ohne die Einfahrt aus den Augen zu lassen. Er blieb bis zum Abend, erst als es dunkel wurde, stand er auf und machte sich in den südlichen Teil der Stadt auf, wo er in einer einfachen Pension untergebracht war.

Am anderen Morgen nahm der Mann wieder seinen Platz auf den Stufen ein und beobachtete den Palast. Am dritten Tag wurde der Sicherheitsdienst auf ihn aufmerksam.

»Siehst du den Kerl?«

»Den Weißen?«

»Genau. Fahr doch mal ein Stück näher an ihn heran.«

Er zoomte mit der Kamera an den Sitzenden heran. Wind ging über den gepflasterten Platz hinweg und wehte die Schöße seines offenen Jacketts hoch.

»Sieht nicht so aus, als hätte er irgendetwas unter der Jacke.«

»Trotzdem. Besser, du gehst mal raus und klärst das ab.«

Der Beamte schlüpfte in seine Uniformjacke und setzte die Sonnenbrille auf. Er verließ das Gebäude durch eine Seitentür, schloss dann die vergitterte Pforte auf, um zur Kathedrale hinüberzugehen. Schon da sah er, wie der Weiße aufstand und ihm entgegenging.

»Sie kommen aus dem Präsidentenpalast, nicht wahr?«

»Wer sind Sie, was wollen Sie?«

»Ich muss Comandante Delgado sprechen.«

Abschätzig sah ihn der Beamte an. »Für einen Journalisten stellen Sie sich ziemlich ungeschickt an. Was erwarten Sie? Dass ich Sie an der Hand nehme und wir zusammen hineingehen?«

»Natürlich nicht. Ich bin kein Journalist. Alles, worum ich Sie bitte, ist, ihm oder seinem Sekretariat eine Botschaft zukommen zu lassen. Ich garantiere Ihnen, dass er mich empfangen wird.«

»Hören Sie, Sie Clown. Verschwinden Sie. Wenn wir Sie auf diesem Platz noch einmal aufgreifen, lasse ich Sie festnehmen.«

Erschrocken wich der andere einen Schritt zurück. Abrupt wandte er sich um und verließ mit raschen Schritten den Platz.

2.

»Hier spricht Pater Damian vom Instituto Loyola.«

»Guten Morgen, Pater, was kann ich für Sie tun?«

»Bitte verbinden Sie mich doch mit dem Sekretariat von Comandante Delgado.«

Die Frau in der Telefonzentrale schwieg. Personen, mit denen der Comandante sprechen wollte, hatten die Nummer seines Büros. Andererseits war der Vorstand der Jesuitenschule von Managua eine geschätzte Persönlichkeit.

»Worum handelt es sich denn?«

»Über mein Anliegen möchte ich nur mit dem Comandante sprechen.«

»Einen Moment, Pater, ich frage nach.«

Nach einer Weile meldete sich die junge Frau in der Telefonzentrale wieder. »Der Comandante ist im Moment unabkömmlich, aber wenn Sie mir Ihre Nummer hinterlassen, werden Sie zurückgerufen.«

Pater Damian nannte seine Nummer und legte seufzend auf. »Wie Sie sehen, fällt es auch mir schwer, zu ihm durchzudringen.«

»Vielen Dank, dass Sie sich bemüht haben.«

Der Mann in dem hellen Leinenanzug saß seltsam schüchtern in dem Korbstuhl, wirkte wie ein Fremdkörper in dieser Welt.

»Musste er leiden?«

Der Angesprochene vollführte eine Geste der Hilflosigkeit. »Siebzehn Jahre auf einem Gefängnisschiff, das ist Leiden! Die Lungenentzündung, die ihn hinwegraffte, hat ihr Werk rasch verrichtet. Die schwere Krankheit dauerte nur zwei Wochen. Der Tod war eine Gnade. Es ist die Haft, die einen Menschen aushöhlt und ihm die Kräfte raubt. Deshalb hatte er dem nichts mehr entgegenzusetzen.«

»Sie kennen seine Geschichte?«

»Natürlich. Wir haben über alles geredet, auch über das Blutbad, das in jener Nacht unter Ihren Mitbrüdern angerichtet wurde. Wenn man sein weiteres Schicksal in Betracht zieht, war Ruben Diaz ein Held und Märtyrer. Auch ihn hat man ermordet.«

»Da haben Sie recht. Und ich werde alles dafür tun, dass jenes Unrecht wiedergutgemacht wird.«

»Sind die Mörder Ihrer Mitbrüder zur Rechenschaft gezogen worden?«

»Bis heute nicht!«

»Genau das habe ich mich während der ganzen Zeit immer gefragt: Kann Gott das wollen?«

»Er will es nicht, er duldet es. Weil er den Menschen so ausgestattet hat, dass er auch Böses tut.«

»Sehen Sie es mir nach, Pater, aber hier glaube ich doch mehr an den unversöhnlichen Gott Jehova: Auge um Auge, Zahn um Zahn.«

Traurig blickte Pater Damian auf Santino Marti, der so ungelenk im Stuhl saß.

3.

Comandante Delgado hielt eine Lupe in seinem linken Auge eingeklemmt und betrachtete unter dem Licht seiner Schreibtischlampe den schmalen Silberreif, der vor ihm lag.

»Das ist der Ring. Sie müssen wissen, er war ein Geschenk von mir an ihn. Mein Name ist innen eingraviert.

Juanito war mein Kampfesbruder. Ich vermisse ihn heute noch.«

Er erhob sich, ging auf Santino zu und umarmte ihn.

»Wir haben nie vergessen, dass Sie mir und meiner Delegation das Leben gerettet haben! Und wie Sie sehen, haben es die Amerikaner bis heute nicht geschafft, mich zu beseitigen.«

Er wies Santino einen Sessel. »Setzen Sie sich. Ich möchte Ihre ganze Geschichte hören. Nehmen Sie einen Kaffee?«

»Bitte nicht zu stark. Mein Kreislauf rebelliert sonst. Ich muss mich an solche Genüsse erst wieder gewöhnen.«

Delgado gab den Wunsch in das Nebenzimmer durch.

»Natürlich haben wir damals, so weit es uns möglich war, Nachforschungen angestellt, vor allem, als durchsickerte, dass ein junger Schweizer spurlos verschwunden war. Wer die Hintergründe kannte, konnte sich einen Reim darauf machen, aber was sollten wir tun?«

»Machen Sie sich keine Gedanken darüber. Ich wusste damals noch nichts über Intrigen und politische Scharmützel. Ich habe immer an das Gute geglaubt.«

»Nebenbei: Ihr Spanisch ist vorzüglich. Man könnte meinen, Sie seien ein Einheimischer. Wie kommt das?«

»All das verdanke ich Ruben Diaz, dem einzigen Lichtblick dieser Jahre. Er war mein Zellennachbar, durch einen versteckten Schlauch im Kabelschacht, der von Zelle zu Zelle ging, konnten wir miteinander reden. Wir haben Abend für Abend dagesessen, haben uns unser Leben erzählt und einander alles beigebracht, was der andere wusste. Als alle Erlebnisse auserzählt waren, haben wir Geschichten erfunden, Rätsel erdacht, über Fragen philosophiert, die uns nahegingen. Ruben wurde mein Bruder und war meine Rettung, denn ohne ihn würde ich nicht halbwegs geistig gesund bei Ihnen sitzen. Sogar das Gelingen meiner Flucht verdanke ich ihm.«

»Das müssen Sie mir erklären.«

»Ruben wurde krank, Lungenentzündung, und starb sehr schnell. Die letzten drei Tage konnte ich keinen Kontakt mehr zu ihm aufnehmen, er war schon zu schwach. Ich war als Gehilfe auf der Krankenstation eingesetzt, müssen Sie wissen, und so war klar, dass ich ihn ein letztes Mal zu Gesicht bekommen würde. Schließlich haben die Wärter ihn tot aus der Zelle herausgetragen, und ich selbst musste ihn in den Leichensack packen. Welche Gefühle mich bewegt haben, als ich dieses verhärmte Gesicht und den mageren Körper vor mir hatte, können Sie sich vorstellen.«

»Aber wie konnte er Ihnen noch helfen, wenn er schon tot war?«

»Die USS Dragonfly lag, wie ich heute weiß, vor der texanischen Küste. Ein Geheimgefängnis, eine sogenannte Black Site. Die Toten wurden von einem Fischkutter abgeholt, so viel hatte sich unter uns Häftlingen bereits herumgesprochen. Ich habe mich also kurzerhand zu Ruben in den Leichensack gelegt.«

»Unglaublich, zwei in einem Leichensack!«

»Ruben war vollkommen ausgezehrt. Auch deshalb ist er so schnell gestorben, weil er nichts zuzusetzen hatte. Das Essen, das man uns dort vorgesetzt hat, war erbärmlich. Haut und Knochen, mehr waren wir nicht.«

»Hat man denn Ihr Verschwinden nicht bemerkt?«

»Natürlich hat man das, das Schiff wurde abgesucht. Aber es ist bittere Ironie, dass mit dem Tod die Aura der Unberührbarkeit zu uns zurückkehrte, die wir als Lebende verwirkt hatten. Tatsächlich hat niemand überprüft, ob ich mich bei einem Toten verstecke.«

Er unterbrach sich.

»Fast einen Tag lang hielt ich den Toten in meinen Armen!

Wie soll ich diese Erfahrung beschreiben? Eine nicht enden wollende Meditation über das Elend und Unrecht, das uns zugefügt worden ist. Verzweiflung und Hoffnung, Trauer und Qualen der Erinnerung. Ich bin nicht sicher, weil wir in unserer Zelle keinen Spiegel hatten, aber ich glaube, dass mein Haar in diesen Stunden vollständig weiß geworden ist. Jedenfalls bin ich danach nicht mehr der Mensch gewesen, der ich vorher war.«

Delgado nahm einen Schluck aus seiner Tasse. Eine Weile lang schwiegen sie.

»Trotzdem doch ungeheuer riskant, eine solche Flucht! Sie wussten ja gar nicht, wie es mit Ihnen weitergehen würde.«

»Mag sein. Aber versetzen Sie sich in meine Lage. Ich hatte nichts zu verlieren, im Gegenteil, den einzigen Menschen, der mir wert und wichtig war, gab es nicht mehr. Sechzehn Jahre lebendig begraben. Und nun eine vielleicht letzte Chance zu fliehen. Freiheit oder Tod, darauf habe ich gesetzt. Ich wollte ein Ende, welches, war mir gleichgültig.«

»Und dann?«

»Ein Kutter legte an, auf den die drei Leichensäcke geladen wurden, die weggeschafft werden mussten.«

»Weggeschafft? Das klingt nicht nach einem christlichen Begräbnis.«

»Zum Glück. Aber eigentlich logisch, wenn man es sich genau überlegt. Nicht alle, aber viele auf der USS Dragonfly sind offiziell längst tot, wenn sie dort verwahrt werden. Verschollen, so wie ich, in den Kriegswirren umgekommen, so wie Ruben. Und nun würde plötzlich ein Leichnam auftauchen. Die Frage wäre doch: Wo kommt der her? Und falls die Identität festgestellt würde: Wie konnte dieser Mensch über so viele Jahre verschwunden sein? Man hätte das womöglich mit dem Schiff da draußen in Verbindung gebracht. Also heuert man zwielichtige Figuren an, um die Leichen zu beseitigen. Wichtig ist nur, dass es außerhalb der amerikanischen Hoheitsgewässer passiert.«

»Zwielichtig?«

»Genau. Die angeblichen mexikanischen Fischer sind Drogenschmuggler, die zwischen Mexiko und USA verkehren.«

Delgado runzelte die Stirn. »Sind Sie sicher?«

»Ich habe mindestens vierundzwanzig Stunden lang ihre Gespräche und Funksprüche mitgehört.«

Der Comandante lachte. »Verzeihen Sie! Würde es nicht um Ihre Lebensgeschichte gehen, würde ich sagen: Was für ein schlechter Witz!«

»Wohl wahr! Statt dem Auftrag nachzukommen, fährt der Kutter hinüber nach Mexiko, erst dort werden die Leichen entsorgt. Ganz einfach, weil sich die leeren Säcke mit Drogen füllen lassen, zumal dann, wenn man gewissermaßen im Regierungsauftrag handelt und unbehelligt bleibt.«

»Und wie konnten Sie von dort entkommen?«

»Es war im Grunde genommen nicht schwer. Sie müssen wissen, dass sich in der Gefangenschaft mein Geruchssinn stark verfeinert hat. Zwangsläufig, für die anderen Sinne ist auf der Dragonfly ja kaum etwas geboten. Also lernt man, das kommende Wetter zu riechen, Personen, die sich der Zelle nähern, sonstige unbekannte Eindrücke. Ich lag also in dem Leichensack ganz ruhig und wartete ab, bis ich ganz deutlich die Nähe einer Stadt wittern konnte. Ich öffnete den Sack, stellte fest, dass ich die Entfernung zum Ufer bewältigen könnte, und glitt ins Wasser.«

»Hat niemand etwas bemerkt?«

»Nein. Tote werden nicht bewacht. Dass sie wiederauferstehen, glaubt ohnehin niemand.«

»Aber man hat hinterher festgestellt, dass Sie von der Dragonfly verschwunden sind.«

»Zwangsläufig. Wahrscheinlich hat es eine Untersuchung gegeben. Fraglich ist jedoch, ob sie die Umstände meiner Flucht nachvollziehen konnten. Selbstmord, Mann über Bord, da gibt es viele Möglichkeiten. Solche Fälle haben sich unter uns Häftlingen vielfach herumgesprochen. Von einer gelungenen Flucht haben wir nie gehört. Allerdings kann ich nicht ausschließen, dass sie mir auf die Schliche gekommen und längst hinter mir her sind.«

»Ist mir klar, wir müssen Sie in Schutz nehmen. Am besten geben wir Sie in die Obhut unserer kubanischen Freunde, unsere Organisation ist noch nicht schlagkräftig genug. Luiz wird sich um Sie kümmern, er steht Ihnen ständig zur Verfügung.«

Er sah auf die Uhr.

»Für heute müssen wir unser Gespräch beenden. Ich habe mir schon Gedanken gemacht, wie wir mit Ihnen weiter verfahren. Wir bringen Sie zunächst in ein Sanatorium, um Sie körperlich und seelisch wiederherzustellen. Für das, was danach kommt, habe ich noch keinen genauen Plan, aber Sie können davon ausgehen, dass für Sie in jeder Hinsicht gesorgt sein wird. Das sind wir Ihnen schuldig.«

IN DER UNTERWELT

Die Zierleisten des hochbeinigen dunkelblauen Yukon spiegelten das Sonnenlicht. Die alte Frau legte schützend die Hand an die Stirn. Durch die getönten Scheiben hindurch konnte sie nicht erkennen, wer hinter dem Steuer saß, aber es war klar, dass es sich um einen Yankee handeln musste, denn wer sonst würde derart armiert in der Colonia auf und ab fahren? Kein Navigationssystem der Welt erfasste das Gewirr der Gassen und Straßen, die Colonia war eine Wucherung, die nur ihrem Umriss nach kartiert wurde, was drinnen passierte, überließ man denen, die dort lebten.

Endlich hatte der Fahrer den Platz gefunden, an dessen Ende die Kapelle stand. Er stieg aus und sah sich um. Das Geräusch der automatischen Türverriegelung klang, als habe man zwei Schüsse aus einer schallgedämpften Handfeuerwaffe abgegeben. Der Yankee, ein älterer Mann mit grauen, nach hinten gekämmten Haaren, versteckte seine Augen hinter verspiegelten Sonnengläsern. Er trug beige Cargohosen, und die breitbeinige Art, sich vorwärtszuschieben, verriet, dass er bewaffnet war.

Der Pater war gerade aus seiner Kapelle getreten. Schon aus der Ferne wusste er, dass dieser Besuch ihm gelten würde. Er ging ins Haus und holte eine Karaffe voll Wasser und zwei Gläser dazu. Dann nahm er am Tisch Platz.

»Buenos dias, Padre! Darf ich?« Er zog einen Stuhl zu sich heran. »Sie wissen, warum ich hier bin?«

Der Jesuit nickte. »Wie wäre es, wenn Sie sich trotzdem vorstellen würden?«

»Mein Name tut nichts zur Sache, nennen Sie mich einfach Charlie. Also, wo ist er?«

»Ich weiß es nicht!«

»Wann kommt er wieder?«

»Er kommt und geht, wie er will.«

»Was wissen Sie sonst noch über ihn?«

»Nichts, was ich Ihnen sagen dürfte. Alles, was ich von ihm erfahren habe, ist durch das Sakrament der Beichte geschützt. Sie werden von mir nichts dazu hören.«

Der andere schlug mit der flachen Hand auf den Tisch. »Da draußen werden Menschen umgebracht, und Sie wollen sich hinter dem Beichtgeheimnis verstecken?«

»So ist es!«

»Bestätigen Sie mir wenigstens seinen Namen?«

»Ruben Diaz.«

»Falsch! Er ist Santino Marti.«

Er wird immer mein Bruder bleiben, auch wenn er nicht wagt, mir gegenüberzutreten. Er flieht vor mir. Er ist vorsichtig, er ist gerissen. Seit fünf Jahren versuche ich, ihn zu stellen, folge der Blutspur, die er hinterlässt. Vergeblich. Beweise für seine Schuld brauche ich nicht. Ich kann seine Absichten in jeder seiner Taten lesen. Wir sind miteinander verwachsen. Ich muss ihn nicht vor mir sehen, um sicher zu sein, dass er in der Stadt ist. Seine Gegenwart ist spürbar, was er tut, ja sogar was er denkt, überträgt sich zu mir. Ich fühle ihn, ich rieche ihn, all die plumpen Fährten, die er für mich hinterlässt, bräuchte ich nicht. Denn wir wissen alles voneinander, noch nie hat es zwei gegeben, die so sehr eins gewesen sind wie wir. Noch nie hat es zwei gegeben, die so schmerzhaft auseinandergerissen wurden. Und deshalb wird sich nie gutmachen lassen, was er mir angetan hat!

Er ist vorneweg, er handelt, und ich laufe hinterher, um ihm in den Arm zu fallen. Bis jetzt war er stets um einige Schritte voraus. Aber ich war immer an seinen Fersen. Ein Schattenwurf, eine Ahnung, so flüchtig wie ein Windhauch, genügen, um zu wissen, wo sich der andere aufhält. Sein Wagen stand offen am Straßenrand, sein Zimmer war nicht abgesperrt, seine Geldbörse und seine Papiere lagen auf dem Tisch, so als wollte er mir zeigen, dass er keine Geheimnisse vor mir hat. Wir umkreisen einander wie Raubtiere. Auch er wittert mich. Jeder weiß, was der andere im Sinn hat. Deshalb kommt es darauf an, das Unerwartete zu tun. Mein Kopf schmerzt beim Ausloten dieser Wendungen. Ständig frisst ein Gedanke den vorangegangenen auf, weil jeder neue Plan als der logisch nächste Schritt erscheinen mag. Die Stränge verknäulen sich, jedes Ende ist mit weiteren verknotet. Doch seine Raffinesse ist größer, immer wieder gelingt es ihm, sich mir zu entziehen. Kurze Momente von Unachtsamkeit genügen, um ihn entkommen zu lassen. Wann immer ich den Zugriff auf ihn versucht habe, war er bereits gewarnt und hat mir keine Chance gelassen.

DER RÄUBER, DER SEINE BEUTE MIT EINEM EINZIGEN SPRUNG ERLEGT

1.

»Mein armes Häschen, was haben sie nur mit dir gemacht!«

Leslie Lin-Shen, die Kräuterfrau, strich Juma über den Kopf. Die beredten Runzeln in ihrem Gesicht drückten Sorge aus.

Juma ließ die Schultern hängen. »Es war schrecklich, Leslie, du machst dir keine Vorstellung.«

Juma goss noch etwas Tee nach. Beide saßen im Lotussitz am Boden. Zwischen ihnen war eine mit orientalischen Mustern verzierte runde Messingplatte platziert, auf der die Teekanne und die Tassen standen. Leslie hatte ein Tütchen mit selbst gebackenen Mandelkeksen mitgebracht.

»Wir mussten eine halbe Stunde lang nackt, die Hände an die Wand gestützt, dastehen. Obwohl du sie nicht siehst, spürst du, wie sie dich mit Blicken auffressen. Sie haben die ganze Wohnung durchsucht und alles auf den Kopf gestellt.«

Leslie wiegte den Kopf.

»Anschließend haben sie uns mitgenommen. Ich durfte mich dazu nicht vollständig anziehen, nur das Kleid, keine

Unterwäsche. Alles war darauf angelegt, mich zu schwächen, uns zu demütigen.«

»Wie lange haben sie euch festgehalten?«

»Ich war achtundvierzig Stunden bei ihnen. Die ganze Zeit über hatte ich Angst, dass sie mir etwas antun.«

»Und Luiz?«

»Grace Pettibone hat ihm einen Anwalt geschickt, der ihn rausgehauen hat.«

»Aber warum, was wollten sie?«

»Sie halten uns für Kommunisten oder Terroristen, was weiß ich? Sie wollten ganz genau wissen, warum ich eine Jaguarheilerin bin, was für Leute bei den Children of Mother Earth organisiert sind, zu welchen Gruppen wir Kontakt halten.«

»Aber du hast doch nichts zu verbergen.«

»Eben. Zuerst haben sie gesagt, ich solle sie nicht mit diesen Kindermärchen verarschen …«

Jumas Augen wurden feucht. »Kindermärchen! Ich erzählte ihnen von meinem Therapeutenberuf!«

»Das ist grob.«

»Irgendwann haben sie es dann aufgegeben.«

»Weil sie dir doch geglaubt haben!«

Juma trocknete ihre Tränen mit einem Taschentuch. »Weil sie mich für verrückt halten. Und deshalb wohl für ungefährlich.«

Leslie streckte ihre Hand aus, und Juma fasste danach.

»Seither bin ich aus dem Gleichgewicht. Keine Konzentration, keine Energie. Auch Quauthelantetzl spricht nicht mehr zu mir. Ich frage ihn, aber er bleibt stumm.«

Leslies Blick wanderte das Regal entlang und blieb an einem faustgroßen schwarzen Kristallschädel haften. Eine Arbeit aus Obsidian.

»Aber Luiz ist bei dir und unterstützt dich?«

»Ja. Was täte ich nur ohne ihn! Glück und Unglück halten sich immer die Waage, das Universum duldet kein Zuviel. Wenn dir etwas geschenkt wird, musst du zum Ausgleich etwas weggeben. Ist doch so, oder?«

Leslie nickte. »Und Luiz lebt jetzt bei dir?«

»Überwiegend. Wenn er nicht auswärtig zu arbeiten hat. Zurzeit ist er in Los Angeles. Er vertritt einen Kollegen, der dort im Medical Center Physiotherapie macht.«

2.

Der hagere, braun gebrannte Mann frottierte sich den Kopf. Mit beiden Händen fuhr er sich anschließend durch das Haar und betrachtete sich im Spiegel. Sein Schopf war wieder schlohweiß. Er rollte die Tube mit dem Haarfärbemittel sorgfältig zusammen und warf sie in einen separaten Müllsack, in dem sich einige Kleidungsstücke befanden. Schließlich schlüpfte er in das gut gebügelte weiße Jackett, das an seinem Kleiderschrank bereithing, zog seine Manschetten zurecht und begutachtete nochmals seine Erscheinung. Dann zog er die Schublade des Nachttischs auf und entnahm ihr eine Pistole, die zusammen mit einem Schalldämpfer in einem Plastikbeutel versiegelt lag.

Draußen auf der breiten, mit Bäumen gesäumten Straße stand sein offener BMW. Ein paar Straßenzüge weiter hielt er kurz an und packte den Müllsack in einen Container, der für die Müllabfuhr bereitgestellt war. Dann fuhr er weiter Richtung Downtown. Dort wechselte er auf den Hollywood Freeway, bog in den gleichnamigen Boulevard ab und erreichte sein Ziel, das Museum of Death.

Von hinten näherte sich ein junger Mann und stieg ein.

»Hallo, Luiz.«

Luiz nickte ihm zu. Er musterte ihn aufmerksam, aber Luiz machte einen gelassenen Eindruck.

»Ich bringe dich noch ein Stück weit.«

Dann wies er auf das Handschuhfach an der Beifahrerseite. Luiz öffnete es und entnahm ihm die Plastiktüte mit der Pistole.

»Sie ist geladen.«

3.

Special Agent Frankie Malone räkelte sich. Es ging auf Mittag zu, er war hungrig. Er hatte in einer der Besucherbuchten im Medical Center Stellung bezogen. Von dort aus war das Krankenzimmer gut einsehbar. Aber seit mehr als einer Woche geschah nichts Auffälliges, weswegen er bereits am Sinn seiner Mission zu zweifeln begann. Auch unten an der Pforte war man gewarnt. Die Beschreibung des Mannes lag dort vor, so gut und detailliert, wie sie Ted und andere von Fullpro hatten geben können. Immerhin wusste man nun, dass es sich um einen hageren Mann, faltig, mit braunem, gewelltem Haar, zwischen fünfzig und sechzig Jahren handelte. Die Videokameras unten in der Eingangshalle waren so eingerichtet, dass man beim Öffnen der Schwingtür das Gesicht der Besucher erfassen konnte. Der Hauptzeuge jedoch, Lou Xi-Fang, wurde von den Ärzten abgeschirmt, sie hielten ihn noch nicht für vernehmungsfähig.

Gegenüber trat Schwester Ruth aus dem Aufwachraum. Ihre Hände formten die Umrisse eines Burgers. Malone nickte und hob den Daumen. Die Mittagspause mit ihr war eine willkommene Abwechslung, sie war eine kecke Person, die gern lachte.

Malone sah sich prüfend um. Auf dem Gang wurde es leer, die Besuchszeit war vorüber. Aus dem Aufzug wurde der Wagen mit den Warmhalteboxen herausgeschoben, in denen das Mittagessen für die Patienten aufbewahrt war. Dahinter verließ Schwester Ruth den Lift. Auf dem Arm trug sie eine große braune Papiertüte. Malone ging in das Schwesternzimmer hinüber, um seine Bestellung abzuholen.

Vom anderen Ende des Gangs näherte sich ein junger Pfleger im weißen Kittel, mit OP-Haube und Handschuhen. Er schob einen Metallwagen vor sich her, der mit einem Tuch zugedeckt war, und steuerte den Raum 2027 an, in dem Lou Xi-Fang lag. Nur kurze Wachphasen unterbrachen Lous Dämmerzustand, in dem er sich wegen der starken Schmerzmittel befand.

Der junge Mann schloss die Tür und öffnete das Fenster. Von draußen drangen die Geräusche des nahen Freeways herein. Er zog das Tuch vom Wagen und nahm die Pistole mit Schalldämpfer aus der Nierenschale. In diesem Moment riss Lou die Augen auf, erkannte die Gefahr und schlug mit den Armen um sich. Die Schläuche und Kabel waren jedoch wie Fesseln. Der andere setzte ihm die Pistole an die Schläfe und schoss kurz hintereinander zweimal.

Man hörte nichts außer einem dumpfen Plopp-Plopp. Lou bäumte sich kurz auf und sank dann auf das Kissen zurück.

Der junge Mann warf die Pistole auf das Bett, deckte seinen Wagen zu und nahm denselben Weg, auf dem er gekommen war, ohne sich auch nur einmal umzudrehen.

4.

»Ich bin höchstens zehn Minuten da drinnen gewesen!« Malones Stimme hatte etwas Winselndes. »Schwester Ruth kann das bestätigen.«

Greg starrte zum Fenster hinaus. Als ob damit irgendjemandem geholfen wäre! Malone hatte schon wieder eine Sache verbockt, aber genau genommen war ihm kein Vorwurf zu machen. Etwa zwanzig Besucher hatten an diesem Vormittag die Station betreten. Der Anlass ihres Kommens und ihr Weg ließen sich in jedem einzelnen Fall nachvollziehen. Daraus leiteten sich zwei stichhaltige Folgerungen ab: Der Mörder kam aus dem Inneren der Klinik, und sie hatten sich zudem allzu sehr auf einen Einzeltäter konzentriert und nicht in Betracht gezogen, dass er Helfer haben könnte. Man wusste ihn zu beschreiben und hatte sich ganz auf dieses Suchbild verlassen. Aber nun war alles ganz anders gekommen.

»Kein Besucher hat in dieser Zeit die Station betreten.«

»Jetzt halte endlich den Mund! Auftrag erfüllt, trotzdem haben wir einen Toten – darum geht es doch!«

»Und wenn die Tat aus einer ganz anderen Ecke kommt?«

»Ausgeschlossen! Die Pistole, die auf Lous Bett lag, war seine eigene. Und diese Spur führt zu dem Einbruch in die Geschäftsräume von Morningstar. Damals ist die Waffe entwendet worden.«

»Sagt wer?«

»Haben wir in Boston nachprüfen lassen. Lou hatte im Büro eine Waffe, und die ist nun wieder aufgetaucht.«

»Und der geheimnisvolle Dritte? Hat der Sheriff herausbekommen, wie Lous Koordinaten in Beaumont durchgegeben wurden?«

Diese Aktion blieb ein Rätsel. Jemand hatte diese damals lebensrettende Information gesendet, darüber hinaus war die Person nicht mehr greifbar, keine Fingerabdrücke, keine Hinweise, keine sonstigen Spuren. Lou wäre dazu nicht mehr imstande gewesen, dass es der Täter selbst getan haben könnte, schien absurd. Es war, als hätte sich ein Geist am Tatort gezeigt und anschließend wieder verflüchtigt.

»Stand heute: Null!«

»Ich muss jetzt noch zu meinem Vorgesetzten hoch. Gibt es denn gar nichts, was ich ihm präsentieren könnte?«

»Du nervst, Frankie! Erzähl ihm doch einfach, wie es war.«

Beleidigt zog sich Malone zurück.

Greg starrte auf das Papier, auf dem er sich Notizen gemacht hatte. Fehler, Ungereimtheiten, Hindernisse! Trotzdem bereitete die Aufklärung des neuen Mordfalls Schwierigkeiten ganz anderer Art: In Gregs Kopf kreiste nur der eine Gedanke, dass mit dem Tod von Lou das Projekt Waterfront nicht starten würde und er womöglich das ganze Geld in den Sand gesetzt hatte.

5.

Abends lag Greg auf dem Bett in seinem Hotelzimmer und grübelte, wie er sich aus dieser Klemme befreien konnte. Er spürte das Handy in seiner Hosentasche vibrieren.

»Hier ist Laura.«

»Laura! Bin ich froh, dass du dich meldest.«

»Greg, bitte! Wir haben noch nichts geklärt. Aber ich muss dir dienstlich etwas mitteilen: So, wie es aussieht, wird Morningstar abgewickelt. Sie haben uns jedenfalls mitgeteilt, dass sie unsere Dienste ab sofort nicht mehr benötigen.«

Greg erfasste ein Schwindel. »Abgewickelt?«

»Alles deutet darauf hin. Sie verpacken ihre Akten in Kisten, einige Schreibtische sind bereits geräumt.«

»Was sagt Rupert dazu?«

»So gut gelaunt habe ich ihn selten erlebt. Er meint, ich solle das noch eine Weile lang im Auge behalten und dann meinen Krempel zusammenpacken und mich zurückmelden. Dich würde er ohnehin in dem anderen Fall brauchen.«

»Und Suzan?«

»Interessiert dich wohl sehr? Sie sitzt verheult und verquollen an ihrem Schreibtisch.«

»Hat sie sich irgendwie zum Tod von Lou geäußert? Sie hat ihn schließlich im Krankenhaus besucht.«

»Nein, nicht direkt. Sie hat nur Mark gefragt, ob er wüsste, wer die Freunde Bentons sind. Ist das wichtig?«

»Ziemlich. Das ist unsere einzige Spur, die einzige Verbindung zwischen den Ermordeten. Bis auf van Holst. Offenbar hat sie mit Lou im Krankenhaus sprechen können. Sag Rupert, er muss jemanden zu ihr schicken und sie befragen.«

»Mach ich.«

Eine Weile lang herrschte Schweigen.

»Greg, was bedeutet das für uns, dass Morningstar am Ende ist?«

»Offen gesagt, Laura: Ich wünschte, ich wüsste es.«

»Das heißt …?«

»Genau, dass wir womöglich nur mit Verlust aus der Sache herauskommen.«

»Greg, wenn du das Geld meiner Eltern verspielst, brauchst du mir nie wieder unter die Augen zu treten. Bring das in Ordnung, egal wie!«

Sie legte auf. Greg vergrub sein Gesicht im Kissen. Später holte er sich ein Bier und einen Wodka aus der Minibar. Dann setzte er sich an seinen Rechner und überspielte einige Daten, die er in Boston auf den Server gelegt hatte, auf seinen USB-Stick. Schließlich wählte er die Nummer, um die einzig noch verbliebene Lösung anzubahnen.

6.

Leslie hob den Kopf. Kein Zweifel, draußen klopfte jemand. Sie erhob sich, legte ein Tuch um ihre Schultern und ging auf leisen Sohlen zur Tür.

»Leslie, bitte mach auf. Ich bin es, Juma.«

Sie schloss auf. Juma fiel ihr in die Arme, sie zitterte.

»Was ist passiert?«

Mit dem Fuß drückte sie die Tür zurück ins Schloss.

»Er spricht wieder mit mir.«

»Quauthelantetzl?«

»Ja.«

»Wie schön!«

Ein Weinkrampf schüttelte Juma. Sie wand sich in Leslies Armen.

»Ich wünschte, er hätte für immer geschwiegen!«

»Was sagt er denn?«

»Dass ich Luiz nie wiedersehen werde!«

Leslie erstarrte. »Und wenn er nicht recht hat?«

»Quauthelantetzl hat immer recht!«

Seine Morde waren Fingerzeige, mit denen er mir zu verstehen gab, was eigentlich meine Aufgabe gewesen wäre. Seine

Idee habe ich wohl verstanden, die maßlose Grausamkeit hat mich dennoch erschüttert. Irgendwann verlor ich gänzlich seine Spur. Es war, als sei der Empfänger in mir, der seine Anwesenheit erspürte, abgeschaltet. Da verstand ich, dass meine Wahrnehmungsfähigkeit und meine Erinnerung nur noch lückenhaft sind. Ich bin krank, so schwer, dass ich es gar nicht wage, mich jemandem anzuvertrauen. Man brächte mich in eine Heilanstalt. Tatsache ist, dass mein Leben keine durchgängige Linie mehr aufweist, immer wieder und zunehmend länger tauche ich in die Umnachtung ein, verschwinde darin, erwache wieder und finde nur noch Stummel und Enden vor. Verworfene Absichten, abgebrochene Handlungen. Diese Absencen sind eine Folge meiner Leidenszeit. Ich verliere mich gänzlich darin. Ich kann mir dabei weder zusehen noch eingreifen, aber ich stelle mir vor, dass diese Anfälle wie Fieberschübe über mich kommen und mir jede Handlungsfähigkeit rauben. Ich bin dann kein Mensch mehr, nur noch ein vegetierender Schatten.

SCHATTEN

1.

Mit schweren Tüten beladen kam Katie vom Friedberger Platz. Sie sperrte die Wohnung auf. »Seb, bist du schon da?«

»Ja, hier im Arbeitszimmer.«

Katie lugte durch die Tür. Sebastian saß an seinem Schreibtisch. Vornübergebeugt, die Arme auf die Oberschenkel gestützt.

»Haben sich die Kinder schon gemeldet?«

»Sind auf dem Anrufbeantworter. Julia ist pünktlich da, Samy verspätet sich etwas. Er kommt von Mannheim.«

Katie stemmte die Arme in die Hüften. »Was ist los mit dir? Miese Stimmung oder was? Heute ist dein Geburtstag, Seb, die Kinder kommen, und wir feiern! Also mach ein freundliches Gesicht!«

»Setz dich, Katie!«

»Ist was passiert?«

»Wie man es nimmt.«

Sebastian stand auf, ging zur Vitrine und goss zwei Gläser Portwein ein.

»Du meinst, ich brauche den jetzt?«

»Ein Special Agent Seleznick vom FBI rief an. Er will mit uns sprechen. Es geht um die Freunde Bentons.«

273

Katie wurde blass. »Nein!«

»Er kommt nächste Woche aus den Staaten herüber, um uns zu vernehmen. Wenn wir einverstanden sind, natürlich.«

»Was will er denn von uns?«

»Lou und Earl sind umgebracht worden. Sie sehen in unserer Gruppe die einzige Verbindung zwischen den Morden.«

»Beide tot?« Katie nippte an dem Portwein. Dann fuhr sie sich durch das Haar. »Verbindung! Aber das ist doch absurd. Das kann nur ein Zufall sein!«

Sebastian sah auf die Uhr und stand auf.

»Komm, ich helfe dir in der Küche.«

2.

Zwei Uhr nachts. Die Kerzen auf der großen Tafel waren fast heruntergebrannt. Katie legte Sebastian von hinten die Arme um den Hals.

»War alles gut?«

»Das hast du schön gemacht, Katie. Vielen Dank.«

Die Teller standen noch auf dem Tisch. Wie immer war es sehr leger zugegangen. Das weiße Tischtuch war übersät von Krümeln, Fett- und Rotweinflecken. Aber alles musste so bleiben, wie es war. Katie hasste es, wenn ein Fest kurz danach im Nichts verschwand. Sebastian hob die Flasche gegen das Kerzenlicht und goss den Rest ein.

»Mir geht das nicht mehr aus dem Kopf. Wenn sie mit uns sprechen wollen, dann heißt das doch …« Katie unterbrach ihren Satz. Sie hätte nun Santinos Namen nennen müssen.

»Sagen wir es vorsichtig: Ihrer Ansicht nach könnte Santino noch leben.«

»Nicht nur das! Wenn das den Hintergrund der Morde abgeben soll, halten sie Santino für den Täter.«

»Richtig. Oder sie meinen, dass einer von uns beiden dahintersteckt.«

»Daran siehst du doch, wie abwegig das Ganze ist«, sagte Katie. »Santino ist seit mehr als zwanzig Jahren verschollen, dann taucht der für tot Erklärte plötzlich wieder auf, um seine früheren Freunde umzubringen? Oder auf uns bezogen: Was wussten wir denn noch von Lou und Earl? Nichts! Und überhaupt: Aus welchem Grund sollten wir ehemalige Kommilitonen töten? Hör mal, Sebastian, da stimmt doch etwas nicht.«

Katies Wangen zeigten rote Flecken.

»Es hat keinen Sinn zu spekulieren, Katie, kommt nichts heraus dabei. Wir müssen abwarten, was sie uns präsentieren.«

»Für mich ist das eigentlich Schlimme, dass diese ganze fürchterliche Geschichte noch einmal aufgerührt wird. Mein Lebenstrauma! Jahrelang habe ich ihn gesucht, habe alle Hebel in Bewegung gesetzt, jahrelang hat es gedauert, bis ich darüber hinweg war, und jetzt geht die ganze Geschichte wieder von vorne los.«

Kurz entschlossen ging sie in die Küche, kam mit einer neuen Flasche Wein zurück und goss sich ein.

»Und woher wollen sie wissen, dass die Morde etwas miteinander zu tun haben?«

»Der Mörder hat ein Brandzeichen auf ihren Leichen hinterlassen.«

»Ein Brandzeichen?«

»Kinich Ahau, den Jaguargott der Mayas.«

»Oh mein Gott! Den hat Santino ja oft erwähnt ...«

»Ich weiß, im Zusammenhang mit Paul, dem Archäologen, der ihm Gutenachtgeschichten erzählt hat.«

»Dann könnte also doch etwas dran sein an diesem Verdacht?«

»Verbindungen findet man immer, wenn man danach sucht, aber …«

Katie studierte seine Miene. »Heraus damit!«

»Ich weiß nicht mehr genau, wann dieser Unsinn mit dem Maya-Kalender und dem Weltuntergang angefangen hat, aber ich war vor knapp zwei Jahren mit meinem Vortrag über antike Kalendersysteme an der Uni Wien. Ich hatte schon den Verdacht, dass die Mayas ein Thema werden könnten, und habe eine kurze Passage über den Maya-Kalender eingebaut. Auch Kinich Ahau habe ich erwähnt, als Beleg, dass die Mayas im Großen wie im Kleinen zyklisch dachten und ihnen ein absolutes Ende gar nicht in den Sinn gekommen ist. Natürlich habe ich mich über diese Untergangsfantasien mokiert. Jedenfalls kam in Anschluss an meinen Vortrag ein weißhaariger Herr zu mir, ich erinnere mich an ihn, weil das Haar in so seltsamem Kontrast zu dem keineswegs greisenhaften Gesicht stand …«

Katie legte erschrocken ihre Hand an den Mund. »Sein Gesicht, wie sah es aus?«

Sebastian legte seine Hand auf ihren Unterarm. »Mir unbekannt. Verlebt, gezeichnet, ich weiß nicht, wie ich ihn genauer beschreiben soll. Jedenfalls nicht wie das von Santino.«

»Und dann?«

»Ich habe gar nicht verstanden, was er von mir wollte, mir kam es so vor, als hätte er alles missverstanden. Er sagte, ich solle mich nicht täuschen, die alten Symbole hätten nichts von ihrer Kraft verloren. Auch ich hätte die Rückkehr der alten Götter zu fürchten.«

»Wirr?«

»Eigentlich ja, aber von einer ungeheuren Entschlossenheit, die ich nicht zu deuten wusste. Ich habe ihn nicht weiter ernst genommen und mich anderen Leuten zugewandt. Abends saßen wir dann im Sinowitz zum Essen, da kommt ein Kellner und stellt einen großen Teller mit einem Steak vor mich hin. Habe ich überhaupt nicht bestellt. Ich mustere das Teil auf meinem Teller und bilde mir ein, dass die Spuren des Grillrosts ein Symbol wie das von Kinich Ahau zeichnen, das ich in meinem Vortrag gezeigt hatte. Ich frage meinen Kollegen Schmickler, der neben mir sitzt. Er lacht nur und findet das sehr weit hergeholt. Ich rufe den Kellner, möchte schwören, dass es ein anderer ist als der, der serviert hat. Er sagt, er weiß auch nicht, wie das Steak hierherkommt.«

»Warum hast du mir das nie erzählt?«

»Was hätte ich dir erzählen sollen? Von Symbolen auf Steaks, die ich nie bestellt habe? Die ganze Geschichte beunruhigt mich erst jetzt, nachdem ich von den Morden gehört habe.«

3.

Greg hatte seinen Flug nach Deutschland so gelegt, dass er einen Zwischenstopp in Boston einlegen konnte. Bis zu seinem Weiterflug am Abend blieben ihm vier Stunden, um zu erledigen, was ihm am Herzen lag. Zunächst hinterließ er Spuren, die an ihn erinnern sollten. Am Schalter der Fluggesellschaft erkundigte er sich unter Angabe seines Namens, ob sein Gepäck automatisch umgeladen würde. Eine Stewardess vom Bodenpersonal fragte er, welches Restaurant sie hier empfehlen könne. Dann erst mischte er sich unter die Reisenden und nahm sich ein Taxi, das ihn nach Beacon Hill brachte.

Harold, sein früherer Chef, lebte dort inzwischen standesgemäß, wie es sich für einen Vicepresident von Empex gehörte. An dem vierstöckigen Backsteinbau wölbte sich ein weiß gestrichener Erker nach außen, von dem aus man die Passanten unten auf der Straße beobachten konnte. Harold trug einen Hausmantel und ließ die Eiswürfel in seinem Glas klingeln.

»Auch einen?«

»Gern«, sagte Greg. »Aber offen gesagt würde ich es vorziehen, nicht in diesem exponierten Erker zu sitzen.«

»Ich verstehe dich nicht, Greg, schließlich bin ich nicht mehr bei eurem Verein. Wozu die Geheimniskrämerei, ich bin Privatmann und kann Kollegen aus früheren Tagen empfangen, wie ich will.«

»Reine Vorsichtsmaßnahme. Du wirst gleich verstehen, Harold, wozu es gut ist, dass niemand von unserem Treffen weiß. Ich bin ziemlich in der Klemme, und du bist der Einzige, der mir da heraushelfen kann.«

Harold runzelte die Stirn. »Lass hören!«

»Soweit ich das beurteilen kann, ist Empex nach wie vor eine der wichtigen Fondsgesellschaften?«

»Wir stehen gut da. Mich haben sie eingekauft, um neue Ideen und Geschäftsbereiche in die Welt zu setzen.«

»Sehr gut. Also, Harold, du hast damals Laura und mich auf Morningstar angesetzt.«

»Natürlich.«

»Jetzt wird die Gesellschaft abgewickelt.«

»Warum denn das?«

»Weil Lou Xi-Fang, der führende Kopf des Fonds, umgebracht wurde. Ohne ihn sehen sie keine Perspektive.«

»Okay. Aber wo ist dein Problem? Rupert wird die Observierung einstellen, aber das hätte ich an seiner Stelle auch gemacht.«

»Harold, du warst damals der Experte, als die Sache angepackt wurde. Ich habe nur ein paar Kurse gemacht und versucht, mich in die Materie einzuarbeiten.«

»Was dir recht gut gelungen ist.«

»Zu gut, Harold. Tag für Tag habe ich denen zugesehen
und mich zunehmend öfter gefragt, wie hätte ich das gemacht,
hat das Hand und Fuß, wie die das anpacken?«

»Und?«

»Als Fondsmanager konnte Lou Xi-Fang niemand das
Wasser reichen. Er war brillant. Und deshalb …«

»Ich ahne es schon: Du konntest die Finger nicht davon
lassen!«

»Genau. Unglücklicherweise bin ich in ein Projekt eingestiegen, das Lou Xi-Fang nicht mehr realisieren konnte, weil
man ihn ermordet hat.«

»Und nun?«

»Hat keiner den Mumm, das Ding durchzuziehen. Bei
Morningstar ist die Sache gestorben. Tot, toter geht es nicht.«

»Was ist das für ein Geschäft?«

»Alles, was du wissen musst, ist hier auf diesem USB-
Stick.«

»Gibt es sonst noch jemanden, der davon weiß?«

»Logischerweise hat Lou das Ding seinen Investoren prä-
sentiert. Keine Ahnung, was die vorhaben.«

»Es eilt also.«

Greg leerte sein Glas. »Unbedingt. Aber mehr sage ich
nicht dazu. Diesen Stick muss ich wohl irgendwo verloren
haben.« Er sah auf seine Uhr. »In zwei Stunden geht mein
Flieger nach Deutschland.«

4.

»Schmerzhaft und unverständlich ist diese Befragung«, sagte Sebastian. »Wie kommen Sie darauf, dass da ein Zusammenhang mit den Freunden Bentons bestehen könnte?«

Katie hatte Special Agent Seleznick in Sebastians Arbeitszimmer gebeten. Sie saßen dort um den kleinen Tisch, an dem Sebastian Besprechungen abhielt, wenn ihn Studenten oder Kollegen zu Hause besuchten.

»Ganz einfach, Professor Kobler. Wir haben das nicht aus dem Zylinder gezogen, Lou selbst hat seiner Sekretärin und Vertrauten im Krankenhaus diesen Hinweis gegeben.«

Katie und Sebastian schwiegen.

»Wohlgemerkt, nachdem er dem begegnet war, der zu seinem Mörder wurde oder ihn umbringen ließ.«

»Gibt es eine Beschreibung des Mannes?« Katie versuchte, ihrer Stimme Festigkeit zu geben.

»Keine wirklich aussagekräftige. Circa fünfzig Jahre alt, hager, sonnengegerbt, welliges, braunes Haar ...«

»Santino hatte schwarzes Haar!«

»Das inzwischen grau oder weiß geworden sein könnte. Oder gefärbt ist.«

Greg fasste Sebastian ins Auge. »Vom Typ her wie Sie, Professor Kobler.«

»Verdächtigen Sie etwa meinen Mann?«

»Zunächst prüfen wir nur. Außerdem bedeutet das ja nicht, dass wir ihn des Mordes verdächtigen. Es ist noch ein Dritter im Spiel, der den Mord an Lou zu verhindern versucht hat. Vielleicht passt das eher auf Sie, Professor Kobler?«

»Natürlich würde ich immer versuchen, einen Mord zu verhindern. Aber dazu müsste ich vor Ort gewesen sein.«

»Okay, wenn Sie zur fraglichen Zeit in den USA waren, kriegen wir das heraus. Aber nun zu den Freunden Bentons: Wer ist Benton?«

»Der Name der Kneipe in St Andrews, in der wir uns immer getroffen haben …«

»Soweit ich weiß, bestand Ihr Organisationskomitee aus fünf Personen?«

Sebastian nickte.

»Seine Aufgaben?«

»Geld beschaffen, die Veranstaltungen planen.«

»Geld beschaffen? Wie denn? Sie waren doch Studenten.«

»Betteln bei Geschäftsleuten …«

»… aber den Hauptteil hat Lou durch Spekulation beschafft.«

»Spekulation mit dem ausgelobten Festivalbudget? Schräge Sache! Scheint mir nicht ganz sauber.«

»Wenn es schiefgelaufen wäre, hätten wir das auf unsere Kappe nehmen müssen. Wir haben für das Geld gebürgt. Aber es ging gut, und Lou hat deutlich mehr beschafft, als wir gehofft hatten.«

»Dass seine Firma Akuma im Jahr 1989 Millionengewinne erwirtschaftet hat, wissen Sie?«

»Aber doch nicht mit dem Geld für das Festival!«

»Womit denn sonst? Weder er noch seine Familie hatten Geld. Das wussten Sie doch!«

»Nein, er hat uns keinen Einblick in seine Geschäfte gegeben. Aber dass er gezockt und Gewinne beiseitegebracht hat, war genau die Befürchtung von Santino«, sagte Katie nach einer Weile.

»Und es gab Streit deshalb?«

»Schon. Aber es schien, dass das ausgeräumt werden konnte.«

»Es schien?«

»Alle waren bereit, die Angelegenheit zu bereinigen. Aber Santino wurde dann festgenommen und ist nach seiner Freilassung spurlos verschwunden.«

»Und einen Zusammenhang mit dem Streit haben Sie nie gesehen?«

Sebastian schüttelte den Kopf.

Seleznick runzelte die Stirn. »Wenn er sie nicht besorgt hatte, woher kamen die Drogen?«

»Sie waren definitiv nicht von ihm! Ich wünschte, wir hätten das aufklären können!«

»Ihre Haltung ist ziemlich blauäugig. Unrechtmäßiges Geld, ein Streit, der zur Aufdeckung illegaler Geldgeschäfte führen könnte, ein Drogendelikt aus heiterem Himmel … Das klingt doch alles wie eins und eins ist zwei, oder?«

»Aber wohin ist er dann verschwunden nach seiner Freilassung?«

»Keine Ahnung! Aber auch das werde ich noch herausbekommen, verlassen Sie sich darauf! Wie haben Sie sich das erklärt?«

»Bevor Santino festgenommen wurde, gab es einen Vorfall, der nie aufgeklärt wurde. Er geriet in die Schießerei einer Drogenbande. Ich bin sicher, dass die Hintermänner dafür gesorgt haben, dass er verschwindet. Er war Augenzeuge und wusste zu viel.«

»Moment, das hätte ich gerne ganz genau! Was für eine Schießerei?«

Katie schilderte die Ereignisse detailliert. Oft waren sie und Sebastian diese Geschichte gemeinsam durchgegangen, und ihre Erinnerungen waren daher präzise.

5.

»Ein Staatssekretär? Welcher denn?« Greg fiel aus allen Wolken.

»Werde ich dir nicht auf die Nase binden«, sagte Rupert. »Natürlich haben sie das von Langley aus arrangiert, ich kenne die Brüder. Aber die Ansage ist unmissverständlich: Du sollst gefälligst die Finger von dieser alten Geschichte lassen, sonst gibt es Ärger!«

»Wenn ich den Mörder fassen soll, muss ich die Hintergründe verstehen! Dann einigt euch mal, was mein Auftrag ist. Soll ich nun ermitteln oder nicht?«

»Natürlich sollst du! Aber ich sehe den Zusammenhang nicht.«

»Liest du meine Berichte denn nicht?«

»Flüchtig, habe zu viel am Hals. Also erklär es mir.«

»Wir haben endlich kapiert, wie van Holst in diese Geschichte verwickelt ist und worin das Motiv, ihn umzubringen, bestanden haben könnte.«

»Nämlich?«

»Van Holst arbeitete damals für die CIA in exponierter Stellung. Ihm war ein Projekt namens Bravo anvertraut. Was dieses Projekt bezweckte, weiß ich nicht genau, davon soll ich ja die Finger lassen. Aber sicher ist, dass zwei von van Holsts Leuten in Puerto Rico einen Mann liquidiert haben, der ihnen gefährlich hätte werden können.«

»Und was hat dieser Santino Marti damit zu tun?«

»Ich bin sicher, dass er zufällig beobachtet hat, wie sie ihn um die Ecke gebracht haben.«

»Und du glaubst, van Holst wusste das?«

»Ganz bestimmt. Er hat dafür gesorgt, dass diese läppische

Drogengeschichte fallen gelassen wurde und Marti aus dem Verkehr gezogen worden ist.«

»Wie?«

»USS Dragonfly.«

»Ach, hör auf, das sind doch Märchen aus der Gruselecke!«

»Mag sein, dass die Dragonfly inzwischen nur mehr ein Gerücht aus der Folterkammer ist, aber vor ein paar Jahren war sie das noch nicht. Dort waren Kriegsgefangene und illegale Kombattanten inhaftiert. Ich versuche gerade, an die Dragonfly-Files im Pentagon heranzukommen.«

»Du lässt die Finger davon!« Rupert öffnete eine Mappe und entnahm ihr ein Schreiben. »Weil der Staatssekretär, den ich ungenannt lassen werde, uns schreibt, dass wir uns aus dieser Geschichte heraushalten sollen, weil Santino Martis Tod von Zeugen bestätigt worden ist. Er ist seit zweitausendsechs tot, deine Spur führt in die Irre, alles klar?«

Rupert raffte seine Unterlagen zusammen, erhob sich und ließ Greg allein im Besprechungsraum zurück.

6.

In Greg rumorte es. Er spürte großen Widerstand gegen die Version seines Falls, die man ihm von oben her aufdrücken wollte. Jahrelang hatte er auf eigene Faust gearbeitet, hatte eigene Entscheidungen getroffen und fühlte sich nun aufsässig genug, die Sache so nicht auf sich beruhen zu lassen.

Sein Smartphone in der Tasche piepte. Er zog es hervor. *Laura anrufen*, stand auf dem Display. Er hatte sie um dieses Gespräch gebeten, und sie hatte ihm den Termin genannt. Bevor er ihre Nummer wählte, überprüfte er nochmals die Börsenkurse. Die Notierung der California Water Suppliers hatte in den letzten Tagen stark zugelegt. Dazu gab es Gerüchte, dass sie kurz vor der Übernahme stünden. Dies würde den Kurs weiter beflügeln. Er überschlug die Zahlen kurz. Schon jetzt stand ein stattlicher Gewinn unter dem Strich.

Er wählte Lauras Nummer.

Ja, ich habe Angst. Und es tut mir weh, an ihn zu denken. Von Anfang an, auch als wir noch gar nichts voneinander wussten, gab es schon eine starke Verbindung zwischen uns. Das Zeichen, das über uns stand, war das des Jaguars, dieses königlichen Tiers voll wilder Kraft und sanfter Geschmeidigkeit. Dass es uns beide geprägt hat, kann kein Zufall gewesen sein. Es ist zu unserer Bestimmung geworden. Zum Zeichen unserer Auflehnung. Wer erlebt hat, was uns widerfahren ist, glaubt nicht mehr an die Überlegenheit des Guten, sondern nur noch an Rache.

THE WARRIOR

1.

Zac Dukem legte das Buch beiseite. Eigentlich verspürte er keine Neigung zum Philosophieren, aber dieses Werk brachte endlich eine tiefe Erfahrung auf den Begriff, die sein Leben geprägt hatte. Er setzte sich an den Schreibtisch und notierte ein paar Gedanken, die er in seine nächsten Vorträge einfließen lassen wollte.

Dukem hatte sich aus dem aktiven Geschäft als Militärberater zurückgezogen. Nach ein paar Jahren als CEO von Onward Power, wo man ihn mit einem gut dotierten Vertrag ausgestattet hatte, um sich seine Kontakte nach Washington zunutze zu machen, verlegte er sich auf die Referententätigkeit. Als hochdekorierter Brigadegeneral nahm er von den Anfragen, die über seine Agentur an ihn ergingen, nur die interessanten wahr. Seine Ausführungen waren in der Regel nicht für die Öffentlichkeit bestimmt, sondern fanden hinter verschlossenen Türen statt. Seine Spezialgebiete waren Terrorismusbekämpfung und Aufstandsniederschlagung.

Die Geschichte, die Dukem auf Papier skizzierte, hatte in Vietnam stattgefunden. Als Lieutenant führte er dort einen aus drei Trupps bestehenden Zug von Black-Wolf-Elitesoldaten. Eine Einheit des Vietcongs hatte ihnen empfindliche Verluste zugefügt, und der Deputy Commander hatte seine schlagkräftigste Gruppe ausgeschickt, um sie im Gewirr des tropischen Regenwaldes aufzuspüren. Nach einem Marsch von zwei Tagen hatten sie in der Nähe der kambodschanischen Grenze erstmals Feindberührung. Der Gegner war, was Ausrüstung und Truppenstärke betraf, mindestens ebenbürtig und war auf Schleichwegen, die nur Einheimische kannten, in ihren Rücken gelangt. Dukem verschanzte sich daher mit seinen Leuten in Gräben und hinter Erdwällen. Nun lagen sie in sumpfigem Gelände und schöpften das Wasser aus den ausgehobenen Gruben, das sich dort ständig sammelte. Nach einigen kurzen, aber heftigen Scharmützeln verhielten sich beide Seiten abwartend. Keiner war in der Lage, die entscheidende Attacke zu führen, und so krallten sie sich in ihren Stellungen fest. Dukem und mit Sicherheit auch der Vietcong hatten Verstärkung angefordert, und so spitzte sich alles auf die Frage zu, wer zuerst mit Entsatz rechnen konnte.

Dukem hatte im tropischen Regenwald jede Vorstellung verloren, wie sich trockene Kleidung anfühlen mochte, in ihren Sumpfgräben waren sie zu Amphibien geworden. Ohne die ständig zu erneuernde Ölschicht nistete sich auf ihren M16 zusehends der Rost ein. Untertags war es feuchtheiß, gegen Abend setzte der Regen ein. In der Nacht lagen sie halb schlafend, halb wachend in Pfützen. Er erwachte frühmorgens, schob sich ein Stück von dem süßen Energieriegel aus ihrer Notverpflegung in den Mund und rauchte dann eine Zigarette. Drüben war alles ruhig. Plötzlich setzte ein aus dem Wipfel des großen Baumes in einiger Entfernung kommender zweistimmiger Gesang ein. Dukem setzte den Feldstecher an und machte dort oben ein Gibbonpärchen aus. Das Männchen richtete sich auf, schaukelte hin und her und sandte in hohem Sopran seine schrillen Rufe, die mit einem Zwitschern endeten, in den Wald hinaus. Mit seinem schwarzen Fell und den weißen Wangen erinnerte der Gibbon Dukem an den Zulu King, den närrischen Herrscher des Karnevals in New Orleans. Das Weibchen hingegen wies eine helle, leicht orange Färbung auf und fiel immer wieder unterstützend in den Gesang ihres Partners ein. Später hockten sie einträchtig nebeneinander und zupften Blätter und Schösslinge von den Zweigen, die sie sich in den Mund steckten.

Die Männer wachten auf und lauschten. Nur Platoon Sergeant Dickerson kümmerte sich nicht darum und brachte die MG in Stellung. Er rümpfte die Nase, als sei ihm ein schlechter Geruch hineingestiegen. »I smell a rat!«

Die beiden Gibbons wandten ruckartig ihre Köpfe von der einen zur anderen Seite hin, und Dukem erkannte, dass sie die Beobachter des Schauspiels waren, das seine Leute und der Gegner inszenierten. Die Affen nahmen teil, ohne sich für den Ausgang des Unternehmens zu interessieren, und fühlten sich darin so frei und behaglich wie die Besucher eines Konzerts. Für ihn hingegen existierte auf dieser Welt nur der Feind dort drüben. Die Gibbons pflückten eine Raupe oder ein Blatt vom Baum und warfen zwischendurch einen Blick auf die Schlammlöcher, in denen er mit seinen Leuten lag. Für die Affen waren sie nur flüchtige Gestalten, Figuren, die aus dem Nichts auftauchten und wieder verschwanden. Schwermut erfasste Dukem, und kurzzeitig kam ihm der ganze Sinn seines Tuns abhanden. Doch dann biss er sich auf die Lippen, packte sein Gewehr und lud es durch. Jede Willensäußerung verfuhr wie ein Suchscheinwerfer in tiefster Dunkelheit, erfasste er das eine Objekt, entgingen ihm alle anderen. Dabei wäre Dukem doch so gerne Teil eines großen Ganzen geworden, in dem man keine Objekte anvisieren musste, sondern alles um sich herum in seiner Mannigfaltigkeit belassen durfte. Bei dieser Betrachtung der Welt würde sich Wohlgefallen einstellen, Schönes wuchs aus dem Schlamm, Farbenprächtiges und Vielgestaltiges. Er spürte Tränen in sich aufsteigen und presste den Kolben seines Gewehrs so fest an seine Schulter, dass es schmerzte. Die Schönheit dieser Welt durfte keine Rolle spielen, wenn man sich der Aufgabe verschrieben hatte, das zu tun, was getan werden musste. Die Bürde musste geschultert werden, jeder andere Blickwinkel war Schwäche und zersetzte seine Handlungsfähigkeit.

Er erhob sich, zielte und holte mit zwei Schüssen die Affen von den Bäumen.

Für das, was daraufhin geschah, hatte Dukem immer wieder neu nach Erklärungen gesucht. War ein Bann gebrochen, ein dunkler Zauber aufgehoben? Vielleicht hatte er den Vietcong einfach nur mit seiner Aktion überrascht? Wie auch immer, jedenfalls begann der Feind auf das Signal hin, das er mit seinen Schüssen gegeben hatte, mit dem Sturm auf ihre Stellung. Sie machten einen Fehler, wie sich bald herausstellte, seine Männer waren bereit, vor allem Dickerson räumte mit dem MG ab, was ihm vor das Visier kam. Nach zwei Stunden kehrte Ruhe ein, am Nachmittag stellten sie fest, dass sich der Vietcong zurückgezogen hatte.

Jahre später ließ sich Dukem in Konzentrationstechniken unterweisen. Die tiefste Form der Meditation, die ihn dieser Welt vollständig enthob, nannte er für sich die Affenmeditation.

Er blickte von seinem Papier auf. Scheinbar ruhig saß er da, filterte aber aufmerksam alle Eindrücke, die er sammeln konnte. Er spürte die Anwesenheit eines fremden Tiers oder Menschen.

I smell a rat, so hatte es Dickerson gesagt.

2.

Dukem zog die Schublade seines Schreibtischs auf und holte die .500 Magnum hervor. Auf leisen Schritten ging er hinunter ins Erdgeschoss.

»Sandy?«

Er schaute in die Küche. Aber Sandy hatte schon alles in Ordnung gebracht und war grußlos verschwunden. Er selbst wollte das so, um Störungen zu vermeiden. Durch den Hintereingang ging er nach draußen. Jasminduft hing schwer in der Luft. Er wartete, bis sich seine Augen an die Dunkelheit gewöhnt hatten, und überblickte das Gelände. Sein Garten bildete einen weitläufigen Ring um das Haus herum. Die tropische Vegetation in Florida entfaltete ihren Reichtum ohne menschliches Zutun. Alles, was die Gärtner machten, war, das Vorhandene zu bändigen, damit der Gartendschungel nicht undurchdringlich wurde. Palmen, Orchideen, Bougainvilleen – exotische Arten waren im Übermaß vorhanden. Dukem ließ Wege und freie Flächen anlegen und den Bewuchs auf wuchernde Inseln zusammenstutzen.

Dukem fuhr herum. Eine schattenhafte Gestalt zeichnete sich an der weißen Mauer ab. Doch dann erkannte er den Leguan, der sich oben auf dem Garagendach zwischen den hitzespeichernden Betonblöcken eingenistet hatte und sich in trägen schlängelnden Bewegungen vorwärtsschob.

Lautlos, mit den fließenden Bewegungen des Dschungelkämpfers umrundete er sein Haus. Auf der Veranda blieb er stehen und prüfte seine Umgebung. Der Mond trat hinter den Wolken hervor. Jetzt bemerkte er eine Gestalt hinter den Jasminbüschen.

»Stehen bleiben!«

Er entsicherte seine Waffe und schoss. Das Terrain zu verteidigen war sein gutes Recht.

»Halt!«

Er gab einen weiteren Schuss ab. Das Gehölz knackte. Er hatte den Eindruck, getroffen zu haben. Den Revolver feuerbereit beidhändig von sich streckend, näherte er sich den Büschen. Jemand lag oder kauerte dort.

»Keine Dummheiten!«

Dann gab der Boden unter ihm nach. Er stürzte in eine Grube. Die Schmerzen waren vielfach und heftig, als sei er in einen Hagel von Pfeilen geraten, die ihn durchlöcherten. Sein Schrei war ein Aufheulen, Wut und Qual in einem, er war in eine Booby Trap geraten, wie sie der Vietcong gegen die US-Truppen eingesetzt hatte. Metall- oder Bambusspitzen, die nach oben ragten, am Boden einer Fallgrube angebracht. Das Gewicht seines Körpers drückte ihn weiter nach unten, die Spieße durchbohrten seine Eingeweide. Er versuchte, noch einmal zu schreien, aber es blieb ein Gurgeln, die Stiche hatten seine Lungenflügel zusammenfallen lassen.

Oben trat ein Mann heran. Dukem meinte, in ihm eine der Hilfskräfte zu erkennen, die sein Gärtner angeheuert hatte. Er streckte ihm seine Hand entgegen. Der Mann beugte sich hinunter, und Dukem spürte noch, wie sich ihm ein glühendes Zeichen näherte.

Was habe ich nicht alles versucht! Ich hatte ihn schon in Pretoria aufgespürt. Sein Wagen stand verlassen am Straßenrand. Nicht abgesperrt. Ich sah das Gewehr, und mir war klar, was er vorhatte. In einer kleinen Bar gegenüber bezog ich Position, um ihn zu stellen. War es einer dieser Aussetzer? Als ich wieder zu mir kam, war er verschwunden. Auch die zweite Gelegenheit habe ich vertan. Auf dem Parkplatz der N4 konnte ich ihn ein weiteres Mal aufstöbern. Aber offenbar war er bereits gewarnt. Er ließ mir keine Chance.

Als ich Earls Ranch ausfindig machte, hatte er Big Sur schon verlassen. Jede Rettung kam zu spät. Der Orgon-Akkumulator war umgestürzt. Der Eingeschlossene muss in seiner Verzweiflung fürchterlich gewütet haben. Die Dellen im Blech verrieten, wie stark er gegen die Wände getreten hatte. Zwar war es ihm gelungen, ihn umzukippen, er fiel jedoch auf die Türseite, sodass Earl noch weniger Chancen hatte, sich zu befreien. Innen sah es schrecklich aus. Mit den Fingernägeln hatte er versucht, das Goldblech abzuheben. Es muss ihm die Hände zerschnitten haben. Auch am Schloss fanden sich Blutspuren. Earl war nicht verstümmelt, aber in seiner klaustrophobischen Raserei übel zugerichtet und kaum mehr wiederzuerkennen.

Wenigstens einmal ist es mir gelungen, seine Absichten zu durchkreuzen. Ich fand Lou sterbend vor, konnte aber noch seine Position an die Helfer durchgeben. Den zweiten Schlag allerdings konnte ich nicht verhindern. Dass er sich dann Dukem zuwandte, kam für mich überraschend.

THE GREAT WIDE OPEN

1.

Das Gefühl war großartig. Es zirkulierte pulsend im ganzen Körper. Ein Wärmestrom.

»Ihr Schwiegervater in spe ist ein Fuchs. Alle Achtung! Dieses Ding hat keiner unserer Analysten auf dem Radar gehabt.« Der Bankberater blickte in einer unentschiedenen Mischung aus Neid und Anerkennung auf Greg, der sich im Sessel rekelte.

»Die ganze Transaktion ist abgeschlossen und das Geld, wie gewünscht, auf dem Konto, das wir für Sie eingerichtet haben.« Er nahm einen Auszug vom Tisch. »Sie sind ein reicher Mann.«

Greg beugte sich nach vorn. »Wie viel?«

Der Bankberater hob beide Hände und spreizte seine Finger zur Acht. »Millionen!«

Der Wärmestrom erreichte Gregs Kopf und verdichtete sich dort zu einer Wolke. Ihm wurde leicht schwindlig. Noch nie zuvor hatte er sich Gedanken über die Existenz eines Astralleibs gemacht. Nun verfügte er urplötzlich über einen solchen. Er fühlte sich inmitten einer strahlenden Aura. Der alten Hülle war er mit ätherischer Leichtigkeit entstiegen.

»Können wir noch etwas für Sie tun?«

Greg verstand, dass es keinen Sinn hatte, glückstrunken im Lederstuhl der Bank zu verharren. Er stand auf, zog sein Sakko zurecht.

»Danke nein, alles bestens!«

2.

Draußen auf der Straße brauste der Verkehr. Greg zog es vor, zu Fuß zu gehen. Er blickte sie alle an, den grauhaarigen Schwarzen in der Trainingshose, die Hausfrau mit einer *Super 88*-Einkaufstüte, den Jugendlichen mit gegelter Haartolle und den Teenie im rosafarbenen Top mit Bauchwulst. Aber nahmen sie ihn überhaupt wahr, sahen sie ihm an, was ihn so federleicht den Bürgersteig entlanggehen ließ? Der Mensch mit seinen Alltagssorgen kommt nicht aus seiner Haut heraus, dachte Greg. Um Aufmerksamkeit zu erregen, musste man sich auf das Pflaster werfen, schreien oder anderweitig aus der Rolle fallen. Alles andere wurde heruntergebügelt, ein Passant glich dem anderen. Ihn hatte das Glück geöffnet und geweitet, er war empfänglich für seine Umgebung geworden; die anderen blieben in sich vergraben.

Die Welt war schön, weil sich nun ihr gesamtes Inventar vor ihm aufbaute, um ihm Angebote zu machen. Alles war zu haben, ein Donut, eine rote Corvette, ein Hotdog mit reichlich Senf, eine Wohnung über den Dächern von Boston, der Slip von Calvin Klein, eine Nacht in Bangkok oder einfach eine Schachtel Zigaretten? Aber das Schönste war, alles in der Schwebe zu belassen und einfach nur dem Chor der vielen Stimmen zuzuhören, die alle wisperten und warben: Nimm mich!

War es klug gewesen, jetzt auszusteigen? Das Karussell raste weiter. Er schaute auf sein Smartphone. Die Aktien der CWS stiegen immer noch. Aber wie lange? Er rechnete kurz nach, was ihm entgangen war. Doch dann schlug er sich mit der flachen Hand gegen den Kopf.

»Mannomann! Entspann dich, genug ist genug. Was soll das denn?«

Er löschte den Link auf seinem Smartphone, mit dem er ständig am Puls seines Wertpapiers gewesen war. Die Kunst war, sich antizyklisch zu verhalten, gerade beim Ausstieg waren schon viele gestolpert. Aber Lou, wie hätte der in seiner coolen Art reagiert?

Er hob den Blick und begegnete dem einer jungen Frau. Einer Latina. Die musste etwas gemerkt haben!

Erneut begann der Wärmestrom in ihm zu pulsen.

Nur nicht den Kopf verlieren! Er versuchte, sein Wohlgefühl analytisch zu betrachten, um es zu dämpfen und dabei zu kultivieren. Man könnte, könnte, könnte! Das war es, das war der Kern, das war Reichtum! Der Penner dort drüben musste. Etwas zwischen die Zähne kriegen, einen Schnaps auftreiben, einen Schlafplatz finden. Reichtum war Fantasie, Verwandlungsfähigkeit. Er schlüpfte leichtfüßig von einer Form in die andere, wurde Thunfischsandwich, Polstersessel oder Krawatte. Auch seinen Besitzer veränderte der Wohlstand, man war nicht mehr grob bedürftig, man durfte feiner werden. Die ganz große Pralinenschachtel lag offen vor einem, Genuss entsprang einer Naschlust, die man sich ruhig gönnen durfte.

Greg ließ sich von solch schönen Gedanken davontragen.

3.

Noch vor ein paar Tagen hatte Rupert bei Greg jederzeit und beliebig oft durch eine Zurechtweisung oder gallige Bemerkung einen stechenden Schmerz im Solarplexus auslösen können. Jetzt war alles ganz anders, Greg fühlte sich von einer Aura der Unverletzlichkeit umgeben. Er konnte, wann immer er wollte, aufstehen und sagen, schieb dir deine Untersuchung sonst wohin, Rupert, ich schmeiße den Job! Oder noch einfacher: Ihn durch seine Schutzhülle hindurch ansehen und bei jedem Satz von Rupert denken: Arschloch! Einmal, zweimal, Arschloch, Arschloch!

Gregs Grinsen ging Rupert auf den Nerv. »Sag mal, hast du irgendetwas genommen?«

Greg lehnte sich zurück. »Zwei Kaffee, einen Blaubeermuffin!«

Rupert blickte gequält. »Bei Gelegenheit werde ich darüber lachen. Haben wir etwas Neues?«

»Kann man sagen. Ich habe die Dragonfly-Files gecheckt …«

»Hatte ich nicht klar genug gesagt, du sollst die Finger davon lassen?«

»War ein Vorschlag von dir, Rupert. Aber die Ermittlungen führe ich, und ich halte die Rübe dafür hin. Wenn ich also der Ansicht bin, ich brauche diese Information, besorge ich sie mir, okay?«

Rupert war über Gregs Ton erstaunt. »Und wie bist du da rangekommen?«

»Hingefahren, Dienstmarke vorgezeigt.«

»Du bist doch betrunken!«

Greg schüttelte den Kopf. »Will sagen, dass ich mir auf

dem üblichen Dienstweg Zugang verschafft habe. Allerdings gewährt man uns nur einen beschränkten Einblick. Wir sehen keine Namen.«

»Also, was soll das dann?«

»Im Jahr 2006 sind vier Häftlinge gestorben. Einer davon wird als vermisst und tot bezeichnet.«

»Na also! Der Tote ist Marti.«

»Möglich, Rupert, könnte aber auch andersherum gewesen sein: Er wurde vermisst, und man hat ihn daher für tot erklärt. Weil sich niemand auszumalen vermag, dass man ein solches Schiff lebend verlassen könnte. So wird ein Schuh daraus.«

»Willst du mir jetzt noch die Version andrehen, dass Dukem zu den Freunden Bentons gehört hat?«

»Unsinn! Aber überleg doch mal, Rupert: Wenn du siebzehn Jahre lang auf einem Gefängnisdampfer sitzt, hast du gute Gründe, mit dem ganzen System und seinen Repräsentanten abzurechnen. Entweder bist du kaputt, oder du wirst zum Bluthund. Oder etwa nicht?«

Rupert schwieg.

»Auch zum Mord von Lou Xi-Fang haben wir eine heiße Spur.«

»Aha! Habt ihr den mysteriösen Dritten ausfindig gemacht?«

»Das nicht, aber Malone und seine Kollegen in LA lagen schon richtig, als sie diese Jaguarheilerin und ihren Liebhaber festgenommen haben.«

»Definitiv nicht«, sagte Rupert. »Die Frau ist harmlos. Abgedreht, wirr vielleicht, sonst bietest du doch nicht so einen Therapiescheiß an. Auch die Children of Mother Earth sind unbedarft. Das Verwegenste ist das Absingen von Gospelsongs vor dem Umweltministerium.«

»Du irrst dich. Der Fehler war, sich auf sie statt auf ihn zu konzentrieren. Luiz López arbeitet für die Dirección de Inteligencia.«

»Wie kämen denn nun die Kubaner ins Spiel?«

»Was immer hinter dieser Operation Bravo gesteckt haben mag, die van Holst geleitet hat, sie richtete sich gegen Nicaragua. So viel weiß ich. Und damit schließt sich der Kreis: Marti war damals involviert. Nun kommt er frei. Ein entlaufener Sträfling, gänzlich mittellos. An wen wendet er sich, wenn er Beistand braucht?«

»An die Kommunisten dort.«

»Genau. Und wir wissen nicht erst seit heute, dass in Nicaragua nahezu dreitausend kubanische Militärberater und Geheimdienstleute sitzen. Einer davon ist Luiz López, Martis Gehilfe.« Zufrieden lehnte sich Greg zurück. »Und was machen wir jetzt mit unseren Erkenntnissen, Rupert?«

Rupert furchte die Stirn. »Rücksprache halten. Das Ding ist mir zu heiß. Da ist viel zu viel Politik dabei. Selbst wenn wir ihn schnappen, einen wie Marti kannst du nicht vor ein normales Gericht stellen. Man möchte doch nicht, dass er sein Wissen über irgendwelche Geheimoperationen auspackt.«

Greg zuckte die Achseln. »Dein Problem.«

»Okay, Greg, ich kümmere mich darum. Ich denke, unsere Freunde in Langley werden die Sache an sich ziehen. Lass also den Fall zunächst mal ruhen, bis das geklärt ist. Du hast ja auch sonst genug zu tun, nicht wahr?«

»Kann man wohl sagen. Bei Morningstar wird aufgeräumt, und unsere ganze Überwachungshardware ist noch in den Räumen aufgebaut.«

4.

Laura bestellte Caramelle, Greg eine Bistecca.

»Und?«

Greg zog einen Umschlag aus seiner Jacketttasche und schob ihn zu Laura hinüber.

»Lass uns das gleich hinter uns bringen: Hier drin sind zwei Schecks, einer über die Summe, die uns deine Eltern geliehen haben. Natürlich mit den üblichen Zinsen. Dasselbe für dich. Das Geld zurück, das du aus deinen Ersparnissen eingelegt hast.«

Die Erleichterung war ihrem Gesicht abzulesen.

»So weit wären wir also quitt.«

Laura fasste nach seiner Hand. »Danke, Greg. Ich weiß sehr zu schätzen, dass du das noch hingebogen hast. Wie eigentlich?«

»Sollte ich besser für mich behalten.«

Laura legte den Kopf schräg. »Es tut mir leid, Greg, dass ich dich die ganze Zeit über so schlecht behandelt habe.«

»Schon vergessen!«

»Mir ist klar geworden, dass ich dich nur als Sparringspartner für einen Konflikt benutzt habe, der eigentlich in mir selbst ist. Du musstest leider für den miesen Part geradestehen.«

Ihre Hand war warm, ihre Berührung zart. »Wir sind gemeinsam in diese Geschichte hineingeschliddert, ich wollte das ebenso wie du, Greg.«

»Alles vorbei, Laura. Die Sache ist ausgestanden. Wir sind reich, wir können nun tun und lassen, was wir wollen.«

»Nein, das können wir nicht!«

Die Bestimmtheit, mit der sie auftrat, überraschte ihn.

»Wir wollen heiraten, glücklich werden, Kinder haben, aber ein solches Leben können wir nicht auf einem Vermögen aufbauen, das uns nicht rechtmäßig zusteht, das wir uns durch Pflichtverletzung und Betrug angeeignet haben. Man kann das drehen und wenden, wie man will: Dieses Geld ist nicht unseres!«

Greg suchte vergeblich Halt, er hatte das Gefühl, in einen Abgrund zu stürzen. Laura hielt das Kuvert hoch.

»Ich habe mit Mom und Daddy lange gesprochen. Sie schenken uns das Geld ohne jede Bedingung. Keine Rückzahlung, kein Schuldgefühl! Aus Liebe, weil sie wollen, dass es uns gut geht. Dieses Geschenk kannst du annehmen, es kommt von Herzen. Das andere kommt aus der Hölle oder wie auch immer man das bezeichnen möchte.«

»Aber was soll ich denn mit dem ganzen Gewinn machen?«

»Stiften, verschenken – egal! Etwas gutmachen. Stell dir einfach vor, dass irgendwo in Kalifornien Menschen sitzen, die das, was du durch Spekulation gewonnen hast, durch ihre Arbeit aufbringen müssen. Ein Farmer mit seiner Familie, ein Hilfsarbeiter draußen auf dem Feld …«

Greg wollte protestieren.

»Pst! Ich bin naiv, ich weiß schon. Ist vielleicht ökonomisch alles nicht korrekt, was ich sage. Aber so dumm bin ich nicht, um nicht zu wissen, dass aus Geld nicht einfach mehr Geld werden kann, ohne dass ein anderer dafür bezahlt. Dein Gewinn ist irgendjemandes Verlust. Punkt. Jetzt lassen wir das!«

Sie fasste Greg an beiden Händen. »Du gewinnst noch mehr, wenn du dich richtig entscheidest.«

Sie küsste ihn auf den Mund.

»Mich!«

5.

Noch spät in der Nacht, lange nachdem er sich von Laura verabschiedet hatte, war Greg unterwegs. Von dem Lokal in der Nähe des Aquariums kommend wandte er sich zum Boston Common und spazierte im Park umher. Er war aufgewühlt, fand nach ihrem Gespräch keine Ruhe. Laura hatte ihn nicht weiter bedrängt, sondern ihn einfach gebeten, sich bald zu entscheiden. Nach der Hochstimmung der letzten Tage hatte er eine Bruchlandung erlebt. Er hatte sich in dem Wohlgefühl gesonnt, Großes erreicht zu haben, und stellte nun fest, dass Laura es geringschätzte. Was er ihr zu Füßen legte, war nichts wert.

In seinen Fantasien war der Film ihres Treffens ganz anders abgelaufen. Sie erkannte, dass sie ihm unrecht getan und seine Fähigkeiten unterschätzt hatte. Sie liebte ihn für seine Zähigkeit und Unnachgiebigkeit, mit der er prekäre Situationen durchstand. An ihm war es, sich souverän und großzügig zu zeigen. Doch plötzlich hatte er keinen Coup mehr gelandet, sondern sich von seiner Gier verführen lassen. Sie stufte ihn vom Gewinner in die Rolle eines fehlgeleiteten Krämers zurück.

Er haderte mit sich und ihr. Sein Erfolg war vergiftet. Was er erreicht hatte, bedeutete nichts, wenn er damit alleingelassen wurde. Keine Bewunderung, kein Stolz, stattdessen Kritik. Die Hand, die er ihr reichte, ergriff sie nicht. Laura änderte einfach die Regeln.

Wie immer er die Sache drehte und wendete, er fand keinen Frieden. Greg fühlte sich verletzt und gedemütigt.

6.

Anderntags machte sich Greg früh auf zum Büro von Morningstar. Suzan öffnete ihm. Die Schreibtische waren weitgehend ausgeräumt, das Office wirkte wie ein Möbellager für Geschäftskunden. Greg ging zunächst in den Serverraum und schraubte dort an den Rechnern, bis sich Suzan wieder in ihr Zimmer zurückgezogen hatte. Dann suchte er nacheinander die Räume auf, in denen sie die Kameras installiert hatten.

Zuletzt ging er in den Besprechungsraum. Er bestieg den großen ovalen Tisch, löste die Gitterblende vor den Leuchtstoffröhren. Er griff hinein und tastete den ganzen Lampenkorpus ab, ohne etwas zu finden.

»Ist es das, was Sie vermissen?«

Greg fuhr herum. Suzan stand in der Tür und hielt die Kamera in Händen, die er gesucht hatte. Sie winkte ihn vom Tisch herunter.

»Setzen Sie sich!«

Er stieg vom Tisch.

»Wer seid ihr wirklich?«

Greg schwieg und überlegte angestrengt, welchen Ausweg es aus dieser unangenehmen Situation gab.

»Ich habe mich immer gewundert, wie günstig Forefront die Leistungen angeboten hat. Ihr wart immer um Längen billiger als die Konkurrenz. Lief ja alles über meinen Tisch.«

Sie lachte. »Aber jetzt verstehe ich, ihr hättet die Hardware auch kostenlos geliefert, wenn wir das verlangt hätten. Ihr wolltet uns bespitzeln. Warum?«

Er musste sie zum Schweigen bringen. Womöglich rief sie die Polizei, alles würde dann noch komplizierter. Er griff in seine Tasche und legte seine Dienstmarke auf den Tisch.

»FBI. Die Ermittlungen waren im nationalen Interesse.«

Sie verzog ihren Mund zu einem spöttischen Lächeln. »Lou war ein Patriot. Nein, da steckte noch was anderes dahinter!«

Greg schüttelte den Kopf. »Scheich Mohamed bin Saif sympathisiert mit der al-Qaida. Wussten Sie das?«

»Das sagt ihr doch von jedem Araber. Aber euch müsste ziemlich schnell klar geworden sein, dass er noch mehr mit guten Dollaranlagen sympathisiert. Und dass er spezielle Freunde in Washington hat.«

Sie beugte sich über den Tisch. »Um das herauszubekommen, braucht man keine zwei Jahre. So lange steht nämlich Forefront bei uns schon auf der Matte.«

Suzan wartete vergeblich auf Gregs Antwort. Er war in die Enge getrieben.

»Seit Wochen beobachte ich, wie sich der Kurs der CWS hochschraubt. Ich habe mich immer gefragt, wie etwas, was nur in diesen Räumen besprochen worden ist, nach außen dringen konnte. Dieses Projekt wird durchgezogen, als sei Lou höchstpersönlich wiederauferstanden oder als habe er einen Geist geschickt, um seine Lieblingsideen zu verwirklichen. Natürlich habe ich mich kundig gemacht: Keiner von denen, die hier am Tisch saßen, ist im Spiel. Ganz einfach, weil die Deals über Goldman Sachs gefingert werden. Aber wer genau dahintersteht, erfährst du nicht. Nur so viel ist klar: Hier kocht einer nach Lous Rezept. Letzte Woche habe ich dann beim Auswechseln der Leuchtstoffröhre die Kamera entdeckt. Wollen mal sehen, wer sie abzuholen versucht, dachte ich. Voilà!«

Ihre Folgerungen waren ebenso messerscharf wie richtig.

»Du kannst ruhig den Mund halten …«

»Über unsere Ermittlungen habe ich außer meinen Vorgesetzten niemandem Rechenschaft abzulegen.«

Sie winkte ab. »Die interessieren mich nicht. Ich wette, deine Chefs wissen nicht, dass einer ihrer Leute da draußen der Versuchung erlegen ist, am Honigtöpfchen zu naschen.«

Sie griff nach der Dienstmarke, um den Namen zu lesen. »Nicht wahr, Greg? Trotzdem bemerkenswert, dass du es in deiner Position hingekriegt hast. Wie, das wirst du mir genauer erzählen.« Sie stand auf und nahm seine Dienstmarke an sich. »Jetzt denkst du mal bis morgen Abend darüber nach, welches Angebot du mir machen kannst. Wo treffen wir uns?«

»Besser nicht in der Öffentlichkeit.«

»Okay, dann bei mir. Ich habe ein Appartement in Somerville, Albion Street, am Junction Park. Acht Uhr?«

Greg nickte und blickte ihr nach. Er verstand nun, warum sie es zu Lou Xi-Fangs Assistentin gebracht hatte. Er konnte sich nicht daran erinnern, je von einer Frau so gründlich plattgemacht worden zu sein.

7.

»Noch einen Martini?«

Greg nickte. Durch die offene Balkontür drang Vogelgezwitscher aus dem nahen Park herein. Suzan ging zum Kühlschrank, gab Eiswürfel in das Glas und goss auf. Greg beobachtete sie, wie sie ihm den Rücken zuwandte. Sie trug eine weiße Caprihose und darüber einen langen, bauschig-weiten Pullover mit engem Saum. Als sie sich umdrehte, sah Greg rasch zur Seite.

Schon die ganze Zeit über fühlte er sich desorientiert. Er war nicht wirklich bei sich, hörte sich reden, hoffte dabei, seine Sätze würden am Ende ihren Sinn von selbst finden. Der Abend war lau, ein wenig frisch, dennoch spürte Greg die spannungsgeladene Atmosphäre eines aufziehenden Gewitters. Dabei hatte er sich vorgenommen, hart zu verhandeln, ihr zu zeigen, dass in ihm die Abgebrühtheit eines Traders steckte, der alle Schwankungen wegsteckte. Stattdessen machte er eine schlechte Figur, wie sie nur einer abgeben konnte, der nicht wusste, was er wollte.

Suzan stellte das Tablett vor ihm ab.

»Wir reden nun schon eine ganze Weile lang. Aber ich habe von dir noch nichts Greifbares gehört. Mag ja sein, dass alles ziemlich kompliziert und schwierig ist, der Deal, deine berufliche Situation und was sonst noch alles. Aber mal ehrlich: Was interessiert mich das?«

Sie hob das Glas. »Ich will eine Million! Und damit kommst du noch gut weg.«

Sie trank. »Vielleicht hast du ja Qualitäten, die ich nicht kenne. Aber lass dir gesagt sein, dass man verdammt schlecht verhandelt, wenn man den Frauen ständig auf den Arsch und die Titten sieht.«

Ihr Blick wurde provozierend. »Könnte es sein, dass du kein Zocker, sondern ein verklemmtes Würstchen bist?«

Greg wusste nicht, wie ihm geschah, er gab ihr eine Ohrfeige. Noch nie zuvor hatte er eine Frau geschlagen. Suzan sah ihn für kurze Zeit erstaunt an, dann zeigte sich wieder dieser freche Zug an ihr. Greg schlug nochmals zu. Sie hielt den Kopf gesenkt, hob ihn und strich eine lockige Strähne beiseite, die ihr ins Gesicht gefallen war.

»Okay, ich habe es mir überlegt: Ich will alles!«

Greg packte ihren Haarschopf, zog sie zu sich heran und küsste sie. Kurze Zeit darauf vergrub er sich wie besinnungslos in ihrem üppigen Fleisch.

Nun also der Bethmannpark! Wieder spüre ich, wie mein Herz klopft. Schon gestern habe ich sie gesehen. Sie durchquerte die Anlage. Ich stand unter einem Busch, bin ihr ganz nahe gewesen. Nach mehr als zwei Jahrzehnten. Sie hat immer noch Eleganz, bewegt sich mit Anmut, man sieht ihr gerne hinterher. Offenbar hat sie ihr Leben gemeistert. Ich liebe sie immer noch – nein, halt! Ich würde sie immer noch lieben, wenn es mir das Schicksal gestattet hätte.

Er hat sie aufgespürt und mich hierher getrieben. Was will er von ihr? Sich mit unserer Bekanntschaft ihr Vertrauen erschleichen? Aber wozu? Eine Rechtfertigung für seine schlimmen Taten?

Stunden sitze ich nun schon hier. Ich hätte etwas zu trinken mitnehmen sollen. Und einen Schokoriegel. Mir ist schwindlig. Aber ich kann meinen Platz nicht verlassen. Sonst würde ich wieder den Kürzeren ziehen. Weiß er um das Ausmaß meiner Behinderung? Spielt er nur mit mir? Manchmal ist es demütigend. Aber nun hat mir der Zufall in die Karten gespielt. Zwar gibt es wenig, was er nicht von mir und über mich wüsste. Aber ein wichtiges Detail habe ich ihm voraus. Hier in Frankfurt ist es mir gelungen, ihn im Hotel Bünz aufzuspüren. Ich wollte gerade sein Zimmer durchsuchen, als ich bemerkte, dass sich zwei Männer schon Zutritt verschafft hatten. Der Ältere von beiden wurde Charlie genannt. Dieser Name weckt eine präzise Erinnerung in mir. So nannte sich der Helfer von van Holst, der für ihn die Drecksarbeit zu erledigen hatte. Natürlich suchen auch sie ihn schon lange, um sein Treiben zu beenden. Und jetzt haben sie ihn gefunden. Wenn einer wie Charlie in der Stadt ist, hat er einen Auftrag.

Er weiß offenbar nicht, dass Charlie auf ihn angesetzt worden ist. Ob ich ihn warnen werde? Ich bin unsicher, weil ich ihn stellen und nicht vernichten will. Aber es kommt auf ihn

an. Vielleicht bringt er doch noch den Mut auf, mir gegenüberzutreten. Mir ins Gesicht zu sehen. Ich glaube, ich wüsste
dann, was ich zu tun hätte. Sein Blick würde es mir sagen. Bis
dahin bleibt alles ungewiss.

Schwer abzuschätzen, wie groß mein Vorsprung ist. Aber
ich habe Zeit, ich werde warten. Sie wird wiederkommen, er
wird kommen. Heute noch. Es spielt keine Rolle für mich, wie
viele Stunden ich noch unter diesem Baum sitze. Heute muss
alles ins Lot gebracht werden. Für mich. Was wird aus ihm?
Ich fürchte fast, er wird diesen Tag nicht überleben.

Bei unserem letzten Zusammensein lagen wir aneinander-
geklammert in dem Leichensack. Er lebte, mich hatte man für
tot gehalten. Ich war krank und ausgezehrt, als ich zu mir
kam. Er war schwach, aber gesund. Mein vermeintlicher Tod
rettete ihm das Leben. Es wäre seine Pflicht gewesen, sich um
mich zu kümmern. Er hat mich jedoch meinem Schicksal
überlassen, floh alleine, als ich ihn am nötigsten gebraucht
hätte.

Der Mann dort hinten, das könnte Charlie sein. Aber ich
muss aufstehen, gehen, mich auf die Rosen, die Büsche und
Bäume konzentrieren, mich an ihnen festhalten, weil ich spüre, wie sie sich aus meiner Wahrnehmung flüchten. Ausgerechnet jetzt entfernt sich die Welt von mir. Das Taschenmesser!
Ich brauche einen starken Reiz, den scharfen Schmerz einer
Verletzung, um mich nicht wieder gänzlich zu verlieren.

DÄMMERUNG

1.

Von der Innenstadt kommend betrat Katie den Bethmannpark. Die Sonne war noch einmal hinter den Wolken hervor-
getreten und zeichnete herbstlich lange Schatten. Katie setzte
sich auf eine Bank und hielt ihr Gesicht den Strahlen entgegen. Die im Sommer dicht gefüllten Blütenkelche der Rosen-
sträucher hatten schon Blätter verloren, die verbliebenen ro-
chen umso intensiver, und ein sanfter frühabendlicher Wind
wehte ihren schweren Duft heran. Zwei ältere Männer spielten eine Partie Schach, eine Gruppe Frauen saß am Tisch zusammen. Sie verteilten den mitgebrachten Kuchen und
schenkten Kaffee aus der Thermoskanne aus. Ein weiterer
älterer Mann im dunklen Anzug hielt seinen Aktenkoffer auf
den Oberschenkeln und las in einem dicken, zerfledderten
Buch.

Gegenüber von Katie stand das im chinesischen Stil gehaltene Tor zum Garten des Himmlischen Friedens. Sie betrachtete es immer wieder gern. Auf dem massiven, quaderartigen
Torsturz waren von verzierten Stützen gehaltene Querplatten
aufeinandergeschichtet, die nach oben zunehmend filigraner
wurden. Aus Erdenschwere heraus begann eine luftiger wer-
dende Bewegung himmelwärts. Sie schloss die Augen.

»Hallo, Katie!«

Katie blickte neben sich. Ein weißhaariger Mann hatte neben ihr Platz genommen. Seine Vertraulichkeit überraschte sie. Dann fiel ihr Blick auf seine linke Hand, um die er ein rotfleckiges Taschentuch gewickelt hatte.

Er schüttelte den Kopf. »Nichts von Bedeutung. Eine kleine Wunde. Ich habe mich mit dem Taschenmesser verletzt.«

»Kennen wir uns?«

Er lächelte. »Wir kannten uns.«

Katie suchte Bilder in sich, keines mochte so recht passen. Das Gesicht war ihr fremd, aber das Alter und das gewellte Haar ließen nur einen Schluss zu.

»Santino?«

Er nickte. Katie betrachtete ihn. Seine Furchen waren tief wie Wundmale, hart eingeritzt wie mit einem Stechbeitel. Die Tränen schossen ihr in die Augen. Mit dem Taschentuch versuchte sie, ihrer Herr zu werden.

»Verzeih mir, dass ich dich nicht anfassen kann, aber du kommst mir so fremd vor.«

»Zuletzt haben wir uns vor über zwanzig Jahren gesehen.« Er wartete, bis sie sich gefasst hatte. »Du bist nun mit Sebastian verheiratet?«

Sie nickte.

»Habt ihr Kinder?«

»Zwei. Julia und Samy.«

»Wie alt?«

»Julia ist neunzehn, Samy zwanzig. Julia studiert hier in Frankfurt, Samy macht gerade ein Praktikum in Mannheim.«

Er besah seine verletzte Hand.

»Ist das ein Vorwurf?«, fragte Katie.

Er zuckte die Achseln.

»Du machst dir keine Vorstellung, wie das war! Drei lange

Jahre habe ich um dich gekämpft. Bin immer wieder nach Puerto Rico geflogen, habe bei den Behörden vorgesprochen. Meine Eltern haben mir Geld gegeben, um einen privaten Ermittler beauftragen zu können. Nacht für Nacht habe ich geweint und mich im Schmerz verzehrt. Ich war kein Mensch mehr. Dann haben sie dich für tot erklärt. Ich war aufgerieben, von mir war nichts mehr übrig. Wenn einer verschwindet, den du geliebt hast, bleibt dumpfe Trauer. Es gibt keine Erklärung, keine Bilder – nichts! Es ist, als hätten sie dir den Arm amputiert, aber im Phantomschmerz spürst du noch seine Anwesenheit.«

Er erschrak über ihre heftige Reaktion. »Entschuldige, nein, kein Vorwurf!«

»Und Sebastian stand mir die ganze Zeit über zur Seite. Als Helfer und Begleiter. Er hat keine Ansprüche gestellt, auch später nicht. Ich war es, die dann auf ihn zugegangen ist. Ja, ich wollte wieder leben und habe gehofft, ich könnte es durch ihn und seine ruhige Art wieder lernen. So war es auch. Er war der Einzige, der verstehen konnte, was mir widerfahren ist. Und deshalb habe ich begonnen, ihn zu lieben. Er ist mir bis heute ein treuer Gefährte. Mehr gibt es dazu nicht zu sagen!«

Sie wischte sich erneut die Tränen aus den Augen. »Und du? Was haben sie mit dir gemacht?«

»Man hat mir eine Falle gestellt, man hat mich dem Feind ausgeliefert, man hat mich unendlich lange gequält.«

»Eine Falle gestellt?«

»Earl und Lou haben diese Drogentüte in meinen Matchsack geschmuggelt.«

»Nein!«

»Doch. Sie wollten mich wegen ihrer Geschäfte aus dem Weg räumen.«

»Aber die Sache wurde doch nicht weiterverfolgt, sie haben dich freigelassen, hieß es. Erst dann bist du verschwunden.«

»Du erinnerst dich an diesen Unfall?«

»Natürlich.«

»Es war keine Auseinandersetzung von Drogenbanden. Der Sterbende war ein Freund des nicaraguanischen Präsidenten, von Comandante Delgado.«

»Du hast ihn also doch angerufen!«

»Ja, ich musste es tun, ich fühlte mich dem Toten verpflichtet. In der Untersuchungshaft haben sie dann die Telefonnummer gefunden, den Rest konnten sie sich zusammenreimen. Damit war das Urteil über mich gesprochen.«

»Und deine Freilassung?«

»War nur zum Schein. Sie haben mich betäubt, um mich lebendig in ein Grab zu sperren, ein Gefängnisschiff, auf dem ich sechzehn Jahre verbracht habe.«

Beide schwiegen.

»Haben sie dich begnadigt?«

»Nein, ich bin geflohen. Ich habe das Ruben Diaz, meinem Bruder, zu verdanken. Ich nenne ihn so, weil wir in den vielen Jahren zu einer Person zusammengewachsen sind. Als er starb, habe ich mich zu ihm in den Leichensack gelegt. So bin ich vom Schiff gebracht worden.«

»Und dann?«

»Der Comandante und seine Leute haben sich in jeder Hinsicht erkenntlich gezeigt. Ich bin frei und lebe unabhängig.«

»Aber es ist nicht wahr, dass du Earl und Lou umgebracht hast?«

»Wer sagt, dass ich das getan habe?«

»Ein FBI-Agent hat uns hier besucht. Stimmt das?«

Er nickte schließlich.

»Das durftest du nicht. Niemand hat das Recht zu töten.«

Er winkte ab. »Du lebst hier in einer geschützten Welt, mich hat man über eine ziemlich schmutzige Grenze gestoßen. Dahinter gibt es keine Schuld oder Unschuld mehr, kein Recht oder Unrecht, sondern nur die Willkür der Macht. Sie töten deinen Vater, deine Brüder, Priester, sie schicken ihre Todesschwadronen aus, foltern, verstümmeln. Was sie haben wollen, nehmen sie sich. Nicht trotzdem, sondern deswegen lebst du in einer idyllischen Welt hier. Dein Glück ist mit dem Leid Unzähliger erkauft. Auch du trägst Schuld daran!«

»Aber …«

»Moment! Du siehst es an mir: Ein unglücklicher Zufall, du strauchelst und fällst ins Bodenlose. Sie begnügen sich nicht damit, dich ruhigzustellen, sie vernichten deine gesamte Existenz. Du vegetierst verlassen von allen, keine Hilfe, keine Liebe oder Zuneigung, kein Recht, keine Würde – du bist nichts wert im Angesicht der Macht!«

Der Mann im Anzug verstaute das Buch in seinem Koffer und erhob sich.

»Ich widerspreche dir nicht. Aber nichts an diesen Argumenten gibt dir das Recht, Menschen zu töten. Schon gar nicht solche, die einmal deine Freunde gewesen sind. Du redest über einen Krieg, in dem nichts mehr gilt, was uns lieb und teuer ist. Wenn es stimmt, was du sagst, dann haben dir Earl und Lou in der Tat großes Unrecht zugefügt, aber sie waren keine Gegner, die man einfach auslöschen durfte.«

»Sie haben dem Unrechtssystem gedient, sie waren skrupellose Profiteure.«

Katie schwieg, sie musterte ihn, schließlich schüttelte sie den Kopf. »Auch wenn ich ihn schon vor Ewigkeiten verloren habe, weiß ich doch: Santino hätte nie so geredet, schon gar nicht so gehandelt! Wer immer Sie sind, Sie sind nicht Santino Marti!«

Er saß vornübergebeugt, die Arme auf die Oberschenkel gestützt, und blickte zu Boden.

»Wer sind Sie?«

Verwundert blickte er auf. Dann tupfte er an seiner Wunde. »Du hast recht, ich bin Ruben Diaz. Aber du verstehst nicht, dass das keine Rolle mehr spielt. Ich bin ebenso sehr Santino, wie er in meiner Person aufgegangen ist. Wir zwei sind eins. Ich habe in seinem und Gottes Namen gehandelt.«

Katie schüttelte den Kopf. »Was für ein grausamer Irrtum! Mag sein, dass Sie im Krieg aufgewachsen sind, mag sein, dass Sie nichts anderes kennen. Ob ich mir annäherungsweise ein Bild davon machen kann, weiß ich nicht, aber Sie sind nur das Spiegelbild der Macht, die Sie und Ihresgleichen bekämpft. Die Kehrseite der Medaille. Der Feind, der tötet oder getötet wird. Auch wenn das Recht auf Ihrer Seite ist, kämpfen Sie doch mit denselben Mitteln wie Ihr Gegner. Sie gleichen sich ihm an und verraten die Hoffnungen, die auf Ihnen als dem besseren Teil ruhen ...«

Sie verstummte. »Was ist mit Ihnen?«

Ruben schlang die Arme um seinen Oberkörper, als habe er Schmerzen.

Oh mein Gott! Wie komme ich hierher? Wo war ich bis eben? Ein Anfall vollständiger Bewusstlosigkeit. Und nun sitzt Katie neben mir. Aber sie muss mich erkannt haben, ich habe sie gar nicht kommen sehen. Lag ich am Boden, hat sie mir geholfen? Wenn ich mich nur an irgendetwas erinnern könnte!

»Katie!«

Katie erschauderte. So klang Santinos Stimme. Die Intonation hatte sich vollständig verändert. Auch sonst hatte ihr Gesprächspartner eine Verwandlung vollzogen, seine Gesichtszüge waren weicher, seine Körperhaltung gebeugt.

»Hast du ihn gesehen?«

»Wen?«

»Ruben. Was hat er dir erzählt?«

Mit einem Mal erkannte Katie das ganze Ausmaß des Elends und der Verunstaltung, die dieser Mensch erlitten hatte.

»Du darfst ihm nicht glauben. Es tut mir leid. Er hat Schlimmes angerichtet. Ich wollte das nicht, aber ich konnte ihn nicht daran hindern.«

Katie wusste nicht, wie sie ihm begegnen sollte. Er war derselbe und doch ein anderer. Ruben war kein Schauspieler, er gehorchte einem Zwang, der ihn dazu trieb, in eine andere Persönlichkeit zu schlüpfen.

Der Mann im dunklen Anzug hatte einen Bogen um ihre Bank beschrieben und näherte sich ihnen. In seiner Linken hielt er das Aktenköfferchen, in seiner Rechten eine Pistole. Fast schlendernd war er herangekommen, jetzt hob er den Arm, zielte auf Rubens Kopf und gab in kurzer Folge drei Schüsse ab. Dann lief er los, nahm den Ausgang zum Mauerweg und war verschwunden.

Erst jetzt realisierten die Parkbesucher, dass etwas passiert war.

2.

Die Sonne war rot glühend geworden und schickte sich an, hinter den Dächern zu verschwinden. Ruben lag im Sterben und versuchte nochmals, sich aufzurichten. Katie fasste unter seinen Kopf, hob ihn an und schob ihre Jacke darunter. Das Blut war in seinen Kragen gesickert. Geblendet hielt er die Hand vor die Augen. Der Feuerball verfärbte sich und nahm

Flecken an, in denen sich immer deutlicher das gemaserte Fell des Jaguars abzeichnete. Wieder war es so weit, man hatte Kinich Ahau tödlich verwundet, es ging dem Ende zu, und die Mächte der Unterwelt feierten einen Sieg. Der Jaguargott taumelte nach unten in die Dunkelheit, er war geschlagen.

Endlich begegnete ihm seine Mutter. Er sah sie vor sich, ihren wiegenden Tanz, und hörte die schrillen Töne der Mundharmonika. Aber ihr Gesicht war nicht entstellt, sondern freundlich. Ihm zugewandt. Ruben öffnete den Mund und versuchte, in ihren Gesang einzustimmen. Es blieb bei einem Stöhnen.

Draußen auf der Straße tönte das Martinshorn. Ruben wandte sich Katie noch einmal zu.

»Er kommt wieder. Bald. Schon morgen!«

BIBLIOGRAFISCHE HINWEISE

Die erzählerisch verwendeten politischen und ökonomischen Hintergründe habe ich so sorgfältig wie möglich recherchiert, wo die Fakten endeten, habe ich zu erfinden begonnen.

Details über den Krieg in El Salvador habe ich dem *Spiegel* entnommen, der das Geschehen in ausführlichen Reportagen begleitet hat, sowie: Hrsg. Warner Poelchau, CIA gegen El Salvador, Hamburg 1981.

Die Holy Hand Grenade und der Dirty Harry sind ebenso wenig eine literarische Erfindung wie der Orgon-Akkumulator: http://educate-yourself.org und http://www.orgonise-africa.com. Die Grundlagen dazu finden sich natürlich bei Wilhelm Reich, Die Entdeckung des Orgons, Die Funktion des Orgasmus, Köln/Berlin 1969.

Über die Grundlagen von Futures und Optionen habe ich in zwei Büchern gelesen: Hans Diwald, Anleihen verstehen: Grundlagen verzinslicher Wertpapiere und weiterführende Produkte, München 2013; Igor Uszczapowski, Optionen und Futures verstehen: Grundlagen und neue Entwicklungen, München 2013.

Um die Krisen auf den Finanzmärkten entschlüsseln zu können, haben mir vor allem zwei Bücher geholfen: Edition Le Monde diplomatique N° 12/2012, Die Krisenmacher. Bürger, Banken und Banditen, Berlin 2012; Joseph Vogl, Das Gespenst des Kapitals, Zürich 2010/2012.

Über Fallbeispiele wie Enron, die Finanzkrise, Long-Term Capital Management und Entwicklungshilfe habe ich mich in folgenden Werken informiert: Kurt Eichenwald, Verschwörung der Narren, Der Enron-Skandal: Eine wahre Geschichte, München 2006; Michael Lewis, The Big Short, München 2011; Roger Lowenstein, When Genius Failed, The Rise and Fall of Long-Term Capital Management, London 2001; John Perkins, Bekenntnisse eines Economic Hit Man, Unterwegs im Dienst der Wirtschaftsmafia, München 2005; Jean Ziegler, Die neuen Herrscher der Welt, München 2003.

Für eine ausführliche Schilderung der Arbeit von Mathematikern und Softwareentwicklern in Fondsgesellschaften bin ich Edmund Jackson sehr dankbar. Alles andere habe ich aus dem Netz gefischt oder aus *Der Graf von Monte Christo*.

Bleibt mir noch der Hinweis, dass eine gekürzte Version von Jaguar bei Audible.de als Hörbuch erschienen ist. Den Text trage ich selbst vor, Georg Hampel hat die Lesung mit Sound und Musik ausgestattet.

Max Bronski, München 2020